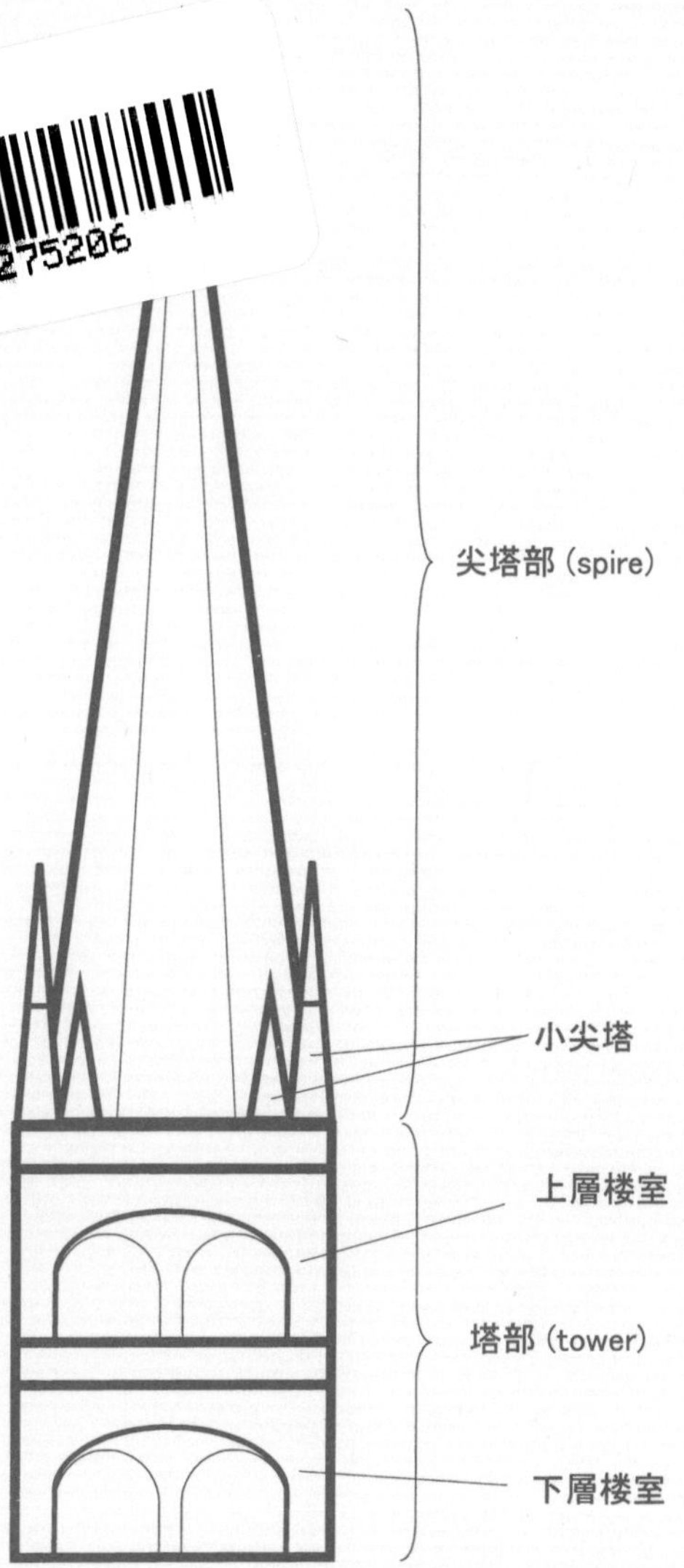
尖塔部 (spire)
小尖塔
上層楼室
塔部 (tower)
下層楼室

The Spire

William Golding

写真：イサクの犠牲（サン・テチィエンヌ大聖堂／フランス）
©志田政人『ステンドグラスの絵解き』（日貿出版社）

ウィリアム・ゴールディング

尖塔

——ザ・スパイア——

宮原一成・吉田徹夫　共訳

開文社出版

第一章

1

顎を突き上げ、頭を揺すりながら、彼は笑っている。その顔の面《おもて》で、父なる神はステンドグラスから射してくる陽光の栄光を浴びて炸裂するように輝き、彼の動きに合わせて栄光も動き、アブラハムを、次にイサクを、そして再び神の御姿を、焼き尽くしてはまた鮮烈に浮かび上がらせた。笑いすぎて目ににじんだ涙で、光の輻《や》と輪、そして虹が増幅していた。

顎を突き上げ、両手は尖塔《スパイア》の模型を捧げ持ち、半眼の表情はこれぞまさに歓喜——

「ずっとこの日を待ちわびていたのです、わが人生の半分もの間ずっと！」

大聖堂の模型を載せた架台式テーブルを挟んで、向こう側には聖庁尚書院長が立っていたが[*1]、昔か

*1　修道院でないカトリック在俗教会組織の場合、聖職は二種類に分かれており、上級聖職位と、「クラーク」と総称される下級位があった。上級位は上から順に「司教（ビショップ）」「司祭（プリースト）」「助祭（ディーコン）」に分類される。個々の在俗教会を直接管理するのは、司祭を中心とする聖職者集団だった。その集団が「参事会」であり、参事会を束ねる参事会長は、主席司祭（ディーン）の肩書きも帯びるのが常だった。この小説がモデルとしているソールズベリ大聖堂には、四名の主要参事が置かれており、まず参事会長（主席司祭）、それから教会運営法規や文書館運営の責任者である聖庁尚書院長（チャンセラー）、聖歌隊と典礼を司る儀典長（プリセンター）、そして財政担当で聖器や装飾品を管理する会計（トレジャラー）がいた。ただし後で見られるように、ゴールディングは、アンセルム神父が務める聖具保管役（サクリスト）を、会計の替わりに主要参事に数える、という改変を行っているようだ。

2

ら青白かったその顔は、影が差して暗かった。

「何とも申しかねますな、参事会長殿、どうにも」

尚書院長は、ジョスリンが両手にしっかと握った尖塔の模型を見やった。尚書院長の声は蝙蝠《こうもり》のようにひらひらと薄っぺらで、聖堂参事会室の高く広い空気の中をぼんやりとさ迷った。

「とにかくお考えなさいませよ、この小さな木片がですな――ええと、長さはいかほどだと？」

「十八インチですよ、尚書院長殿」

「十八インチ。そうでしたな。うむ。さて、これが象《かたど》るものというのが、そう、木と石と金属でこしらえた建造物で――」

「高さ四百フィートの、ね」

尚書院長は両手を胸まであげて、陽光の中へ歩を進め、あたりを見回した。天井を見上げる。そんな彼をジョスリンは、愛おしみながら横目で眺めた。

「基礎土台の問題があると言うのでしょう。わかっておりますよ。しかし、神が万事備え給います」[*2]

尚書院長は探していたもの、一つの記憶を、見つけたようすだった。

「ああ、そうでした」

それから、昔ながらのせわしなさで、尚書院長は、舗床を扉の方へ忍び足で進み、扉を通り抜けていった。院長は立ち去っていく背中の空気に、ひとこと言い残していた。

「早禱の時間でしたな」[*3]

ジョスリンはその場に立ったまま、尚書院長の後ろ姿に向けて慈愛の矢を放った。わが住処《すみか》、わが家、わが民よ。きっと尚書院長は行列のお尻にくっついて聖具室から出た後、いつものように左に曲がろうとしたところで、はっと気がついて、聖母礼拝堂は右だったわいとあわてて右に曲がることだろう！　そこでジョスリンは、顎を持ち上げて、聖なる歓楽に再び笑い出した。私にはこの者たちのことなら何でもわかるのだ、今何をしているのかも、これからすることも、これまでしてきたことも、何でもわかっている。今日までの幾星霜、私はこの住処を、まるで外套のように身にまとって生きてきたのだから。

笑いを納め、涙を拭《ぬぐ》った。白い木片でできた尖塔を手に取ると、大聖堂の古い模型の四角い穴へしっかりと差し込んだ。

「これでよし！」

模型は仰向けに寝そべっている男の姿を思わせた。身廊は揃えて伸ばした両脚で、南北にのびる両側の袖廊は広げた両腕にあたる。胴体《ボディ》は聖歌隊席で、ちょうど今ごろ礼拝が執り行われているはずの聖母礼拝堂は頭だ。そしてまた今、体の中心部から突き出し、せり出し、張り出し、噴き出して屹立《きつりつ》しているのが、この大聖堂の頂冠にして栄華の極みともいうべき、新しい尖塔なのだ。ジョスリンは

＊2　旧約聖書創世記第二二章は、神の命によりアブラハムが、犠牲獣の代わりに一人息子のイサクをためらいもなく屠って燔祭として捧げようとしたくだりを描いている。「神が備え給う」とは、イサクがアブラハムに「燔祭の子羊はどこにあるのです」と尋ねたのに、アブラハムが答えた語句。神はアブラハムの信仰の強さを確認すると、イサクを殺す前にアブラハムを止めた。

＊3　「早禱」という訳語については、あとがき（三一五～三一六頁）を参照されたい。

4

思った、あの者たちにはわからない、この私に訪れた幻視《ヴィジョン》を伝えてやるまではわかるはずもないのだ。再び歓喜の笑い声をあげながら、参事会室を後にすると、陽光がなだれ込む回廊に囲まれた中庭に出た。しかし、尖塔がすべてではない、それは肝に銘じなければ！ いつもの職務もそっくりそのまま、できるかぎり支障なく果たさなければならない。

そこで、一つ一つ垂れ幕を持ち上げながら回廊を歩き、大聖堂の西側正面へ続く側扉の前に着いた。音をたてぬよう用心して、そっとかんぬきを上げた。扉を通り抜けるとき、頭を低く垂れながら、ジョスリンはいつも心の中で呟くとおり、「門よなんぢらの首《かうべ》をあげよ、永久《とこしへ》の戸よあがれ！」と言った。[*4] しかし、扉の内側へ踏み出す間にも、先ほどの用心は無用だったのだとわかった、というのも、大聖堂の中はすでに喧噪の混乱に満ちていたからだ。早禱も規模は縮小され、礼拝の声もまるで片手に納められるほどにか細くなってはいたが、それでも、大聖堂の向こう端、板材や帆布の仕切りの彼方にある聖母礼拝堂から、かろうじて届いていた。身近なところからは、男たちが石混じりの地面を掘っているとわかる物音が聞こえている——もっとも、声と物音は溶け合ってしまい、それぞれが互いの音の一部になっているようにしか聞こえない。しゃべったり、指示を言い合ったり、ときには怒鳴ったりしながら、舗床の上で材木を曳いたり、車で荷を運んでは下ろし、それから適当な場所へどさっと放ったりしており、もしこの広い空間に反響効果がなかったら、まるで市場の騒音のような不定形の雑音と化していたはずだが、実際は騒音が堂々巡りするうちに反響音が元の音に追いついて、そのうえあの甲高い聖歌隊の歌声にまで追いつかれ、皆一緒になって単一音階を延々と歌い続けるばかりだった。この喧噪はあまりに耳新しいものだったため、ジョスリンは、巨大な西の扉が影を落とす大聖堂の中央線へと急ぎ進むと、見えない主祭壇に向かって片膝をついて礼拝し、それから立ち上がって目を見張った。

少しの間ジョスリンは目をしばたたいた。先ほどから確かに陽は射していたのだが、しかしこんなふうではなかった。身廊を見渡してみると、もっともしっかりとした実体をもっているように見えるものといえば、聖歌隊席段のところで大聖堂を二つに仕切っている板材や帆布の防柵でもなく、身廊に並ぶ二つの列拱《アーケード》でもなく、寄進小礼拝堂でも、*5 その間に敷き詰められた色塗りの墓石板でもない。いちばん実体を感じさせるのは、光だった。南側廊の窓の列を叩き割るように射し込んできて、そのためにステンドグラスは色を炸裂させており、光はジョスリンの目前で、右から左へと正確な幾何学的斜線を描き、身廊北側に立ち並ぶ柱の根元一ヤード分のところにあたっている。至るところで、舞い飛ぶ塵埃が、この光の竿や幹に質量の手応えを与えていた。ジョスリンはもう一度まばたいて、すぐ間近なところで一つ一つの埃の粒が、そよ風にあおられたウスバカゲロウさながらに、互いに身をかわしたり一緒に宙をはねたりするさまを見つめた。やや離れたところでは、埃は雲となって漂ったり渦を巻いたり、一瞬ぴたりと静止したりして、さらにもっとも離れたところだと、竿や幹は色以

＊4　旧約聖書詩篇第二四章七節や九節に見える句。この後「栄光の王いりたまわん」と続く。
＊5　大聖堂内部の身廊と平行して走る両側廊には、小型の礼拝堂（脇の祭壇）がいくつも付随していることが多い。これが寄進小礼拝堂（チャントリー）で、個人や一族の寄付により建てられ、寄進者の魂のため別個にミサが行われる。大聖堂の教会とは組織が一応別で、寄進小礼拝堂には専用の司祭が雇われる。これが礼拝堂付き司祭（チャプレン）で、後に登場するアダム司祭はこの任についている。

外の属性をすべてうち捨て、大聖堂の中央部《ボディ》を斜に横切る蜂蜜色と化してしまった。南の袖廊にある百五十フィートの焼き絵ガラス《グリサイユ》から、廊が交差する交差部を照らしているあたりでは、蜂蜜が凝縮して柱となり、まっすぐに、まるで舗床で鉄梃《かなてこ》を手に働く男たちのところから聳《そび》えているアベルの柱と*6同じくらい、まっすぐに伸びていた。

　ジョスリンは固体のような陽光を見、悲しげな驚きを込めて首を横に振った。あのアベルの柱がなかったら、光が示す重みを本当の質量と勘違いしてしまい、わが石造りの船が座礁して船腹を下に横倒しになっているのかと思い込んでしまうところだ。*7 そこまで考えてジョスリンはふっと微笑んだ。人間の心というやつは、どんなものにも定まった法則の色合いを与えるくせに、ある時には赤子のようにたやすく自らを欺くものだ。こうして脇の祭壇から蝋燭も取り去られた今、身廊の向こう端にある、板材と帆布で作った防柵と対面していると、ここが何か異教徒の神殿のようにも思えてくる。あそこで鉄梃を使っているあの二人は（床石板をこじり上げては戻すときの石が軋《きし》む音の響きたるや、どうにかならないものか）、あんなふうに日光の屑の中心に立っていると、何やら面妖な儀式を執りしきる僧侶みたいに見えてくる——いかんいかん、神よ、わが冒瀆を許し給え。

　この神の家において百五十年もの間、私たちは絶え間ない礼賛の豊かな緞子《どんす》を織りなしてきたのだ。何も以前と変わってはならぬ。ただ以前よりもよりよく、より豊かにする業《わざ》あるのみ。そうすれば礼拝の規範《パターン》もついに完成されよう。祈りに行かねば。

　とは言え、これほどの歓喜あふれる日にもかかわらず、まだ祈りに行くつもりがないことをジョスリンは自覚していた。そこで純粋な歓喜の笑い声をたてたのだが、それは自分が祈りに向かわない理由を知っていたからだった。組鐘を違った順に鳴らしている係は誰か、説教は誰がしているのか、誰がいま誰の代理を務めているのか、昔ながらに日課の規範《パターン》はわかっているし、この石の船は安泰で、乗組員たちも安泰だとわかっているからなのだ。

わかっていると自覚したことが、幕間狂言役者への登場の合図になっていたみたいに、北西の隅で掛け金が上がる音が聞こえ、扉が軋んで開くのがわかった。また今日もいつものように、あの、神の御名におけるわが娘が姿を見せてくれるのだな。

予想に違わず、まるでジョスリンが彼女のことを思い浮かべたのに召喚されたかの如く、女が扉を通ってすばやく入ってきたので、ジョスリンはいつもどおり祝福を与えんと、その場に立って待った。しかしパンガルの妻は左に曲がり、埃を遮ろうと片手をあげた。ほんの少し、ちらっとあの面長の甘美な顔を見ることができただけで、そのまま女はこちらへやってくるのではなく、北側廊を通っていく。去りゆく背中に向かって祝福の文句を心中で考えるほかない。ジョスリンが、愛おしさと少しばかりの失望を味わいながら女を見送っていると、女は北側廊の蝋燭の灯っていない祭壇を通り抜け、外套の頭巾を後ろへはずして白い尼頭巾をあらわにし、灰色の外套が揺れるたびに、下の緑色の服がのぞいた。全く芯から女だな、とジョスリンは愛おしみながら思った、こんな愚かな、子供じみ

＊6　「アベルの柱」については不詳。十二世紀頃には、石工が自分の署名を石の柱頭などに刻むようになっていたというから、それを指すのかもしれない。ちなみに、旧約聖書におけるアベルは、兄カインに殺され神のために血を流したため、のちに人類最初の殉教者と呼ばれるようになる人物。

＊7　「石造りの船」とは、この大聖堂のことを指す。大聖堂はノアの方舟を象って作られることが多かったための比喩。そもそも身廊（**nave**）の語源も、ラテン語で「船」を表す *nāvis* に由来するという。

た好奇心の強さがその証拠だ。でもあれはパンガルかアンセルム神父に任せておけばいいことなのだが。そこで女は自分の愚かな酔狂に気がついたかのように、急ぎ足で竪坑を迂回し、埃に片手をあげたまま、身廊を横切って行き、「王国」の扉を後ろ手にけたたましく閉めた。ジョスリンは厳粛にうなずいた。

「まあ、いろいろ言ったところで、幾分かは私たちも変わらざるを得ないのだ」

扉の轟音の後、ほとんど静寂といえるほど静かになった。それから、静けさのなかで、小さなコツコツコツという音がし始めた。ジョスリンが左を向くと、革の前掛けをした例の唖者《あしゃ》が北側列拱の台座に陣取って、膝の間に石の塊を抱えている姿が見えた。

コツ。コツ。コツ。

「ギルバートや、おまえが私を選べと言われたのは、私がいつでもじっと立っているからなのだね！」

唖者は急いで立ち上がった。ジョスリンは彼に向かってにっこりした。

「この建設に携わっている者のなかで、私がいちばん何もしていないように見えるのだろう、そうだね？」

唖者は犬のように人なつっこく微笑み、もごもごと言葉の出ない口で唸った。応えてジョスリンは嬉しそうに笑い、まるで二人で秘密を分け合っているみたいにうなずいてみせた。

「交差部の四本柱だって、おまえは何も仕事をしてなくて暇そうだなと言われれば、人の気も知らないで、とさぞかし憤慨するだろうよ！」

唖者は笑い、うなずきで返事した。

「まもなく私は祈りに行くよ。おまえもついてきて、静かにしているならそこで坐って仕事をしてもよろしい。石のかけらと埃を受ける布を持ってきなさい。さもないとパンガルが、おまえを落ち葉みたいに聖母礼拝堂から掃き出してしまうよ。パンガルを苛々させてはいけないからね」

そこへまた新しい物音が聞こえてきた。ジョスリンは唖者のことを忘れ、頭を片方へ傾けて聞き入った。そんなはずはない、まだそこまでは進んでいないはずだ。まさか！　そこで南側廊へ急いだ、そこからなら大聖堂を斜交いに見渡して北袖廊まで覗くことができる。ジョスリンはペヴェレル家の寄進小礼拝堂の角に立った。彼は、外の空気に洩らすにはあまりに深すぎるほどの歓喜を感じながら呟いた。

「本当だった。長年の艱難辛苦の仕事の末に。神に栄光あれ」

考えもつかないことを彼らはやってくれている。何年も何年も私はここを通り過ぎたものだ、とジョスリンは考えた。以前は内と外とがはっきりと、まるで昨日と今日とが峻別されているのと同じくらいはっきりと、とこしえに、必定に分かたれていたものだ。塗料で模様《パターン》と文様を施した、なめらかな内側の石材。そして、地衣に覆われ、ごつごつした外側の石材。昨日までは、いや、先ほど天使祝詞《しゅくし》を一度唱えたあの前までは、[*8]二種類の石は互いに四分の一マイルほども隔たっていた。しかし今

*8　天使祝詞とは、「アヴェ・マリア」ともいい、天使ガブリエルがマリアに受胎告知したときの最初の挨拶文句が元になっている。「めでたし、聖寵充ち満てるマリア、主御身と共にまします。御身は女のうちにて祝せられ、御体内の御子イエズスも祝せられ給う。天主の御母聖マリア、罪人なるわれらのために、今も臨終の時も祈り給え。アーメン」という内容。ロザリオの祈りの繰り返し文として唱えられる。

では同じ風が吹き抜けるのを浴びている。内と外とがくっつきあっているのだ。まるで覗き穴越しに見るように、境内を突っ切った向こうの尚書院長役宅の角まで見通せる、たぶんアイヴォはあそこにいるだろう。

勇気を持て。神に栄光あれ。仕事の始まりの最後の段階に来たのだ。あの交差部に、まるで著名人のための墓のように竪坑を掘るのをあの男に許したのとは違う。新しいことだ。ついに私は、わが教会の胴体部《ボディ》に手をかけたのだ。外科医よろしく、罌粟《けし》で眠らせた人の腹にナイフをあてているのだ。

ジョスリンの頭はしばらくのあいだ罌粟のことを考えるのに忙しく、早禱のか細い声も、麻酔された仰向けの体が発する緩やかな呼吸の音のように思われた。

寄進小礼拝堂の陰から、若い声が洩れ聞こえてきた。

「思い切って言うがいい、あの男は傲慢なのだ*9」

「そのうえ無知ときている」

「知ってるか？　あいつは自分を聖人だと思っているのさ！　あんな男が！」

しかし、聖堂参事会長がのしかかるように姿を見せたので、二人の助祭はひざまずいた。

ジョスリンは、歓喜を味わいつつ彼らを愛おしみながら、見下ろした。

「さてさて、わが子らよ！　何をしておった？　陰口か？　中傷か？　侮辱のもの言いかね？」

助祭たちは頭を深く垂れ、何も言わなかった。

「誰のことを話しておったのだ？　むしろ憐れみをもって、その哀れな男のために祈ってやるべきではないかな？　だがこれだけは申しつけておかねば」

そこで彼は二人の巻き毛をつかんでやさしく引っ張り、白い顔を一つずつ上に向かせた。

「この件に関して、尚書院長に悔悛を頼みなさい。子らよ、正しく悔悛を理解することだ、さすれば大いなる歓喜が味わえるだろう」

彼は助祭たちに背を向け、聖母礼拝堂を目指して南側廊を歩き始めた。だが、またもや引き留められることになった。南の周歩廊から、板材と帆布の仕切りの幕をくぐって交差部へ続く仮設の扉のところに、パンガルが立っていた。ジョスリンを見ると、従えていた掃き掃除人夫たちを退かせ、両手で箒を体と十字になるように持ちながら、少し左足を引きずってひょこひょこと進み出てきた。

「師なる神父さま」

「後にしてくれないか、パンガル」

「お願いでございます！」

ジョスリンは首を横に振ってやり過ごそうとした。しかし男は、畏れ多くも聖堂参事会長の司祭平服《キャソック》に胼胝《たこ》だらけの手を触れるかのように、片手を突き出した。ジョスリンは歩みを止め、相手を見下ろし、早口で言った。

「では、何の用か？　前と同じ話なのか？」

＊9　「傲慢**pride**」は、カトリックのいう七つの大罪の一つに数えられる。ただし、十三世紀イタリアのスコラ神学者トマス・アクィナスはこれを「あらゆる悪徳の女王」とみなし、別格扱いして七つの大罪から外した。いずれにせよ「傲慢」が、カトリックの文脈では極めつけの罪悪であることは間違いない。

「連中が――」

「あの者たちのことはおまえに関わりのないことだ。いい加減わきまえなさい」

それでもパンガルは引き下がらず、屋根葺《ふ》き藁《わら》のような黒髪の下からジョスリンを見上げた。着ている茶色のチュニカ上着にも、ガーター布を交差に巻いた脚にも、古靴にも埃がついていた。怒った顔にも埃がついている。声は埃と怒りで嗄《しわが》れていた。

「おととい連中は人を一人殺しましたよ」

「知っておる。いいかね、わが子よ――」

パンガルが厳かに有無を言わさぬ様子で首を横に振ったので、ジョスリンは目を落とし口を開いたまま、言葉を失った。パンガルは箒の柄を地面に立て、体重をかけた。彼は舗床を見回し、それから視線を上げて参事会長の顔を見た。

「そのうち連中はあたしを殺します」

しばらくの間、二人ともおし黙ったままで、反響が建築作業の騒音から生み出す歌のような音に包まれていた。二人の間で塵埃が陽に照らされて踊った。突然ジョスリンは歓喜を思い出した。両手を男の革上着の肩に置き、しっかりとつかんだ。

「おまえを死なせたりするものか。誰にも殺させはしない」

「でも、あたしを追い出すくらいのことはするでしょう」

「おまえに害が及ぶことなどない。この私が明言しておこう」

パンガルはぎゅっと箒を握りしめた。体重を両足に戻した。口がねじ曲がる。

「師なる神父さま、なぜこんなことを始めたのです?」

やれやれといった調子でジョスリンは両手を下ろすと、自分の腰の前で組んだ。

「わが子よ、おまえも私と同じくらいよくわかっていることではないか。この神の家が、以前にもまして栄光に包まれるためにだ」

パンガルの歯が見えた。

「ここをぶち壊すことで、ですかね?」

「よしなさい、口が過ぎてはならん」

パンガルの返事は、攻撃のようだった。

「師なる神父さまは、ここで夜を過ごしたことがおありですか?」

やさしく、幼な子に話しかけるみたいにしなければ。

「幾度もあるよ。おまえも私と同じくらいよくわかっていることだ、わが子よ」

「雪が降って鉛板屋根に雪の重みが全部のしかかるような夜も、ですかね。落ち葉が樋《とい》に詰まって雨水――」

「パンガル!」

「あたしのひいひい爺さんは、この聖堂を建てる手伝いをしたんです。暑い盛りには、あの丸天井の上で爺さんは屋根の見回りをしたもんです。今はあたしがやってますがね。なぜだとお思いです?」

「パンガル、声が高い!」

「なぜです?　なぜ?」

「わかった、聞こうではないか」

「あるとき爺さんはオークの木材が一本くすぶってるのを見つけたんです。運良くそのときは気が利いてて、手斧《ちょうな》を持っていたんですな。もし水を取りに行っていたら、戻ってくるまでに屋根は燃えさかって、鉛が熔けて川みたいに流れていたでしょう。爺さんは火のついているあたりを手斧で削り取りました。ちょうど、その何だ、子供が一人すっぽり隠れるくらいの穴を空けたんです。それから腕にその燃えさしを抱えて運んで、おかげで爺さんの腕は豚肉みたいにこんがり焼けたってわけです。ご存じでしたか？」

「いや」

「でもあたしは知っています。あたしどももみんな知っています。この――」そう言って彼は箒の先で、埃の積もった刳形装飾《モールディング》を突くように指し示しながら――「この取り壊しやら掘り返しやらの――屋根の方まで連れて行ってさしあげましょう」

「私には他にすることがあるし、おまえもそうだろう」

「どうしてもお話ししたいことが――」

「自分のしていることがわかっておるのか？」

パンガルは一歩退いた。あたりを見回し、まるで次に言うべきことを、柱や高く輝く窓から教えてもらおうとするかのようだった。

「師なる神父さま。屋根に、です。南西の張出し小塔の階段へ続く扉のわきに、手斧を一丁置いています。研いで脂を塗って鞘に入れて、いつでも使えます」

「よくやってくれた。賢いことだ」

パンガルは空いている方の手で手振りをした。

「たいしたことじゃありません。あたしどもがいるのはそのためですから。あたしどもは、掃き掃除、拭き掃除、壁塗りだの、石の切り出し、ときにはガラスの切り出しだの、何だって、一言も文句を言わずに――」

「おまえたちみんな神の家の忠実な僕《しもべ》でいてくれた。私もそうありたいと思っておるよ」

「あたしの親父も。あたしの親父の親父もです。あたしの代で最後ですから、それだけいっそう骨惜しみしなかったわけで」

「あれは善き女で善き妻だ、わが子よ。希望を捨てずに辛抱強く待つのだ」

「連中はあたしの人生を戯《ざ》れごとにして遊んでるんだ。そのうえさらに、ですよ。このことだけじゃない――あたしの小家《コッテージ》を見に来てくださいませ」

「もう見たことならある」

「でも、ここ何週間かはご覧になっていないでしょう。さあ早くこちらへ――」片足を引きずり、片手は手招きしながら、もう一方の手で箒を引きずって、パンガルは先に立って南袖廊への道を急いだ。「あそこはあたしどもの場所だったはずです。この先あたしどもはどうなるんです？　ほら！」

彼は小さな扉の向こうを指して、回廊と南側廊の間にある中庭を示した。ジョスリンは扉をくぐるときに、頭蓋帽を被った頭を下げなければならなかった。左肩の下の方にパンガルを従えて扉の内側に立ったジョスリンは、目の前の有様に、思わず顎を空けたままになった。中庭はそこらじゅう切り出した石の山また山。控え壁と控え壁の間の窓の高さまで積み上げられている。石が積まれていない場所は巨大な材木が埋め尽くしており、通れそうなところは、ようやく人ひとり歩けるかどうかの幅しか残っていない。入り口の左には南壁に寄せてベンチが置かれ、その上に藁葺きの軒がさしかかっている。その軒下にはガラスや鉛の細片がうずたかく積まれ、親方の部下二人がそこでカチン、チョキン、チョキンと働いていた。

「わかりましたか、神父さま！　あたしは自分の家の入り口さえ見つけられないくらいなんです！」

ジョスリンはパンガルの後について、体を横にして石の山の間を通っていった。

「連中があたしのところに置いてったのがこれです。一体いつまで置いとくんでしょう、神父さま？」

小家の前には、せいぜい寄進小礼拝堂一つ分ほどの空きしかなく、その奥にある壁は汚水にまみれていた。ジョスリンは、小家にこれほど近づくのは初めてだったので、しげしげと見た。これまで小家を見るときは、行儀よく扉越しに中庭を覗き込むだけで十分だったのだ。とどのつまり、教会の地所だの何だのといったところで、その中庭と小家はパンガルの王国だったからだ。小家の影は来る日も来る日も教会の東南の窓をふさぎ、まるで建設者の意図に反して建てられた記念碑のようだった。小家の実体がこうしてジョスリンの目の前にさらされた今、それは内と外とが出会うもう一つの実例となった。小家は、大聖堂の壁に寄りかかるようにして中庭の隅に引っかかっており、その様子は、燕や雀が何世代にもわたって糞やら巣の基礎やらを、古家の軒下にうずたかく残していったところを思わせた。ひっそりと息を潜めているようでありながら、やけに目につく建物であった。許可なく建った後は、仕方ないと大目に見てもらい、とやかく言わないことが暗黙のうちに認められた小家だった、というのも、そこに住む一家が大聖堂にとって必要不可欠の存在だったからである。小家は控え壁の一つと窓一枚の一部をふさいでいた。小家の壁のところどころには、大聖堂に使われた灰色の石材があしらわれていて、壁は大聖堂そのものの石とほぼ同じくらい古いものだった。窓もないのになぜか場違いな庇《ひさし》もあって、水切りの石までついていた。壁には古い梁《はり》や荒打ち漆喰もところどころに使ってあった。聖餅《せいへい》と同じくらいの厚みしかない煉瓦も見えるが、小家や大聖堂よりも古い代物で、ローマ人が千年もの間ご無沙汰だった寒い港から掘り出された戦利品であった。[*10] 屋根の一部は、贅沢にも鉛板でうろこ状に葺いてあるが、他のところは、聖歌代行隊用の台所の屋根と瓜二つの薄石板葺きである。[*11] また、藁葺きの箇所もあるのだが、あまりにも古びていて、まるでところどころ陥没したり雑草が茂ったりしている起伏した地面のようにしか見えない。屋根窓が一つ、これはステンドグラスらしきものを嵌《は》め込むよう、意図されて長方形に形作られていた。もう一つの窓はもっと小さくて、牛の角を熨《の》して作った平板が嵌まっていた。行き当たりばったりに、継ぎ足し継ぎ足し建てられてできたこの小家は、たかだか百五十年の間に骨董と疲弊の色を醸していた。小家全体は葺き藁と

*10　ブリタニア（現在のイングランドなど）は、紀元前五五年にユリウス・カエサルの侵攻を受けた後、クラウディウス帝によって紀元四三年にローマ帝国の属州とされ、以来四一〇年までローマの支配下にあった。

*11　聖歌代行隊（vicars choral）とは、多忙で不在にすることの多い参事会員に代わって、典礼で聖歌の部分を代行した成人男性の、代行聖職者集団である。たいていは下級聖職者（侍祭など）が務めたが、後代になると俗人も加わった。伝統的に、ソールズベリの音楽は、少年聖歌隊（choristers）と聖歌代行隊によって担当された。

同様、重みでだらしなく撓《たわ》んでおり、あたかも、てんで勝手に取り合わせられた小家の各部材が、一緒にどさりと崩れ落ちてようやく落ち着いて身を横たえる姿勢になったかのようだった。

ジョスリンは小家を見、次に横目で、小家をびっしり取り巻く建築資材の山を見やった。無礼の塊が、もう一つの無礼を攻撃しているといったところか。

「わかった」

次の言葉を発する前に、小家の中から甘い声が歌い始めた。グッディが出てきて、ジョスリンを見ると歌うのをやめ、横ざまに微笑むと、南の壁の根元へ木のバケツの中身を空けた。彼女は小家の中へ引っ込み、ジョスリンはまた歌声を耳にした。

「さて、パンガルよ。おまえの言ったことだが。おまえと私は古くからのつきあいだ、身分の違いこそあってもな。だから、単刀直入な話をしようではないか。どのみちあの者たちが塔を建てることは決まっている。今さらどうこうできる話ではない。おまえが本当に困っていることとは何なのか、教えてくれないか」

パンガルは、口笛を吹きつつガラス切りをしている男たちの方をすばやく見やった。ジョスリンはかがみ込んだ。

「おまえの善き妻のことかね？　男たちが近づきすぎるとか」

「そういうことではありません」

ジョスリンはパンガルに向かって心得顔にうなずきながら、ちょっと考えた。彼はそっと言った。

「春をひさぐ女に話すような調子で話しかけてくるというのかな？　後ろ姿に向かって囃したてると

か？　みだらなことを言ったりして？」

「違います」

「では、何だね？」

　パンガルの顔から怒りは消えていた。代わりに困惑のこもった哀願のような表情が現れた。

「そこまでおっしゃるのでしたら、こういうことでございます。なぜあたしなんです？　他にも人はいるでしょうに？　連中は何だってあたしを笑いものにするんですか？」

「忍耐が肝心だよ」

「四六時ちゅうです。あたしのやることなすことにいちいち。へらへら笑って馬鹿にして。あたしが振り返るとそこには必ず連中がいて――」

「おまえはもっと面の皮をぶ厚くするべきなのだよ。辛抱しなければ」

　パンガルはきっとなった。

「いつまで？」

「あの者たちは私たち皆にとって試練のたねだ。それは認めよう。まあ二年間というところかな」

　パンガルは目を閉じ、呻《うめ》いた。

「二年間！」

　ジョスリンは彼の肩を軽く叩いた。

「考えてごらん、わが子よ。少しずつ、ここにある石もいずれは上へ上へと運ばれる。材木もだ。おまえの鼻先で、延々とガラスをチョキチョキ切り続けるということはないのだ。早晩、尖塔が完成して、我らの神の家もさらにまたすばらしいものとなるのだよ」

「あたしは生きているうちにそれが見られるでしょうかね、師なる神父さま」

「見られるに決まっているではないか、おまえ、何だってそう——」

ジョスリンは突然湧いてきた苛立ちに気づいて言葉を切った。だが、この男と目を合わせているうちに、苛立ちがまた突風のように戻ってきた。パンガルの頭の中にある言葉が透けて見えたからだ。まるで文字で書いてあるみたいにはっきりと——基礎になる土台がないからな、だからジョスリンの酔狂沙汰は、てっぺんに十字架を据え付けるいとまもなく倒れるのさ。

ジョスリンは歯を食いしばった。

「おまえも他の者たちと同じだな。手斧を使って聖堂を救ったご先祖さまとは違う。おまえには信仰がないのだ」

しかしパンガルはうつむいていた。ゆっくりと近づき、ジョスリンの影に入ってきた。埃をかぶった屋根藁のような前髪も、茶色の肥やし色の埃っぽい姿も、ジョスリンの顔から六インチも低いところにあって、こちらのほうへ体を傾けているので司祭平服に触れそうだった。苛立ちを感じていると、嗄れ声の独り言がジョスリンの耳に届いた。

「我慢などできるものですか。油断してると殴ってくるんだ。人の見ている前で、女房の見ている前で恥をかかされて。つもりつもって、この胸にこたえるんですよ、毎日、毎時間——」

ジョスリンの靴の甲に、ぽたんと甲高い音が落ちた。見るとそこには腕を伸ばした星形の水があり、幾粒かの小さな水玉が脂を塗った靴革を滑り、中庭の泥の中へ落ちていった。ジョスリンは辛抱できぬ様子で息を吐き出すと、言葉を探してあたりを見回した。しかし、石を照らす陽光が彼の視線を引っ張り上げ、目は交差部の上方の何もない空気へ向かい、そこには、胸壁に取り囲まれた切り株のような平頂塔《タワー》の屋上が、親方と部下たちを待ちかまえている風情だった。彼は職人たちが交差部の下の舗床を取り壊していたことを思い出し、興奮をまた味わうとともに苛立ちを忘れた。

「辛抱、辛抱だよ！　さあ、約束しよう。私が親方と話をつけておくよ」

革上着の上からもう一度肩を軽く叩き、材木や石材の山をすり抜けるようにその場を急ぎ足で離れた。ベンチの職人たちは彼に背中を向けたままだった。小さな扉をくぐり抜けて南袖廊に入り、しばらくの間、埃っぽい陽光のなかで目をしばたたきながら立っていた。見ると、舗床に使われていた石板が交差部の一方に積まれており、穴掘り人夫が二人、仕事をしていたが、足首から下は床の下に隠れていた。人夫の向こうには北の壁があり、大きな穴越しに外界が見えていたので、墓の間に立っている藁葺きの仮小屋や、そこに準備されている何本もの木の幹も見てとれた。ジョスリンは立ったまま、にこにこと大鼻の周りの相好を崩し、頭を上げて見ると、南側廊をこちらへ向かって、両手で一通の手紙を持って足早にやってくる礼拝堂付き司祭アダムの姿があった。しかしジョスリンは手を振ってアダムを寄せつけなかった。

「後にしておくれ。祈りが済んでからだ」

そうしてジョスリンは微笑みながら、翼のような歓喜を胸に、聖具室と聖歌隊席に挟まれた南の周歩廊を急いで通り抜けた。礼拝は終わっていて、聖歌代行隊員が二人、内扉のところに立って話をしているばかりだった。聖母礼拝堂では、中央線に祈禱台が彼のために準備されていた。ジョスリンは祭壇に向かって体を曲げ、それから祈禱台の膝乗せに膝をついた。近くのどこかで、啞者が石をコツコツ打ったりザクリと削ったりし始めたのが聞こえる。しかしジョスリンには、そのかすかな物音を心から遠ざける必要もなかった、歓喜こそがそれ自体の祈りであり、もっとも心に近いものだったからだ。

今日というこの日、私の幻視《ヴィジョン》を石に象る仕事がついに始まったこの日、感謝を捧げる以外にすることがあるだろうか？

ゆえに我らは、御使いと御使いの頭および――*12

祈りの言葉に歓喜が陽光のように降り注ぐ。言葉は炎をあげた。

彼の膝は時間の算定ができた。膝がどういう状態になったかで、ひざまずいていた時間はこれくらいだとか、あれくらいだとわかるのである。今は、鈍痛を通り越して無感覚へと進んでいたので、一時間以上が経ったのだとわかった。彼はまた自分の体に戻った。閉じた瞼の裏にゆっくりと光が泳ぐのを見ながら、痛みの波が脛《すね》から膝へ、そして腿に寄せ戻ってくるのを感じた。私の祈りがこれほど単純であったことはない、だからこんなに時間がかかったのだ。

それから、まったく唐突に、彼は自分が一人きりではないと知った。何かの存在が見えたとか、聞こえたとかいうのではない。ちょうど焚き火の暖かさを背中に受けるような感じで、その、力強くもあり優しくもある存在を感受したのである。その人間らしき存在感はあまりにも身近にあるように思われ、ひょっとすると他ならぬ背骨の中に入り込まれたような感じだった。

恐怖に駆られ、呼吸もできず、彼は頭を垂れた。ジョスリンは、その存在のなすがままになることにした。私はここだ、何もするな、私とおまえはここにいて、一緒に善なる仕事に励んでいるのだ、とその存在は言っているようだった。

ややあってジョスリンは、背中に暖かさを感じながら、思い切ってもう一度思考を試みた。

私の守護天使なのだ。

私は主の御仕事に励んでおります。だから、私をなぐさめ給うために御身の御使いを寄こしてくださったのですね。むかし砂漠でなさったように。

その二翼をもて面をおほひ、その二翼をもて足をおほひ、其の二翼をもて飛翔《とびかけ》り。*13

歓喜、炎、歓喜。

主よ。私に謙遜を保たせてくださり、感謝いたします！

再び窓が一つに見えてきた。聖人の一生の絵物語は青や赤や緑に彩られ、窓の中でまだ燃えている。だが、太陽の砕けた閃光は変わっていた。彼は元の世界に戻り、組んだ両手越しに見慣れた一つ

*12　カトリックのミサ、もしくは英国国教会の聖餐式で、司祭が会衆に向かって唱える序唱の終わり近くにある一節の一部「ゆえにわたしたちは、み使いとみ使いの頭および天の全会衆とともに、主の尊いみ名をあがめ、常に主をたたえて歌います」。この後に、「聖なるかな聖なるかな聖なるかな　万軍の主たる神」で始まる感謝の賛歌（サンクトゥス）が続く。

*13　旧約聖書イザヤ書第六章二節では、預言者イザヤが見た六翼の天使である熾天使（セラピム）が、同様の語句で描写されている。この直後、自分の唇は汚れていると嘆くイザヤの唇に、セラピムの一人が燃える炭を押し当て、イザヤの罪を許す。

の窓を見つめていた。すでに天使はいなくなっていた。

コツ。コツ。コツ。

ザクリ。

手ずから選んだ者たちの生涯を、御身は栄光でお包みになる、窓に差す太陽のごとく。

彼は祈禱台の机にのしかかって、何とか膝のこわばりを散らした。一二歩よろめいた後で、ようやくまっすぐ立って歩けるようになった。右手で司祭平服の皺《しわ》を伸ばし、そうしながらあのコツコツやザクリを思い出し、北側の壁に目をやると、そこには啞者が口をだらりと開けたまま坐っていた。足下の舗床には布が敷いてあり、石の塊を慎重に削っているところだった。ジョスリンの影が差し掛かったとき、男はさっと立ち上がった。がっしりした体軀の若者で、彫りかけの像を軽々と腹のあたりに両手で抱えていた。あの天使の歓喜となぐさめと安らぎのおかげで、ジョスリンの目は、この男の顔にも、そして世界の森羅万象にも、恩寵を見出すようになっていたので、鼻越しに男を見ながら、自然と笑顔になって自分の顔の皺の線が曲がっていくのを感じた。この男もまた大柄な若者で、聖堂参事会長と同じ目の高さで向き合うことができた。天使がくれた歓喜を味わいつつ、笑顔を浮かべたまま、愛おしみ、男の全身を眺めた。茶色の顔と首、紐で編み上げる革上着が胸元で開いているのでちらりと見える黒い胸毛、巻き毛の頭、黒い眉の下の黒い目、茶色の腕は脇のところで革の袖無し上着に汗じみを作っていて、脚にはガーターが交差に巻かれ、ざらざらの靴は埃で白くなっている。

「今日もまた、私で用は足りたのだろうね！」

若者はしきりにうなずき、喉から低い唸り声を出した。ジョスリンは、かまってもらいたくてしかたない犬のような目に向かって微笑み続けた。私が引っ張っていけばどこへでもついてくるだろう。この若者が親方であったならどんなにいいことか！　おそらくいつかは――

「見せてごらん、わが子よ」

若者は石の下で片手の位置を変え、胸のところまで彫像を持ち上げ、横顔が見えるようにして示した。ジョスリンは頭を持ち上げ、像を見下ろして笑った。

「おや、これは違うぞ、違う！　私の鼻はこれほど鉤鼻ではない！　この半分も突き出てはおらんぞ！」

それからこの横顔に再度注意を捉えられ、ジョスリンは黙った。鼻は、鷲の嘴《くちばし》のようだ。口は大きく開き、頬には皺が寄って、頬骨の下がぽっかりとへこみ、目は深く落ち窪んでいる。彼は自分の口元に手をやり、皮膚と肉でできた平行な畝《うね》を引っ張ってみた。口を開き、畝が口の動作に従って伸びるさまを指で確かめながら、三回歯をうち鳴らして口を閉じてみた。

「それからここもだ、わが子よ。私の髪はこんなに多くはないぞ！」

若者は空いている腕を横にさっと突き出し、また体の方に戻しながら、手のひらを宙に滑らせて、燕が飛ぶ動きを示した。

「鳥か？　何の鳥だね？　鷲かな？　聖なる霊のことを言いたいのかね？」

再び腕を突き出して、宙をすうっと。

「ああ、わかった！　速さの感じを捉えようというわけか！」

若者は顔じゅうで笑い、石を落としかけたが危ういところで持ち直し、二人の間には石が取りもつ霊的な交わりがあった、たとえるなら天使との交わりのように、歓喜——

そして二人は黙り、石を見つめた。

天使たちとともに突き進み、静止のなかに捉えられた無限の速度、髪はなびき後方へとちぎれんばかり、霊の風に煽られてまっすぐに伸び、口は開いているが、それは雨水を吐き出すためではなく、言祝《ことほ》ぎのホサナ（救いあれ）やハレルヤ（神を讃えん）を発するためなのだ。

やがてジョスリンは頭を上げ、哀れっぽく微笑んだ。

「私を天使に仕立てるなんて、それでは私の謙遜心をへし折ってしまうことになるのではないかな？」

喉からもごもご唸り声、首を横に振り、犬のような、かまってほしそうな目つき。

「ではこの姿で私は、地上二百フィートのところで塔《タワー》の四隅に据え付けられるのだね、口を開いて、最後の審判の日まで昼と夜とを告げるわけだ。顔をよく見せておくれ」

若者は従順に立ったまま、ジョスリンのほうに像の顔の正面を向けた。それからジョスリンが長い時間をかけてあちこちに視線を運ぶ間、二人とも身動きせず黙りこくっていた。やせ衰えて突き出した頬骨や開いた口、鉤鼻を持ち上げんばかりに翼のように広がった鼻孔、そしてかっと見開いた視力のない目。

まさにその通りだ。幻視《ヴィジョン》の瞬間、目は何も見ていないものだ。

「おまえはどうしてそんなにものがわかっているのだね？」

しかし若者は、石のように無表情で見つめ返すばかりだった。ジョスリンはまた少し笑って、若者の茶色い頬を軽く叩き、それからちょいとつねった。

「たぶん、手が覚えているというのだろうね、わが子よ。その手には何か智慧のようなものが宿っている。万能の神がおまえの舌を封じなさったのは、そのせいだよ」

喉からもごもごと唸り声。

「さあ行きなさい。仕事の続きは明日にしなさい」

ジョスリンは向きを変えると、突然動きを止めた。

「アダム神父ではないか！」

礼拝堂付き司祭アダムが南側廊窓列の下の日陰に立っているのを見て、ジョスリンは急ぎ聖母礼拝堂を突っ切って駆け寄った。

「今までずっと待っていたのかね？」

この小柄な男は、盆でも持つように手紙を両手で捧げ持ったまま、辛抱強く立っていた。彼の無感情な声はあたりの空気をひっかいた。

「上長への服従を守っているだけです、参事会長殿」

「これは私が悪かった」

しかしそう言っている端から、他のことが思い浮かんで、悔恨の気持ちはジョスリンの頭から追い払われてしまった。ジョスリンは体の向きを変え、北側の周歩廊へと歩き出したが、鋲を打ったサンダルの足音が後からついてくる。

「アダム神父。何か――私の背後に何か見えはしなかったかね？　私がひざまずいているときのことだが」

鼠みたいなキイキイ声。

「いえ、何も」

「もし見えていたというのなら、口外無用と命じるところだったよ、むろん」

周歩廊の途中でジョスリンは足を止めた。頭上から陽光の矢軸と幹。しかし聖歌隊席とそれを取り巻く広い周歩廊の間に立つ壁が、足下の舗床に影を落として暗くしていた。交差部の方から石を割る音が聞こえ、木製の仕切りをものともせずこちらまで漂ってきた埃が、心持ちもっとゆっくり舞っているのも見える。これを辿ってジョスリンの目は上に向かい、高いアーチ型天井を見つめ、もっとよく見ようとジョスリンは数歩下がった。と、靴の踵の下に、誰かの柔らかい爪先が挟まるのを感じた。

「おっと、アダム神父！」

それでも小柄な男は何も言わず、身動きもしなかった。まだ手紙を持ったまま、何一つ表情の変化を見せずに立っていた。不思議はない、この男には顔が全然ないのだから、とジョスリンは思った。洗濯物を留める物干はさみの頭と変わるところがない。下を向いて笑いながらジョスリンは、目を留めるに値しない髪に囲まれた禿頭へ向かって話しかけた。

「勘弁してくれ、アダム神父。ただ、君という人は、いるのかいないのか本当にはっきりしないものだから！」そして歓喜と愛おしさを込めた笑い声とともに――「君のことは、これから名無しの神父と呼ぶことにしようかな」

　それでも礼拝堂付き司祭は何も言わなかった。

「さて。ではその馬鹿げた手紙をもらおうか」

　教会の向こう端では、次の礼拝に備えて聖歌隊が集まっていた。行列聖歌が始まるのが聞こえる。聖歌隊は動いている。まず初めにはっきり聞こえてくるのは子どもたちの声だ。それが消えていくと、今度は聖歌代行隊の低い声。やがてその声も消え、聖母礼拝堂から独唱のワー、ワー、ワー、ワー、ワーが聞こえる。声は丸天井の下一面を巡り、反響となって互いの後を追いかけた。

「教えてくれないか。この女が、世間から見た関係にしたら、私の叔母にあたるということは、皆に知れ渡っているのかな?」

「さようでございます」

「いつだって、慈悲の心を忘れてはならぬな——たとえあのような女が、あのような過去を持つ女が相手であっても」

　それでも何も答えない。二翼をもて足をおほひ。御身の御使いが私の護りです。今ならどんなことだって耐えられましょう。

「世間ではどんなことを噂しておるのか?」

「居酒屋での与太話に過ぎません」

「与太に過ぎないのなら、言うがよかろう」

「あの女の財産がなければ、参事会長に尖塔など建てられぬ、と」

「図星だな。他には？」

「汝らの罪が緋の如くなるも、金さえ持っていれば主祭壇の隣にだって墓を作ってもらえるのだ、と」[*14]

「そんなことを？」

白い盆のように、手紙はまだ礼拝堂付き司祭の手にあった。手紙にまとわりつく香水のかすかな残り香が鼻を突き、そのため、周歩廊北側窓列の下の暗いこの一角は、まがいものの春の息吹で侵されたようだった。工事の開始を見、天使の訪れを感じた喜びにもかかわらず、ジョスリンの苛立ちは舞い戻ってきた。

「何という悪臭だ！」

聖母礼拝堂のワー、ワーが消えていった。

「読みあげよ！」

「『わが甥にして――』」

「もっと大きくだ」

（そして聖母礼拝堂からは、一つの声が、ゆっくりと反響を圧倒していった。われは信ず、唯一の神）

「『―聖母大聖堂教会の聖堂参事会長、ジョスリン神父へ』」

（そして聖母礼拝堂から、若い声と老いた声が一つになって唱え始めた。見ゆるもの、見えざるもの）

「『この手紙は、ゴドフリー先生に代書してもらっています。きっとおまえは、教会の仕事やら建設のことで、この三年間、私が先生に書いてもらった手紙は、きっと読まずじまいだっただろうから。さて、愛する甥よ、またぞろ前からの質問を持ち出しますよ。私のために一言口添えすることぐらい、どうしてできないの？　お金の件の手紙には、おまえの返事はずいぶんすばやくて、しかも態度が違ったじゃないの。あけすけにいきましょう。これまで私が送った人生については、私も世間もおまえもよく知っていることね。けれど、あの人が亡くなったことで全部済んだ話――亡くなったというか、殺された、殉教と言ってもいい。あとは、主の前でちゃんと悔悛したことだし、主だってこのか弱い婢女《はしため》に、罪を悔い改める余生をうんとたくさん与えてくださると思うわ』」

（ポンシオ・ピラトのもとにて苦しみを受け）

「『私が現世の王と関係していたのが嫌で、おまえは私を咎めるのだとわかっているよ。でも、カエサルのものはカエサルへ、っていうのが主の教えじゃないのかしら？*15　少なくともそれだけは、力の及ぶ限りやったつもりです。本当ならウィンチェスター大聖堂で、王侯たちと枕を並べる墓をちゃんとあてがってやる、とあの人約束してくれたのに、私は追い払われてしまって、でも、私がいっしょ

*14　旧約聖書イザヤ書第一章一八節に、神の言葉として「たとえお前たちの罪が緋のようでも（お前たちが進んで神に従うよう改心するならば）雪のように白くなることができる」という宣言が伝えられている。また、中世初期から、教会堂内の側部や床下に墓を設置することが珍しくなくなった。とはいえ、その栄誉に浴するのは権力者のみだった。

*15　新約聖書マタイ伝福音書第二二章二一節、マルコ伝福音書第一二章一七節、ルカ伝福音書第二〇章二五節にあるイエスの言葉。浮き世にいる間は、物質面に関することは現世の王の支配に従っておけ、そして良心や霊的なことに関しては神に従え、という教えだと解釈される。

に永眠する相手としてふさわしいのは亡王たちだけだということが、連中にもわかる日がきっと来ることでしょう。*16』」

(生ける人と死せる人とを裁きたもう)

「『ゴドフリー先生は、今書いた最後の文は消したほうがいいとおっしゃるけれど、消さずに残してちょうだいと頼みました。おまえの教会に眠る骨が、どれもこれもそんなに聖別されたものというわけでもないでしょう。私が天国に入る見込みは低いとおまえは思っているんでしょうけれど、私は望みは十二分だと思ってます。聖歌隊席の南側、プロヴォスト家の礼拝堂と誰だか古い司教の像の間に、日当たりのいい場所があるでしょう、確かおまえが任命される前には、あったはずです。そこなら、主祭壇にも私の墓がちゃんと見えるし、たぶん主祭壇は私の犯した罪について、おまえほどには目くじらたてないと思うのよ、罪と言ったって、それの何を悔い改めよと言われているのか、納得しきれないのだけれど』」

(罪の赦しと、終わりなき命)

「『それで何なの？　もっとお金が要るの？　尖塔を一つじゃなくて二つ建てたいというの？　だったら言っておきますけれど、あの人は他のことと同様、こういう分与にも気前がよかったから、私も遺産は分配するつもりです、おまえの分と、それから貧しい民に分け与える分、でもその前に私の墓石と、ミサ用の神父一人分と、それからおまえの母さんの名前で聖堂に寄付する分を別にしてからよ。おまえの母さんとは昔はずいぶん仲良しで――』」

ジョスリンは手を伸ばし、礼拝堂付き司祭が持っていた手紙を取って元どおりに畳《たた》んだ。

「女などいないほうが、どんなにいい世の中になるだろうな、名無し神父。どう思う?」

「女は危険で理解できぬものと言われております」

(アーメン*17。)

「それで、ご返事はどうなさいます?」

しかしジョスリンは、新しく始まった工事と守護天使のことを思い出し、そして、交差部の上に広がる青空に、計画を知る者の眼にはもうすでにしっかりと捉えられた尖塔が描く、見えない輪郭線を思い出していた。

「返事か?」彼は笑って言った。「決定を変更する必要などあるかね? 返事は出すまい」

*16　ハンプシャー州ウィンチェスターは、古くはイングランドの中心でもあった町で、中世期、ここの大聖堂には確かに歴代ウェセックス王が埋葬されていた。

*17　ここまでの括弧内で切れ切れに聞こえている文言は、ローマ・カトリック(ソールズベリ典礼方式を含む)のミサで、信仰の誓いとして唱えられるニケア信経の一節。なお、ポンシア・ピラトとは、キリストの処刑を容認したローマの総督の名。

第二章

周歩廊から仮設の板扉を抜けると、交差部を充たす突然の光の中、彼はしばらくの間、目をまたたきながら立っていた。北袖廊の壁に空けた穴は、荷馬車が通れるほど広くなっていた。親方の軍勢の数人が、忙しそうに穴の縁《ふち》を整えている。これまで以上に埃はひどく、まるで黄色い煙のようになり、彼は咳き込み目から涙が流れ出た。舗床を壊している二人の男は、今や腿から下が竪坑の中に収まって隠れており、そのあたりの空気があまりにも埃っぽいので、二人の顔が怪物のように歪んで醜く見える、と彼は思ったのだが、よく見ると彼らは口元を布で覆っていただけで、その覆いが埃と汗で泥の塊になっているのだった。竪坑の横には下働きの男が一人控えていて、煉瓦箱が土砂で一杯になると北袖廊を通って外へと運び、その間は別の下働きが竪坑の横に立つ。煉瓦箱を肩に、埃の多いところから埃の少ない場所へと来るたびに、下働きの男は大儀そうに歌を歌い始める。ジョスリンは歌詞を聞きとがめ、ほんの二言三言聞くと両手で耳をふさぎ、歌っている男を叱りつけようと口を開けたが、男は気にも留めず、歌いながら壁に空いた穴を通って出ていった。ジョスリンは身廊へ急ぎ、あたりを見回した。柱の間を捜し回ったが、誰もいなかった。決然と南袖廊を通り、回廊の巨大な扉を激しい勢いで開き、垂れ幕を荒々しく引っ張った。しかし、写本室にも主要参事はおらず、助祭がぽつんと一人で、鼻をページにくっつけんばかりにして二枚の稿本を見比べているだけだった。

「聖具保管役はどこにいる?」

若い助祭はびくっと飛び上がり、危うく本を落としそうになった。

「参事会長さま、聖具保管役さまでしたらここを通ってこられ――」

ジョスリンは奥の垂れ幕を引き剥がすように払った。だが修学室にも誰の姿もなかった。ベンチは乱雑に置かれ、一脚など横向きに倒れている。彼は回廊の列拱《アーケード》に出て、誰かがチェッカー遊びの碁盤目をがりがり書き込んで点取りの骨駒を散らかしていった石の窓枠に両手を置くと、窓から頭を突き出した。聖具保管役は、修学室から持ち出したベンチに坐っていた。ひなたぼっこをするように、列拱の柱に背中をもたせかけ、膝の上で両手を組んでいる。

「アンセルム神父!」

季節にはまだ早い蠅が一匹、アンセルム神父の鼻にぶつかって、跳ねるように飛んでいった。神父は目を開けたが焦点は定まっておらず、やがてまた目を閉じた。

「聖具保管役殿!」

ジョスリンは次の垂れ幕を通り抜け、急ぎ足で真ん中にある正方形の回廊中庭へ入り、アンセルム神父の横に立つと、立腹をいったんおさめ、普段どおりの何気ない口調で話しかけた。

「身廊が空っぽだね。誰も番をしていないようだ」

眠っているようにも見えたが、アンセルム神父はごくかすかに震えていた。目は開いたが、視線はよそへ泳いだ。

「埃がひどいからね、参事会長殿。この哀れな胸にはきつい仕事だ、わかるだろう」

「君があそこに坐って番をする必要はないのだ。君には他の者に命令する権限があるのだから！」

アンセルムはかぼそい咳をした。たっ、たっ、たっ。

「自分にできないことをどうして他の者に頼めようか？　それにあと一日ふつかで埃も減るだろうし。親方がそう言っておったよ」

「ではその一日ふつかの間、あの者たちがどんなに穢れた歌を歌おうと、おかまいなしだというのかい？」

用心して、怒りを見せまいと決心していたのだけれども、ジョスリンは声高になり、右の拳をぎゅっと握りしめてしまった。慎重にその拳をほどくと、いかにも今のは何でもなかったというように、指をぶらぶらさせた。しかし、聖具保管役はそれをちゃんと見てとったうえで、視線を大きなレバノン杉の木の方へ移したのだった。彼はまだ震えていたが、声は穏やかだった。

「参事会長殿、私どものいつもの日課が破壊されるのを、どれほど堪え忍んでいるかを考えてみれば、たかが歌の一つくらい——失礼——どれほど俗っぽい歌であったとしても、罪としては軽微なものだよ。結局のところ、身廊の両側の側廊には十二も祭壇があるが。この、この新設工事のせいで、蝋燭が灯っていない有様なのだし。それに——またもや失礼——この男どもは、地の果てから寄り集まってきたこの輩どもは、ほんのちょっとしたきっかけがあれば、すぐさま暴力に訴えかねない様子だ。歌くらい好きに歌わせておくのが得策じゃないのかな」

ジョスリンは口を開いたが、何も言わずに閉じた。聖堂参事会室での重大な審議の場面が、彼の脳裏をよぎった。しかし聖具保管役の目は杉の木を離れ、やや頭を傾げて、まっすぐジョスリンの方を見ていた。

「ああ、そうとも、参事会長殿、せめて埃が落ち着くまで一日ふつか、歌わせておこう」

ジョスリンはやっと呼吸を取り戻した。

「だが、参事会で決定したことではないか！」

「私にもいくらかの自由裁量権が与えられたはずだがね」

「あの者たちは教会を汚しているのだぞ」

聖具保管役は背中の石と同じくらい身動き一つしなかった。震えはすでに止まっていた。

「あの者たちは、少なくとも教会を壊してはおらん」

ジョスリンは声を荒げて叫んだ。

「何が言いたいのだ？」

聖具保管役の手は、自分で両手を広げたことを忘れたかのように、そのまま止まっていた。

「私が、かね、参事会長殿？　申したとおりのことさ」

とても慎重に、聖具保管役はゆっくり両手を戻すと、膝の上で組んだ。

「誤解なさらぬよう。思うに、あの無学な男どもは、埃と悪臭で教会の空気を汚すのと同様に、言葉でも空気を汚しているのだろう。しかし、空気を壊してはおらん。空気を取り囲む建物も壊してはいない」

「壊しているのは私だというわけか！」

しかし聖具保管役は用心深かった。

「誰が君の話などしたのかな、参事会長殿？」

「君は、参事会で尖塔《スパイア》建設に反対票を投じて以来――」

苛立ちが喉まで上がってきて、言葉が詰まった。アンセルムはかすかに微笑んだ。

「嘆かわしくも私の信仰が薄いのですなあ、参事会長殿。私の主張は退けられたし、今では皆で骨惜しみせず力を尽くさなければならないと承知しているさ」

骨惜しみせず力を尽くす、というあたりには、口調を真似た気配があったので、ジョスリンの喉に上がった苛立ちは怒りに変わった。

「まさしく、嘆かわしい信仰の薄さとは、よくも言ったものだ！」

聖具保管役の微笑みは、自若としているだけでなく、優しさも湛えていた。

「君のようには、神から特別に選ばれたという感覚を持てない者もいるのだよ、参事会長殿」

「いかに用心深く言葉を飾って見せても、その裏で私を非難していることが、私に見えていないとでも思っているのか？」

「口にしたこと以上のことは、言ったつもりはないよ」

「しかも坐ったままで口をきいておる」

いくつもの理由が奇妙に絡み合って、ジョスリンの血を憤怒へと向かわせていた。再び口を開いたとき、ジョスリンの声は小刻みに震えていた。

「教会を創立なさった我らが師父たちの布かれた法規は、今でも生きていると思うのだが」

今度は聖具保管役が口をつぐんで身を固くした。かよわげな顔がおそらくほんの少し赤らんだ。足を体の下へ引きずると、彼はゆっくり立ち上がった。

「参事会長殿」

「交差部も、まだ監督者がいないままになっているな」

聖具保管役は何も答えなかった。彼は両手を組むと、ごくわずかに頭を下げ、踵《きびす》を返して回廊の扉へ向かって歩き出した。突然ジョスリンは片手を上げた。

「アンセルム！」

聖具保管役は立ち止まり、こちらを向いて言葉を待った。

「アンセルム、そんなつもりじゃなかった――君は幼馴染みのなかでたった一人残っている大事な友だ。私たちの間柄は、一体どうなってしまったんだろう？」

返事がない。

「君をこんな形で行かせるつもりはなかったんだ、わかってるだろう。許してくれ」

赤みの差した顔、目の下に笑顔はない。

「もちろんですとも」

「役目を言いつける相手はいくらでもいるだろう。あそこの、写本室にいた子はどうだい？　いまさら少しばかり後回しにされたって[*1]も、クリュソストモスは怒らんさ。あの聖人が待たされた年月を考えてごらんよ！」

＊1　ヨアンネス・クリュソストモスは「ギリシア教会四大博士」の一人に数えられる四世紀後半のコンスタンティノープル大司教で、弁舌に優れ、聖書解釈を数多く残した。その写本もたくさんある。アルカディウス帝の皇后エウドクシアに疎まれて失脚し追放を受け、名誉回復できたのは死後三十一年経ってからのこと。

しかし聖具保管役は、また自若とした笑みを浮かべ、首を横に振っていた。

「今日は他の者にやらせるわけにいきません。ほら、埃があんまりですからね」

それから二人とも押し黙った。

どうしたらいい？　小さな癪の種に過ぎないし、目をつぶっておけばいいだろう。だが私はだんだん学びつつある。

「ご命令はまだ解けておりませんかな、参事会長殿？」

ジョスリンは踵でくるりと向きを変え、上を見た。回廊の列拱と狭間胸壁が見え、その上の控え壁と南壁の高い窓列をじっと眺めた。その壁と袖廊が出会う角をのぼって、交差部に四角の屋根がそっけなく覆っているところまで目を滑らせる。陽光が、石を暖めることなく光漬けにしている。絶壁のような石の張り出しの上方には、昨夜の雨に洗われた鮮明な空が見える。雲一つないものの、風の吹く兆しがあった。ジョスリンの目は、交差部の狭間胸壁に囲まれた屋上の上空、遙か上の方、鳥が輪を描いて飛んでいるあたりに据えられ、そこで透明な幾何学線が地上四百フィートの一点へと伸びて描き出す下絵が、ひとりでに浮かび上がるさまに釘付けになった。

しかあれかし。何なりと望みの代価を求めるがよい。

彼は振り返って聖具保管役を見たが、その表情に優しい気遣いと悪意の含み笑いとが曖昧に交じり合っているのに突然気づいた。その微笑みは、私は君の友だ、聴罪司祭でもあるが、何よりも君の友なのだよ、と告げている。だが同時に、返事のしようがないような口振りでこうも言っているのだ。あの目に見えない上空の代物は、ジョスリンの酔狂でしかなく、倒れるに決まっているし、倒れたついでに教会を破壊して埋めてしまうのだ、と。

「どうなのでしょうか、参事会長殿?」

ジョスリンは声を荒げないよう努めた。

「ああ、もう行きなさい」

それで聖具保管役は手を組み、頭を下げた。まさに上長への服従としてはこれ以上ない仕草であった。しかしまた、二人を結んでいた糸がすり切れ細くなってしまったことを思えば、従順以上のものを意味していた。アンセルムは南袖廊へ通じる扉の前で止まった。そして、そっと扉の掛け金を持ち上げ、ぎしぎし音をたてる扉を注意深く押して閉じたが、その動作のなかにジョスリンは漠然とした非難を感じとり、その非難が一種の無礼のように思われて、そのため糸はぷっつりと切れた。これで終わりだ、とジョスリンは思った。そしてかつてはその糸がどれほど太く長く、大綱のように二人の心と心を繋いでいたかを思い出し、彼の心はうずいた。また、苛立ちから回復したときには、きっと海辺の回廊や光る波、太陽と砂を思い出して悲しみに暮れるのだろうとわかっていた。

「ずっと前から、いつかは来るはずの潮時だったのだな」

地上四百フィートの尖塔よ、おまえのためにどれほどの代価をつぎ込むことになるのか、私にはわかっていなかったのだ。つぎ込むのは金だけで済むと思っていた。だが、わかった、何なりと望みの代価を求めるがよい。

そこで彼は大聖堂へ戻り、南袖廊に立った頃には、アンセルムのことは心から追い払っていた。宙に舞う埃は以前より少なくなっていたし、また見る見る減っていたからだ。穴掘り人夫たちはもう口の覆いをはずしており、彼らの上に埃の柱がそそり立つこともなくなった。姿を現しているのは、人夫たちの頭と突き上げるシャベルの先だけだった。シャベルが振り下ろされても、荒石に当たって高い音をたてるのではなく、ザクリとかザッとか土を切る音が柔らかく聞こえるだけだった。下働きの男が運び出す煉瓦箱の中身も、黒っぽい土だった。しかしジョスリンは、穴掘り人夫や下働きに気を取られはしなかった、それは竪坑の向こう側にロジャー・メイスンが立っていたからで、ロジャーの顔はうつむき、その目は何かを凝視していた。一瞬顔を上げて交差部の四本柱を見やり、ジョスリンの方を見たが目に入らなかった様子で、また竪坑の下を見つめた。このこと自体は珍しくもなく、親方が目に入ったものを見ていないのはよくあることだった。だが、いつもそんなふうかというと、他の何物も目に入らず聞こえず感じられない様子で、一点を見ることもあったのだ。そういったとき、親方は見ているものをがっちり把握して型に入れて固めるか、あるいは丸ごと受け入れるかするような目つきになるのだった。だが、今はそんなふうでもなかった。うつむいて、目は凝視し、浅黒い顔には純然たる驚愕と不信があふれていた。青い頭被りは背中に垂れ、太い首の周りでひだを作っており、片手が、短く刈り込んだ弾丸形の丸い頭を一撫でする[*2]——まるで、まだ頭がそこにあるかどうか確かめているみたいだ。

ジョスリンは竪坑の縁まで来て親方に話しかけた。

「さてロジャー？　気が済んだかね？」

親方は返事もせず、目をこちらへ向けることもしなかった。両手を腰に当て、太い脚を広げて立ち、茶のチュニカ上着に包んだたくましい胴を、前方にやや傾けている。竪坑の下へ話しかける。

「突き棒を使ってみろ」

一人の穴掘り人夫が体の力を抜き、汗だらけの顔を片手でつるりと撫でた。もう一方の人夫は竪坑の深みへと姿を消し、ぶつぶつ言うような音をたて始めた。親方はすばやくひざまずくと、両手を床石板の縁に載せ、さらに前へかがみ込んだ。

「手応えは？」

「何にもありませんや、親方。上げやすぜ」

人夫の頭が竪坑から出てきて、二つの手も見えた。その両手には鉄の棒が握られており、ある長さのところを一方の親指で目印に押さえ、もう一方の親指は光る先端を押さえていた。親方は親指から親指まで、ゆっくりと検分した。ジョスリンを素通しにして向こうを見るような目つきになり、口笛でも吹くみたいに唇をすぼめたが、音は出さなかった。無視されたとわかったジョスリンは、身廊を視察しようと体の向きを変えた。アンセルムの気高い白髪頭が見えた。ジョスリンの命じた言葉どおり、二百ヤードほど離れた西の扉の横に腰掛けているが、声は届かずほとんど目でも見えないような距離であった。あの男が見かけと実際の行動を使い分けるのを思い出して、突然胸の痛みが戻ってくるのを感じた。ここにも驚愕と不信が少々。子供じみた真似がしたいのなら、よろしい、そこで石になるまで坐っているがいい！　こちらからは何も言うものか。

ジョスリンはまた親方の方へ向き直り、今度は親方が彼に気づいたことを見てとった。

＊2　「弾丸形の頭 bullethead」すなわち「短頭」とは、ずんぐり型の頭が太い首で肩に続いているような体型を言う。頭の回転が鈍く頑固で洗練されていない人間を揶揄する言葉である。

「さて、わが子ロジャーよ、どうだね？」

親方は背筋を伸ばし、膝から埃を払うと、手からも埃を払った。穴掘り人夫たちは仕事を再開した。ザクリ、ザッ。

「師なる神父さま、見たものがなんだかわかりましたか？」

「伝説が証明されたということだけはわかったよ。だが、それを言うなら、伝説とはいつだって正しいものなのだ」

「坊さんってやつは、都合良く選り好みしますからね」

坊さんってやつ、だと。

この男の機嫌を損ねないように気を配らなければ、とジョスリンは思った。私が望むことをやってくれている限りは、何でも好き放題言わせておくことだ。

「告白してはどうかな、わが子よ。この建物は奇蹟だと言っておいたではないか、なのにおまえは信じようとはしなかったな。しかし今その目で見たはずだ」

「何を見たと？」

「奇蹟をだよ。基礎の土台を見たのだろう。というか、基礎がないのを見ただろう」

親方の笑い声には軽蔑と愉快が響いていた。

「基礎ならありましたよ。この聖堂くらいの重みを支えるにはギリギリの基礎がね。[*3] ほら、どういう仕組みだか見えますよ。竪坑の横壁を辿ってずっと下に目をおろしてご覧なさい。あの辺までは荒石の層で、あそこにもう少し何かあります。その下はただ泥しかありません。残材で筏《いかだ》みたいな枠を組んで、その上から詰め物を積み上げたんですな。でも、それだって危ういもんです。この下のあたりに砂礫《されき》がなくちゃいけない、しかも砂礫は表土の近くまで来てなきゃおかしい。私の専門知識に賭けて言いますが、どうしたってそうでなくては、理屈に合わない。たぶん元は川の土手か何かで、後に砂礁が残ってたんでしょう。あっちの下の泥の層は、ちっぽけな土砂溜まりにすぎないのかもしれない」

鼻越しに親方を見下ろしながらジョスリンは楽しげに笑った。顎が突き上がる。

「しかしおまえの技倆をもってしても、確かなことは何も言えないのだね、わが子よ。筏が組んであると言ったな。では、建物が筏に乗って浮いていると考えればよいではないか？　奇蹟を信じる方がよっぽど簡単なことだ」

ジョスリンが笑い終わるまで、親方は黙ったままじっと彼を見つめた。

「こっちの、一緒に話のできるところまで来てもらえませんかね。さて。建物全体が浮いている、と言いたければお言いなさい。そりゃあことばの彩《あや》ってもんですから。確かにそうとも言え――」

「確かにそうなのだよ、いいい、ロジャー。ずっとわかっていたことなのだ。次にはおまえも私の言うことを信じるようになるよ。今回の掘削《くっさく》はまったく無駄骨だった」

「竪坑掘りは、うちの職人たちのためにしてやっているんです」

「おまえの軍勢のため？　おまえは大将だと思っていたのだがな！」

＊3　実際のソールズベリ大聖堂も、基礎はほんの一メートルと非常に浅い。

「時には軍勢のほうが指揮をとることだってありますさ」

「それはへまな大将だな、ロジャー」

「お聞きなさい。基礎は、何なら筏と言ってもいいですがね、この建物だけで一杯いっぱいなんです。これ以上の重みは無理です、載せるとしてもほんの少しだけしか支えられません。もう、うちの職人たちにもそいつが知れてしまいました」

荘厳さを保とうとしているにもかかわらず、ジョスリンの声には面白がっているような優しい調子が混じった。

「その竪坑を掘ったのは私のためでもある、そうじゃないかな、ロジャー？　参事会長を捕まえる落とし穴のつもりで？」

しかしロジャー・メイスンは笑顔にならなかった。雄牛のように重々しい眉の下から、こちらを見据えている。

「どういう意味です？」

「参事会長に、尖塔なんて不可能だということをわからせるために、だよ。この夏、ウィンチェスターにもチチェスターにも仕事がない。ラコックでもクライストチャーチでも、修道院や尼僧院や小修道院を建てるという話がない。新しい王は城の建築に関心がないふうだ。でもここでなら何とか夏を乗り切って、それでジョスリン参事会長がどれほどの愚か者か見せつけてやれる、そう思ったのだろう。そうやっていれば、何か別のいい仕事が見つかるまで、軍勢を散り散りにせずにすむ、何しろ軍勢なしでは、おまえなど無に等しいのだからね」

今度は親方の顔に微笑が浮かんだ。

「師なる神父さま、近いうちに砂礫が見つかれば、またそこで考えましょうや。さもなければ――」

「さもなければ、うずくまったみたいな格好の塔《タワー》を造るしかないというのだろう、おずおず、びくびくと、建物が沈まないよう横目でちらちら確かめながら。ずいぶんと自分を知恵者だと思っているのだな！　塔なら、どの高さででも打ち切っておしまいにできるのだからな、ロジャー？　そうすればおまえの軍勢はここで冬越しして、もっと多くの人間を死なすのだ」

「あの乱闘では、一等腕利きの石切工をなくしました」

「そのあがりが、うずくまり塔でもいいというのかね。それは駄目だ、ロジャー」

「砂礫を探しているんです。それこそ本物の基礎ですからね」

しかしジョスリンはうなずいて、親方に笑いかけていた。

「見ているがいい、私は意志の力でおまえを上へと押しあげてみせるから。それこそ神の御意志なのだ」

親方から笑顔が消えた。彼は怒った口調で言った。

「元から尖塔を建てる気だったら、それなりの基礎を布いておくもんでしょうに！」

「建てる気だったのだよ」

このときばかりは、ジョスリンが親方の注意を独占した。

「計画は？」

「何の計画だ？」

「建物全体の計画図です――見たことがあるのですか？　文書館に設計図が残っているのですか？」

ジョスリンは首を横に振った。

「設計図などないのだ、わが子よ。当時のああいう者たちは、羊皮紙に書いたり木板に刻み込んだりする必要はなかったのだ。しかし彼らが何をする気だったか、私にはわかる」

親方は頭を掻いて、それから手招きした。

「一緒においでください、師なる神父さま、そして柱をご覧なさい」

「四本柱のことなら十分わかっているよ。忘れたのかね、ここは神のもとで私が暮らす家なのだからね」

「でも、私と同じ見方で、柱を見ていただきたいのです」

交差部の四隅に柱が四本立っている。それぞれが茎の寄り集まったような形で上へ聳《そび》え、てっぺんで朝顔型に枝を広げて屋根を支えている。屋根の下には暗がりがあり、百二十フィート下のここからでは、中心の通気孔についた木製の蓋を取りまく文様《パターン》を、目で辿ることはできない。親方は南西の柱に行き、茎の一本を平手で打った。柱の石はなめらかで埃をとどめていなかった。節くれだった片手が突き出てきて、石の表面に置いたもう一方の手の上に重なった。

「分厚くて丈夫だと思いますか、神父さま？」

「巨大な柱だ」

「でもご覧なさい、長さからすればとてつもなく細い柱です！」

「そこが美しさの因由《いんゆ》だよ」

「屋根以外には何も支えてはいません。それにこの柱の造りは、自分の重み以上のものはほとんど支えられません」

ジョスリンは顎を突き上げた。

「そうかもしれぬが、それでも十分な強さがあるはずだ」

親方の微笑みには、聖具保管役の微笑みと同じくらい曖昧さが漂っていた。

「師なる神父さまなら、こういう柱を立てるとなれば、どういうふうに仕事を始めますね？」

ジョスリンは柱に近づき、じっと凝視した。束になった茎の一本一本は、男の胴回り以上の太さがある。ジョスリンは茎の一本の表面を指で撫でた。

「ああこれだ。見えるかね？　水平に何本もひびが、継ぎ目がある。何と呼ぶのかな、根太《ねだ》といったっけ？　きっとまず石を輪切りにして、それを積み重ねていったのだ、ちょうど子どもがチェッカー遊びの駒を積み上げていくみたいに」

親方の微笑みに、ぞっとするような凄みが加わった。

「師なる神父さま、あなたはここを建てた職人たちのことを、善き者たちだとおっしゃいましたね。たぶん真っ正直な人たちだったのだと。でも、他の建て方だってあるのですよ」

パンガルが片足を引きずって交差部を通り過ぎる。その後ろから、下働きの男が音もなく真似をしながらついていく。よろめき加減といい、足のにじり方といい、頭の角度や憤怒の表情までそっくりだ。パンガルがぐるりと向きを変えると、男は歩を止め、甲高い笑い声をどっとあげた。パンガルは何やらぶつぶつ言いながら、自分の王国へ入っていった。

「さてロジャーよ、別の話がある。あの男だが――」

「パンガルのことで？」

「あれはとても忠実な僕《しもべ》なのだ。ちょっかいを出すなと部下に言ってくれ」

沈黙。

「ロジャー？」

「あいつは道化の代わりです。冗談もわからないんですかね？」

「どんな冗談だろうと、今ではもうやりすぎで、陳套な冗談だ」

親方は、パンガルの王国へ通じる扉を、石のように無表情に眺めるばかりで、何も言わなかった。

「ロジャー。なぜおまえの軍勢はあれに手出しをするのかね？」

親方はさっとジョスリンの方を向いた。その瞬間二人の間に、まるで車輪が轍《わだち》にはまったときのような、ガクンと心が激動する感覚が走った。そしてジョスリンは、何十もの思いが唇の裏側でひくひくとうごめくのを感じ、親方の黒い目がまっすぐこちらを見据えているのを意識していなかったら、思わずその思いを声に出してしまいそうだった。まるで何かの縁《ふち》に立っているような感覚だ。

「ロジャー？」

しかしちょうどそのとき少人数の会衆が、聖母礼拝堂から北側の周歩廊を通って戻ってくるところで、しかも先頭でレイチェルが声高にしゃべっていた。うごめく言葉は消えていった。

「なぜちょっかいを？」

ロジャー・メイスンは竪坑の方へ向き直っていた。

「ああやって、私らは悪運を払うんですよ」

そこへレイチェルが、他の者から離れ、こちらへと舗床を急ぎ足にやってきて、声がちゃんと届くところまで近づかないうちから、しきりに手振りをしながら――「最後の審判の日までにここの基礎が掘り返されるなんて、連中思ってもなかったでしょうねえ、だってさ、あの人たちだってうちの人と同じように、契約してたはずなんだから」――しゃべってはうなずいて、激しく体は揺さぶられ、スカートはつまんで持ち上げるのではなく、わしづかみで引き上げているものだから、不調法なことに足首も足も丸見えじゃないか――「荒石の下には榫材があるはずだって、そう思ってたんじゃないの、ロジャー？　いつだってうちの人は何だって知ってるんですよ、参事会長殿」――会長殿だと、女だてらに、まるで参事会で正式の議決権を与えられている参事会員気取りの口振りではないか！この女は体全体がおしゃべりの一部になっていて、黒い瞳までひん剥き、上品で寡黙なイングランドの女とは（神の御名によるわが娘、無口なグッディ・パンガルとは）大違いだ、物知り気取りで、建築のことも知り尽くしているつもりで、男が言うことに異を唱えさえするのだ、この女は！　このレイチェルは、黒髪で黒い瞳、落ち着きがなくて、のべつ幕なしに言葉をほとばしらせるこのレイチェルは、男に結婚を思いとどまらせる実例が入り用なら、それこそ恰好の見本だ――「ごめんあそばせ会長殿、でもどうしても言っておかなきゃなりません、こういうことはわたしだってちっとは聞きかじってるんですから。昔ロジャーの親方さんが言っていたことを覚えてるんです。『いいかな、娘や――』親方さんはわたしを娘って呼んでたんです、というのは、ほら、ロジャーはその頃親方さんの助手をしてましたからね――『いいかな、娘や、尖塔というものは上へ伸びれば伸びただけ、下にも伸びるものなのだよ――』あら、それとも『下へ伸びただけ、上にも』だったかしら？　でも、親方さんが言いたかったことといいますのはね、ほら――」と、そこで彼女は頭を一方に傾げ、謎めいた微笑みを浮かべながら、ジョスリンの顔に向かって指を一本突き出し――「上に乗っかっているのと同じくらいの重みが、建物の下にもなくちゃいけない、ってことですわ。だから四百フィート上に行こうっていうのなら、四百フィート分下らなくちゃいけない、ってわけ。そうよね、ロジャー？ロジャー？」礼拝から解放され、悔悟を示す沈黙をもう守らなくてもよくなったため、彼女は延々としゃべり続け、体も色黒の顔も、自分が発する言葉で、まるで水を吐き出す管が水勢で震動しているみたいに震えていた。しかしロジャーとレイチェルのメイスン夫妻には何かしら奇妙なところがある。一心同体であるのみならず、見た目までそっくりなのだ。夫婦というよりも兄妹のようだ、二人そろって色黒で、がっしりしていて、真っ赤な唇をしている。二人きりで島流しにされ周囲から切り離されたみたいで、自分たちだけの無類の生活様式《パターン》を保っていた。ロジャーは決してレイチェルに手をあげることはなく、しょっちゅう喧嘩はするものの、炎みたいにやがては風に吹き消され、後には何の火種も残らない。周りの者には何とも不可解なやり方で、二人はお互いをぐるぐる追いかけ回している。どうしてお互いに相手を辛抱できるのか、理解しようとしても無理だった。ただ、何らかの生活のコツみたいなものは、二人の中にあるらしかった。たとえば、レイチェルのあしらい方として、ロジャーはその場を茶番劇に変えてしまうという方法を編み出しており、ちょうど今もそうしている。彼は彼女には耳を貸さず、ただ声を張りあげるばかりで、レイチェルに彼の声を聞かせてわからせようとしている。こうやっていても別段ロジャーは苛立つことはないようだ。ただし、それを傍《はた》でなおさらのこと。

聞かされる第三者は、間違いなく苛々させられるのだ、その第三者が教会の高位聖職者とあっては、

「――おまえが思っているよりもずっと複雑な問題なんだよ」

するとレイチェルは顔を震わせ、おかげで親方の言葉がまたはっきりとは聞こえなくなった。ジョスリンも声を張りあげて、茶番劇の仲間入りをしてしまい、それがまた癪にさわった。

「パンガルのことを話していたのだ！」

「あんなに可愛らしい女《ひと》がねえ、子どもができないなんてほんとに可哀想だわ、でもわたしにも子どもはできなくてねえ、会長殿、わたしたち、この十字架を背負わなくてはならないのですわ！」

「――できるところまで高くは建てますがね――」

「――おまえに建てる度胸がある高さまで、ということだろう――」

突然ジョスリンに自分の声が明瞭に聞き取れたのは、声を張り合う相手が消えたせいだった。レイチェルは向きを変えていたのである。レイチェルの口からほとばしる奔流のような声は竪坑の下へ向かい、竪坑は声を呑み込んだ。

「ほんの少しばかり度胸を出したところで、何の意味があるというのだね、ロジャー？　私が見せたい度胸とは、大きいものなのだ！」

「というと？」

「四百フィート分の度胸だよ！」

「では、わかってもらえなかったのですな」

ジョスリンは微笑んだが、ロジャーに向かって意味ありげに頭を一つうなずいた。

「建設を始めてくれ。私の頼みはそれだけだ」

二人は互いに決意を固め、互いに何も言わず見つめ合いながら、何も解決はついておらず、これはただの休戦に過ぎないと感じていた。どうしても必要とあれば、石を一つ一つ運び上げるたびに、この男を上へと押しあげていかねばなるまい、とジョスリンは思った。この男には幻視《ヴィジョン》が見えない。盲目なのだ。どこでも好きな高さで塔の建設を打ち切ることができると思わせておこう――しかし、そこでレイチェルが竪坑から顔を上げて振り向いたので、その後は、竪坑の中が暗くてほとんど見えないとか、中で働いている者たちが疲れ切っているとか、いくら働き者でもやらせる仕事には限度があるとか、もうこのへんで仕事を切り上げてやらなくちゃとか、彼女の駄弁を聞かされるばかりだった。ジョスリンは踵《きびす》を返し、自分自身に腹を立て、あの馬鹿女に腹を立て、あの女を押さえつけるよりも無視した方が楽だと決め込んでいるロジャーに腹を立てた。陽光が西側の窓から射し込んでいるのを見て驚き、その光景のせいで、刺すような空腹を覚えた。これまた癪の種だった。背後で親方がレイチェルをどやしつけているのが聞こえたので、ごくわずかだけ溜飲が下がった。

「おまえってやつは、どうしてそう間抜けなんだ?」

しかしあの怒鳴り声だって実は何でもない、譴責《けんせき》にすらなっておらず、たぶん悪運を払う程度のものにしか過ぎないのだろう、ものの五分もすれば、二人はまたお互いの尻を追いかけ回し、笑ったり、恥ずべきことに腕を組んで歩き回ったりするか、他の者は聞きたくもない秘め事を呟き合ったりするのだ、とジョスリンは知っていた。だが、あれはあれで善き女なのだ、身持ちのことに関しては。職人たちが野営している新町通りでは、男女が破廉恥に交じり合っているという噂がいやというほどあるなかで、レイチェルにも親方にも醜聞の湧いた験《ため》しはなかった。ジョスリンは身廊越しに陽光を見やって、また自分が苛々しているのに気がついた。今日という日は歓喜とともに始まったのに、と思った。素晴らしいことがいくつも起こった、始まりもあったし、天使の訪れもあった。しかしまた、その歓喜が先細りしていったのも事実だ、まるであの天使が遣わされたのは、私を力づけ励ますためだけでなく、警告を発するためでもあったかのようだ。遠くにアンセルム神父が見え、西の扉の脇に気高く腰を下ろしている白髪の老神父が身動き一つしないので、ジョスリンは苛立ちとともに悲しみを覚えた。彼は顎を突き上げ、高窓層《クリアストーリー》に描かれた総大司教たちの説教姿に向かって声をあげた。

「拗《す》ねたければ、好きなように拗ねているがよい」

背後では、壁に空いた新しい穴を通って、笑い声が北袖廊から出ていくのが聞こえた。では、レイチェルは行ってしまったのだな。そこで彼は振り向き、親方が竪坑のそばで男たちと話しているのをしばらく眺めていた。もう一度戻ってさらに圧力をかけるべきか、しばらく迷った。そもそも親方に会いにこちらから出かけてくるべきではなかったのだ、と彼は思った。親方を私の前に呼びだして、城門での乱闘騒ぎについて譴責するのが筋だった。市長が法廷沙汰にするといったらどうなる？　言いたかったことの半分も言えずじまいになってしまった。あの、恐れを知らず顔を震わせながら、奔流のようにしゃべる女のせいだ。まさにその無知ゆえに、かえって門でも関でも止められないような力を発揮する女が、世の中にはいるものだ。*4 あの女は、僭越の件でも譴責してやらねばなるまい、分

＊4　旧約聖書申命記第三章五節の「この邑々はみな高き石垣あり門あり関ありて堅固なりき」を念頭に置いた言葉。この聖句は、モーセが率いるイスラエル人が、高い城壁を誇るアルゴブ地方を滅ぼしたときのことを語るくだりにある。

をわきまえることを教えてやるのだ。今度ロジャーのいないときに会ったら、言葉優しく話しかけて、どうあるべきかを諭してやろう。

「主よ、なんとまた扱いにくい道具ばかりなのでしょう！」

鋲を打ったサンダルの足音が身廊から聞こえ、ジョスリンは、あの物干はさみの頭をした男のものだと聞き分けた。そちらを見ようと首を回した。アダム神父が、速くも遅くもないいつもの足取りで歩いていたが、まるで、来る日も来る日も、物を届けたり受け取ったり指図を待ったりする以外のことは何もせず暮らしているかのようで、人間らしい個性もなく、活気を見せることも不服を唱えることもない様子だった。今は主人のもとに辿り着き、両手を揃えて立っているが、子どもが紙を切って作る人形みたいで、腕はついているし髪のところもそれらしく色を塗ってあるが、顔の部分は込み入って面倒なのでほったらかしにされたという風情である。アダム神父は、もうずいぶん先延ばしになっている食事とジョスリンの間に割り込んで、両手にまた用事を準備して立っている。

「後にはできないのかね、アダム神父？」

名無し神父。

名無し神父は、機械的に用をこなすだけのいつもの声で空中をひっかくようにして答えた。

「すぐにもお読みになりたい書状かと思いましたので、参事会長殿」

ジョスリンはため息をつくと、不思議なくらい歓喜を搾《しぼ》り取られ、疲れ、苛立った様子で返事をした。

「では、見せてもらおう」

彼は東を向いて、西からの陽光が当たるように手紙を掲げた。読み進めるうちに彼の表情は晴れ、苛立ちが消え、満足が、そして次には喜びが現れた。

「素晴らしい判断だった、すぐにこれを見せにきたのは！」

彼はひざまずき、十字を切って感謝の言葉を呟いた。しかしすぐに歓喜の上げ潮が戻ってきて、彼の体を立ち上がらせ、大急ぎで親方のもとへと運んでいくと、親方は助手のジェハンと竪坑のそばで話をしていた。ジョスリンが近づくと、親方はジェハンから目を逸らし、ジョスリンに話しかけた。

「砂礫の層はまだ見つかりません。それから、まだ洪水があるようでしたら、*5 もっと深く掘るのはあと何週間か待たなくてはならんでしょうな。ことによると何ヶ月かも」

ジョスリンは手紙を軽く叩いてみせた。

「おまえが待っていた答えがここにあるのだ、わが子よ」

「それが？」

「司教さまは私たちのことを忘れずにいてくださったのだ。司教さまは今ローマで教皇聖下の御前にひざまずいておられるが、それでも遥か遠く隔たった子羊のことを覚えておいでだ」

親方はじりじりした様子で答えた。

「私の言うことがいっこうにおわかりでないようですね？　はっきり言っときますが、銭の力では尖塔は建たんのですよ。なんなら金無垢の尖塔をお建てになるがいい、それだけ余計に地面にめり込む

＊5　イングランドの大聖堂は、低地に建てられるものが多く、洪水には悩まされた。ナダー川とボーン川がエイヴォン川へ合流する地点に建つソールズベリ大聖堂も例外ではなく、洪水のため、聖職者が馬に乗ったまま堂に入らねばならないこともあった。

だけですよ」

ジョスリンは笑いながら首を横に振った。

「さあ、わけを話してあげよう、そうしたらおまえも枕を高くして眠れるだろうから。司教さまは金銭を送ると言っておられるのではない。金など何の役に立とう？　そんなものよりずっと、ずっと、ああそれこそ限りなくもっと価値あるものだよ――」感情の上げ潮に持ち上げられて、ジョスリンの声も高くなった。片腕を伸ばして親方の両肩に回し、抱きしめた。「それを尖塔最上部の石に取り付けるのだ、そうしたら尖塔は、この世の終わる日まで立ち続けるだろう。司教さまは私たちに、『聖なる釘』をお送りくださるのだよ*6」

ジョスリンは怪訝そうな親方から腕を離すと、身廊の向こうから射し込む太陽を見た。アンセルム神父の白髪頭が目に入ったとたん、彼は人生とは癒しの膏《あぶら》なしでは耐え難いものだと悟った。ジョスリンは小走りに身廊を進んで老神父のもとへ急ぎ、持った手紙を振ってみせた。

「アンセルム神父！」

今度は、アンセルム神父は立ち上がった。殉教に耐えてゆっくりと立ち、せっかくの果敢なるわが姿に疵を付けまいとするかのように、三回分の咳をぐっと飲み込んでほんの少ししか聞こえないように押しとどめることまでしたのである。顔は冷たい無表情だった。

「アンセルム神父。友情とは宝物だよね」

まだ無表情。歓喜の潮に支えられて、ジョスリンはもう一度会話を試みた。

「その宝物に、私たちは何をしでかしたものだろう？」

「それは純粋な質問でしょうか、それとも修辞疑問なのでしょうか、参事会長殿？」

ジョスリンは彼を愛で包み込んだ。

「この手紙を読みたいかい？」

「それはご命令でしょうか、参事会長殿？」

ジョスリンは声をたてて笑った。

「アンセルム！　アンセルムったら！」

老人は頑固に彼の愛を拒み、板材や帆布の仕切りの方へ視線を逸らした。静かに、だが聞こえるように咳をした。たっ、たっ、たっ、たっ。

「手紙が参事会にかかわるような内容でしたら、この場で読まずともそのうち皆が知るところとなりましょう、参事会長殿」

「アンセルム。私から君への贈り物として、この任務から解放してあげるよ。もっと前に承知しておくべきだったのだ、君はあれだけ反対もしていたんだし、それに健康上のこともあったんだから――つまるところ、この仕事に私ほどのめり込んでいる人間はいないのだからね。ここは私が引き受ける

＊6　イエスが両手両脚を十字架に打ち付けられたときの釘の一つで、聖遺物として崇拝される。ローマ皇帝コンスタンティヌス一世の母后聖ヘレナが、三二六年にエルサレムで聖十字架を発見したのち、エルサレム司教ユダ・クィリアクスに依頼し、同じ場所から聖釘を見つけてもらった。聖釘を受けとったヘレナは皇帝に献上、聖釘はコンスタンティヌス帝の軍馬の手綱金具と兜（もしくは王冠）に打ち付けられた、という説が、十三世紀後葉のヤコブス・デ・ウォラギネによるキリスト教聖人伝『黄金伝説』に紹介されている。

よ。君が一番わかっているよね、その理由もね、君は私の聴罪司祭で、わが魂の管理人でもあるのだから」

「確認させてください、参事会長殿。身廊の番をする必要も、番を手配する必要もないということですか?」

「まさにそのとおりだよ」

アンセルムは、ちらとも表情を変えなかった。白髪の頭冠の下は、東を向いた気高い横顔のままだった。元老院議員然とした、威厳ある自若とした態度で立っていた。言葉が地面にこぼれ落ちる。

「書面にしていただけますかな?」

言葉は地に落ちた。聖人のような顔にふさわしい、宝石や真珠のような言葉ではなかった。石ころだった。侮蔑の言葉でもなく、言葉尻をとらえようもなかった。言葉に横柄な響きはあったが、それでも適正で法規に則った発言だったから。四名の主要参事のうち二名の間にて決せらるべき案件が定めらるる場合には、書面をもつて証せらるべし――文面が二人の間で目に見えるように宙に浮かんでいるかのごとく、アンセルムは法規を引用してこの案件に決着をつけた。

「書面をもつて証せられた案件に変更ある場合には、再度書面をもつて証するべし。その際、主要参事二名の面前にて小の骨印章をもつて証印さるべし」

「わかっている」

アンセルムは再び、静かに冷たく言った。咳はどこかへ消えていた。

「ご用はそれだけでしょうか、参事会長殿」

「それだけだ」

身廊を遠ざかっていく聖具保管役の足音を聞きながら、ジョスリンは左肩越しに後ろを見やる姿勢のまま立ちつくした。あの男は拭き消さねばならない、と思った。私は欺かれていた。あの気高そうな頭からは石ころしかこぼれ出てこないのだ。

視線を落とし、司教からの手紙を見た。市場で使う天秤のようなものだな、と彼は思った。一方の皿では歓喜が私を持ち上げ、するともう一方の皿のアンセルムが沈んでいく。こっちにはあの聖釘もあって天使もいてくれる。あっちには、尚書院長やら親方やらその女房やらがいるのだ。

出し抜けに彼は、歓喜の翼が付け根のところから切り取られてしまったのを感じ、怒りが再び彼を熱くした。あんな者どもは沈んで消え去ってしまうがいい、そのほうが仕事を続けられる！　そして手紙を片手で握りしめて胸に押しあてたまま、西側の窓の下を通りかかったとき、ジョスリンは顎を突き上げて荒々しく呟いていた。

「今後は私の聴罪司祭を替えねばなるまい！」

その夜、寝床の横にひざまずいて就寝前の祈りを捧げていると、天使が舞い戻り、暖かな一片の雲となって彼の背中に立ってくれて、わずかに彼はなぐさめられた。

第三章

翌朝、日の出とともに目覚めたとき雨音が聞こえたので、彼は親方の言っていたことを思い出した。そこで彼は祈りの中に好天祈願もおりこんだ。しかし雨は三日間降り続き、その後の半日も、雲が低く垂れ込め空気はじっとりしたままだった。女たちは洗濯物の肌着を火に当てて乾かそうとしたが、薪はくすぶり、肌着は乾くどころか、かえって汚くなることが多かった。その後はまた雨風の天気が一週間続いた。外套に身を包み参事会長役宅を出て、大聖堂へ急ぐおりに目を上げると、雲は屋根の高さまで降りていて、屋上の狭間胸壁もかすんで見えるのだった。建物全体に関して言えば、この教会は石で象《かたど》った聖書であるはずなのに、神の栄光を讃えるというよりせいぜい会衆に説教をするだけの場にまで失墜した。雨水が苔やら地衣やら薄くはげ落ちかけている石やらの上を流れ落ち、建物すべてがぬるぬるしていた。こぬか雨がしとしと降ると、時間さえもこぬか雨のように思われ、ゆるゆると落ちていくさまをただ辛抱するしかない。叩きつけるような豪雨のときは、千体の樋嘴《ガーゴイル》が――この雛型は境内や教区教会の墓場で象られたのだという思いが、見ている者たちの胸に浮かんだ――一斉にぶちまける。天から劫罰《ごうばつ》がまた一つ下されているかのように、樋嘴は口から水を噴出させ、噴き出た水が、ガラスや鉛板や刳形装飾《モールディング》や部材や小尖塔《ピナクル》を伝い落ちるものと混じり合い、露出した壁面の岩肌やら四角に残された枕地《まくらち》を流れるものと一緒になり、泡立って舌打ちのような音をたてながら壁の根元の溝《どぶ》を流れていく。風が吹いても、雲を払うのではなく、大気にビンタを食らわせて右往左往させ、一打ちごとに大気がバケツ一杯の水をお漏らしするものだから、いかに聖堂参事会長といえども、背中からこづかれてよろめいたり、殴りかかるような疾風に向かい前傾姿勢をとって、外套を翼のようにビシビシはためかせたりせずにはいられない。風が収まると雲も低いところに収まって、建物の上部は見えなくなった。こぬか雨のせいで、彼には建物の大きさの感覚がなくなった。だから大聖堂に近づいていくときは、どうしても目が手近なものの方へ向いてしまい、濡れた石の角の細部が巨大に見え、まるであまりに近くから皮膚を見るみたいに、不完全さばかりがやたら目につくのだった。北側の凹部は——といっても、光が差さないのでどちらが北やら南やら見当がつかないのだが——たびたび小便を引っかけられた名残の悪臭が漂っていた。川から溢れた水は土手道を越えて広がり、街の城門の番人などものともせずに、通りの方までぬめぬめと侵略してきた。男も女も子どもも、わずかばかりの焚き火に向かって身をかがめ、湿った丸太や泥炭があげる煙のせいで、どの家の屋根の下にも靄《もや》がかかっていた。繁盛するのは酒場ばかりだ。

大聖堂の交差部では、もう坑掘りは終わっていた。ある日ジョスリンは、親方が紐の先に蝋燭をつけて下ろすのを横に立って見た。竪坑の底で水がきらめいた。ジョスリンは竪坑の悪臭を嗅いで、たじろいだ。しかし親方は臭いのことなど気にも留めなかった。そこから動かずに、坑の中で揺らぐ蝋燭を陰気な顔で見つめていた。ジョスリンは不安に駆られ、じりじりした。彼はロジャー・メイスンの肩口に陣取った。

「これから何をするのだね、わが子よ？」

ロジャー・メイスンは不平を鳴らした。

「やることは山ほどあります」

ロジャーは螺旋階段の下で一息入れると、上に登って姿を消した。ややあって、ロジャーがアーチ型天井のあたり、地上百二十フィートのところを慎重に動いている音が、ジョスリンの耳に届いた。

竪坑の臭いを初めて嗅いだときに何か新しいことが始まったのだ、とジョスリンは感じた。いまや大聖堂中の至るところで、黴びた香《こう》や焼ける蝋の臭いの他に、もっと不快な臭いがすることに気づいたのである。目で確かめることはできないがおそらくじわじわと入り込んできた水が、聖歌隊席の両側や身廊の列拱《アーケード》の間に並んだ偉人たちの墓にまで侵攻したからだろう。悪臭に気づいたのは自分だけではないこともわかった。現世の生を軽蔑すると誓願を立てたはずの現世の者たちが、その軽蔑の念を思い出させるものがあまりにも身近に迫っているので、礼拝をするにも不穏当な嫌悪の表情を浮かべている。ジョスリンは交差部を通って聖母礼拝堂から戻るときも——近頃は交差部も真っ暗だ——じりじりしながらしきりに自分自身に言い聞かせるのだった。「この、臭くてたまらぬ竪坑のところで、何年も前のことだが私はあれを受け取って、そしてうつ伏せに倒れたのだ。いつだってこれを憶えておかなければ」

この期間中、親方と軍勢の数名が、交差部の上で屋根の作業に取り組んでいた。アーチ型天井を取り壊したので、いくらかでも交差部に陽が射すにしても、見上げると垂木が剥き出しに見えた。ある者は、建物の壁を不可解な道筋で這い上がる幾本もの螺旋階段を登って姿を消し、また姿を見せたときには、身廊のアーチの上にある拱廊《トリフォーリウム》で、蝿ほどの大きさになって仕事をしており、またある者は交差部東南の柱の周りに足場を組んでいた。段と段の間には梯子を立て、蜘蛛みたいな組み立て方で、できあがったときには、柱は枝を刈り込んだ樅《もみ》の木のようだった。この新しい工事は、礼拝を執り行う上での便宜をもたらさないでもなかった、というのも、職人が屋根に上がってしまえば、あまりその声が聞こえなくなったからだ。ときおり屋根の高さから大木槌の音が響く以外、身廊の臭い平穏をかき乱すものはほとんど無くなった。やがて取り壊したアーチ型天井から交差部へ何本もロープが吊され、そのままそこでぶらんぶらんと揺れているため、外側と同じように内側でも湿気の汗をじっとりかいた建物が、まるで何か巨大苔でも生やし始めたように見えた。ロープは、北側の壁に空いた穴からそろりそろりと運び込まれるはずの梁材《はりざい》を待っているのだ。しかし、ロープは苔のように見え、悪臭にも調和していた。この暗がりと湿気のなかでは、さしものジョスリンも、意志の力をすべて傾注しないことには、ここで何か重要な仕事が行われているのだということを忘れそうになるのだった。そしてあるとき、交差部の上に空いた穴から一人の職人が落下して、中の空気の上から下までに悲鳴を刻みつけ、澱んだ濃い空気はその叫びを無情にも彫り込んだままに残したのだが、それでもジョスリンは、職人の身体がものの道理のとおり下の床石板に衝突する前に、なんら奇蹟の手が差し伸べられなかったことを不審とも思わなかった。参事会の席で、アンセルム神父は何も発言しなかったが、この聖具保管役の憤怒の眼差しを見れば、いつの日か公開される予定の報告書に、この死の件も付け加えられたことはわかった。大聖堂を闇夜が訪れたわけではなく、あるのは陽が差さぬ真昼ばかりで、それだけに神をも恐れぬ絶望の昼ばかりだった。*1 聖具室から出ていく行列の最後尾で、尚書院長が聖母礼拝堂を目指して右に曲がる代わりに、これまで人生の半分もの間やってきたとおり左へよちよちと曲がってしまったとき、聖歌隊の少年たちがあげた笑い声はヒステリックな調子を帯びていた。笑い声、そしてその後に続いたニヤニヤ笑いにもかかわらず、礼拝は執り行われ、つつがなく終わりはしたものの、その間じゅう何か押しつぶされそうな重荷がのしかかっている感じだった。参事会は怒りっぽいし、聖歌学校も活気がなく、苛々しどおしでいつも誰かが咳をしているし、少年たちは自分でもわけがわからないままに喧嘩する。幼い子どもは理由もなく泣き出す。年長の少年たちは、舗床の下にぷかぷか浮いている鼻のもげた男たちが、平べったい顔を重い石蓋に押しつけているという悪夢にうなされ、はれぼったい瞼をしている。子どもたちが尚書院長を笑いものにする気になっていたのも、無理もない話だ。しかしある日、尚書院長は左に曲がって、そのまま歩き続けていってしまった。聖歌代行隊員の二人が後を追う羽目になった。見つかったとき尚書院長は薄暗がりのなかで、自分と交差部を隔てる木製の仕切りを不器用な手つきで引こうとしていた。明るみに連れ出したとき聖歌代行たちは、尚書院長の右手が激しく震えており、また顔もまったくの無表情であることを見てとった。高齢の尚書院長は役宅へ運ばれ、年長の者たちは老醜の恐ろしさをまた一つ見せられたのだった。昼も夜も礼拝は悪臭と暗がりのなかで行われ、蝋燭が照らし出すものといったら、蝋燭をとりまく水蒸気が作る暈《かさ》だけで、礼拝は自然と大声になっていった。老齢と死を恐れ、重圧と虚空の質量を恐れ、暗闇と絶望の宇宙を恐れるがゆえに。

「主よ、われらの願いを聞き入れ給え！」

加えて、町に疫病の噂が流れ始めた。御聖体の存在を示す光の前に、憔悴して目ばかりギラギラさせている無口な面々が集まるようになり、やがてそれは群衆へとふくれあがった。しかしジョスリンは、ときおり天使が訪れて、なぐさめと暖かさと気持ちの支えをもたらしてくれるので、その群に加わらなかった。だが有能な大将らしく、人々が助けを必要としていることは見てとった。もはや彼の道具たち、使える人間たちは、彼の目から見ても、建物にとりついてよじ登っている猿程度にしか思えなくなっていたからだ。ジョスリンは、大聖堂の模型を交差部へと運び込ませ、尖塔《スパイア》から何からそろった模型を北西の柱に立てかけて見せ、道具たちを励ました。架台式テーブルに載ったその模型は、この建物の中で唯一清潔なもののように見えた。ただ、模型に触れると指には水気がついたが。

そのようにしてクリスマスは過ぎた。主の御前に天はよろこび地はたのしむべし、主は来たり給ふ。*2 主は来たり給うたはずだった。しかし、狭間胸壁にはまだ雲が引っかかったままだし、一時的にこぬか雨がやんでも、男たちは指を頬に当てて上を見あげ、何かおかしいと感じるばかりだった。雨がやんで、それでも洞窟のような身廊の中がことさらに騒がしかったあるとき、ジョスリンは模型のそばに足を止め、自分自身を励ました。木が湿気で膨らんでいたため苦労して尖塔を引き抜くと、うやうやしく、まるで聖遺物を扱うようにして掲げた。それを優しく撫で回し、両腕に抱いてあやし、母

*1　イエス・キリストが磔刑に処せられたとき、息を引き取ったとたん、昼の三時というのにあたりが闇夜のように暗くなったという挿話を意識した言葉遣いだと思われる。

*2　クリスマス（一二月二四日深夜）の「主の降誕　夜半のミサ」で、祭壇に供物を奉げる際、ルカ伝福音書第二章一～一四節朗読とニケア信経の後に歌われる奉献唱（オフェルトリウム）の一部。

親が赤子の身体を確かめるときの目つきで隅々まで眺めた。長さ十八インチ、半分のところまでは四角形の層で、高窓もついているが、そこから細かい何本もの小尖塔がわっと森のように生え出て、そのあいなかから大尖塔が、ほっそりとした飾り気のない姿で聳《そび》え、てっぺんには小さな十字架が付いている。彼の首から下がっている十字架よりももっと小さい。ジョスリンは北西の柱のそばに立ち、まだ尖塔を腕の中であやしながら、もう洪水が収まり始めてもいい頃だ、と自分に言い聞かせていた。雨がやんでもう一週間になるのだ、確かにこの三月は大した風も吹かない、どんよりした月になりそうだったが。それでもいい加減に、ずぶぬれの太陽が、泥と水であばたになった平原の際《きわ》まで何とか辿り着きつつあると信じてもよさそうだった。尖塔を撫でていると、北袖廊の穴からジェハンが何やら独りごとを言いながら出ていくのが聞こえた。ジョスリンは目を閉じ、心の中で呟いた。私たちはもう充分耐えてきたではありませんか！　そろそろ、これで事態に変わり目をもたらしてください！閉じた目の向こうで、水が退《ひ》いて乾いた日々が弾みをつけ、光めがけて集まっていくのが感じられそうな気がした。屋根から大木槌の音が聞こえ、そのとたん彼は両腕に抱えているもののせいで興奮を覚えた。そして、大聖堂の上空に何本も引いた線が集まっていくさまを思い出し、ジョスリンは興奮のあまり喉が詰まった。生命を感じた。顎を突き上げると、目と口を開き、感謝の言葉を口にしようとした。

その刹那、彼は何も言えなくなり、固まったように立ちつくした。

グッディ・パンガルがパンガルの王国から姿を現していたのである。すばやい足取りで三歩進んだところで立ち止まり、一歩後ろに下がった。それからまた彼女はゆっくりと交差部の方へ進んだが、目はそこを見ていなかった。横を向いているのだ。外套の喉のあたりを片手でつかみ、もう一方の手は籠を提げたまま高くあがった。まるで雄牛か種馬の横をじわじわすり抜けるときのように、横を向いて歩いている。足は、家畜を繋《つな》いだ紐の長さの外を辿り、肩は壁をこすらんばかり。ただその足は、あまり前へ進みたがっているようではなかった。目は、冬のせいで青白くなった顔に、黒い被せ布を当てたよう。下の唇は力なく開いたままで、他の者なら馬鹿面に見えるところだったが、あれほど甘美な生きものが、しかもまざまざと恐怖の表情が浮かんでいる顔が、愚かに見えることはない。その恐怖に引っ張られて、ジョスリンは彼女の視線の先を見やった。そのとき時間が痙攣のように動き出した、もしくは時間が消えたのかもしれない。だから、彼女が見ているものは何なのか、ジョスリンには、親方の姿を認める前からわかっていた気がしたのも、別段不思議ではなかった。

ロジャー・メイスンが、南東の柱の周りに組んだ足場に掛かる一番下の梯子の最下段に片足を乗せていた。グッディを見つめながら、梯子を降りてきたのだ。今ロジャーは、体の向きを変えている。次にロジャーは舗床の上をこちらへ向かって歩き出し、壁際を伝うグッディの足取りはさらに遅くなる。彼女の体が縮んでいく。体は縮こまり、顔は横ざまに、目は上を向いている。男は女をその場に釘付けにし、男は見下ろしながら真剣に話しかけ、女は凝視しながら、口を開けたまま、頭を振っていた。

奇妙な確信がジョスリンの上に降ってきた。事態がわかった、事態が見えた。二人はこれまで何度も顔を合わせていて、これはそのうちの一回なのだと見てとった。痛みと悲しみが見えた。彼は――まるで祈るときのような心持《モード》ちで看取したのだが――二人を取りまく空気が違っていることを見てとった。他の者たちを閉め出すテントか何かの中に二人はいて、二人ともそのテントを恐れているのだが、どうあがいても逃れられないということを見てとった。いま二人は真剣に、声をあげずに話している。グッディは何度も頭を振っているが、それでもその場を離れなかった、離れられないらしい、目に見えないテントに取り囲まれてしまっているのだから。両手で籠を持ち、市場へ出かける服装をして、男と会話をする用事などないはずだ、ましてや親方などと。どうみたって、頭を横に振る以外何もする必要などないではないか。あんな男など、やすやすと無視できるだろうに、革の長靴下を履いて茶色のチュニカ上着と青の頭被りを着たたくましい男、別に立ち止まって見る必要さえないのに。頭を背《そむ》けて通り過ぎるだけでいいはずだ、手で捕まれているわけでもないのだから。しかし彼女は顔を上げたまま横を向いて彼を見ている、まばたきもせず黒い瞳と唇で、だめと言いながら。それから突然彼女は、宙に浮かぶ何か形あるものを壊すようにして、さっと身を引いた。しかしそれは無駄なことだった、二人をつながいにしている不可視のテントもさっと広がって、彼女の先回りをしたのだ。彼女はまだ内側にいる、これからずっと内側に居続けるのだろう、こうして今は、蒼白だった頬を赤く染めて南側廊を走り去っていくが、それでもやはり内側にいるのだ。ロジャー・メイスンはその場に立ったまま、南側廊を急ぐ彼女の背中を見やり、この世の他のものなど、人でも物でもどうでもいい、大事なのは彼女だけだと思わずにはいられず、またそう思わずにはいられないことに苦悶している様子で、ただ見つめていた。グッディが後ろ手に北西の扉をばたんと閉めると、ロジャーはジョスリンに背を向けたまま顔を背け、夢遊病患者の足取りで梯子へ向かった。

するとジョスリンの心の竪坑から怒りがこみ上げてきた。頭の中には、毎日彼の祝福を受けるために頭を垂れている彼女の顔がちらつき、パンガルの王国にしっかり護られた彼女の歌声が響いた。彼が顎を突き上げると、憤りと傷心が渦巻く、人知れぬ場所から、一つの単語が噴き上がった。

「だめだ！」

そのとたん、世界の新生は穢れたものとなり、汚物の上げ潮となって押し寄せるように思えたので、彼は息をつこうと喘《あえ》ぎ、北袖廊に空けられた穴が目に入ると急いでそこをくぐって、わずかばかりの日光のもとへ出た。瞬間、遠くで嘲るような男たちの声が聞こえた、職人たちだ。彼は感情で熱くなりつつ、参事会長が酔狂な尖塔を両手に持ったまま大急ぎで穴を通り抜けてくるなんて、酒場で飛ばす冗談にはまさに打ってつけの有様に見えただろうと理解した。また振り向くと交差部へ駆け戻った。しかしちょうどそのとき、短い行列が北側廊をやってくるところで、何やら包みを後生大事に抱えているレイチェル・メイスンの姿も見えた。そこで彼は機械的に祝いの言葉と祝福を与えんと口を開いたが、そこへ治安官の妻がさっと手を出して、布にくるまった赤ん坊を取りあげると、傲然とした足取りで、聖母礼拝堂での洗礼式へ向かっていった。そのため、何となく取り残されたレイチェルとしばらく一緒にいる羽目になった。まだジョスリンの目はロジャーとグッディ・パンガルの光景《ヴィジョン》に眩んで盲目になっていたのだが、それでもわけを説明する声は聞こえてきた。たとえ虐待に憤る女だって（彼女の目は飛び出さんばかりで、幾筋かの黒い髪が頬にかかっている）、これほどまくし立てる女がこの世にいようとは、信じられなかった。だが、彼を麻痺させたのはレイチェルのほとばしる奔流口調ではなく、話の内容の方だった。疾風を受ける窓ガラスみたいに顔をうち震わせ、レイチェルは、どれほど祈っても子宝に恵まれないわけを説明していた。二人そろってその気になってもですね、一番笑っちゃいけない瀬戸際のときにわたしが笑い出しちゃうんですよ——どうにも笑わずにいられなくなっちゃって——世間じゃわたしのことを石女《うまずめ》だって思ってるかもしれないけれど、実際にはっきりそう言う人もいるんですけど、でもそうじゃないんです、会長殿！　ただどうしても笑っちゃうもんで、そうすると、うちの人だってどうしても笑い出しちゃって——

掛け値なしの不信と困惑を感じながらジョスリンはそこに立っていたが、やがてレイチェルは離れて、洗礼式の行列に追いつこうと北側周歩廊へ向かって行った。ジョスリンは足場の下に立っていたが、心の中に女の本性の一つが焼き付いた。女というものは、一万回のうち九千九百九十九回までは、むしろ度が過ぎるほどの慎ましさで口をきくくせに、肝心の一回になると、あんなに卑猥きわまるはしたなさで、個人の秘め事も踏みにじるようにしてあからさまにぶちまけるのだ、まるで荒れ狂う子宮に舌が生えたみたいに。そして、場所柄も相手も時節もわきまえずに、こんなぶちまけをやらかすのは、いや、ほとばしる本性に駆られてぶちまけずにはおかない女など、あの女、何とも我慢ならぬ、こんな者がこの世にいるとは信じがたい、しかし現に存在しているあのレイチェル以外にはおるまい。あの女は、生きるという営みを裸にひん剝いて、恐怖と茶番が支配するところにまで貶めるのだ。赤と黄色の斑《まだら》の服を着た道化の相方が、豚の膀胱をつけた棒を拷問室で振り回している。＊3

ジョスリンは両手に持った模型に、残忍な口吻で話しかけた。

「女とは、なんと鈍感に無礼を働くものよ！」

すると道化の相方が豚の膀胱で彼の股間を打ったので、彼はびくっとして笑い声をあげ、そして笑いは身震いへと変わった。

彼は大声で叫んだ。

「穢らわしい！　穢らわしい！」

目を開けると、自分の発した言葉が交差部に響き渡っているのが聞こえた。びっくりした顔のパンガルが、北側周歩廊から続く仮設の扉の横に、箒を持って立っている。そこで、今言った言葉を筋の通ったものに変えて出所の意味を隠そうと、半ば無意識の努力を振るって、ジョスリンはもう一度声を張りあげた。

「ここは穢らしいほど汚れている！　あの者たちは何でもかんでも汚し放題だ！」

しかしそこへ、老石切工のメルや、ロジャー・メイスンの片腕に選ばれたジェハンなど、男たちが交差部を通りかかった。ジェハンはジョスリンには目もくれず通り過ぎながら、笑っていた。

「あれが女房だって？　あのあまは大将の飼い主なのさ！」

そこでジョスリンは、まだ頭の中で血が脈打つのをこらえながら、自然な調子でパンガルに話しかけようとしたが、いざ口を開いてみると、まるで大聖堂の端から端まで走ってきたみたいに息が切れていた。

「様子はどうだね、わが子パンガルよ？」

しかし、パンガルはパンガルで、何か厄介ごとか出会いかを経験したらしく、喧嘩腰でこちらをね

＊3　中世の道化は、王の持つ笏《しゃく》のパロディとして、空気で膨らませた豚の膀胱をつけた棒を持っていた。なお、道化の相方（Zany）とは、道化（clown）の滑稽な所作をさらに滑稽に真似る従者の役回り。

めつけていた。

「どんな様子ならいいというのですか？」

かろうじて平素に近い口調を保ちながら、ジョスリンは続けた。

「親方に話をつけた。職人たちはうまく折り合いをつけるようになったかね？」

「あたしとですか？　全然です。さっき、まさに正しいことをおっしゃいましたね、師なる神父さま。連中は何でもかんでも汚し放題です」

「おまえにちょっかいを出すのはやめたかね？」

パンガルはぴしゃりと答えた。

「ちょっかいなら出しどおしです。あたしを道化代わりにするつもりなんです」

悪運払いの縁起担ぎ。ジョスリンの口は、歩き慣れた道を足が勝手に辿るように、言い古した言葉を繰り返した。

「手元にいる者を使うよりないのだ。私たちは皆、あの者たちに耐えねばならない」

立ち去りかけていたパンガルは、これを聞いてさっと振り向いた。

「ではなぜ、あたしどもをお使いにならないのです、神父さま？　あたしと、あたしの部下たちだったら――」

「おまえたちには無理な仕事だ」

パンガルは何か言おうとして口を開いたが、また閉じた。猛々しくジョスリンを睨んだまま、そこに立ち続けた。口元はぴくぴく引きつり、これほど敬虔で忠実な男の顔に浮かんでいるのでなかったら、せせら笑いと見間違えそうだった。そして二人の間には、口にされないままの言葉がぶら下がっていた――連中にだって無理な仕事だ、誰にもできるものか。泥やら洪水やら基礎の筏《いかだ》やら高さの問題やらあのか細い柱やらを考えてみるがいい。不可能だ。

「あの者たちがここにいるのは、私たち皆にとって試練のたねだ。それは認める。辛抱しなければ。以前おまえは、ここが自分の家だと言っていたのではないかな？　罪深い傲慢な言葉ではあるが、しかし忠誠と奉仕の心の現れでもあろう。おまえのことを誰もわかってくれぬとか、大事に思っていない、などと考えてはならないぞ、わが子よ。やがてあの者たちはいなくなる。やがて時が来れば、主の思し召しによりて、おまえにも子どもが授かるだろうし――」

　パンガルから、せせら笑いが消えた。

「おまえの息子たちが大事に護ることになる家は、今のここよりも遥かに栄光溢れるものになるだろう。考えてもみなさい。その新しき家の真ん中にこれが聳えるのだ――」と、彼は尖塔を掲げ持った――「そしておまえの息子たちが、今度はそのまた息子たちに向かって言うのだよ、『これは私らの親父の時代に建てられたのだ』と」

　パンガルは身をかがめた。体と交差するように持った箒が震えていた。視線は固まり、口の周りの皮膚は引っ込んで、ぎらつく歯が剥き出しになった。ほんのしばらくの間パンガルは、熱のこもった手で彼に向けて差し出された尖塔を見つめながら、そのままの姿勢で立っていた。そして眉の下からジョスリンを見上げた。

「あなたまで、あたしを道化扱いするのですか？」

踵《きびす》を返すと、片足を引きずりながらパンガルはすばやく南袖廊に姿を消した。自分の王国の扉を叩きつけるように閉めた音が、大聖堂中にこだました。

大木槌を持った男が、屋根で作業をしている、ガーン、ガーン、ガーン。突然、あの扉の音や大木槌の音、悪臭や数々の記憶、口にできない感情の上げ潮が、一緒になって自分を押し包み込むように思えたので、ジョスリンは息をつこうと喘いだ。どこへ行けば空気が吸えるか知っていたので、彼の足はつまずきながらもそちらへ体を運び込み、ジョスリンはようやく祭壇の静かな光の前にひざまずいた。目は光を見つめ、口は何かを切望するように開いていた。

「私は知らなかったのだ」

だが、手を伸ばしても、その光の純潔は無限の距離を隔てた小さな扉のようで、手を触れることはできなかった。上げ潮の只中に心は漂流したまま、そこにひざまずき、ふと気がつくと、どうやって視界が変わったのかわからないが、紋章の獣を彫り込んだ床タイルを見つめているのだった。眼前の床よりも自分に近いのは四人の人間——そう思うと体がまた震えた——ロジャーとレイチェル・メイスン、パンガルとその妻グッディで、この建物の交差部に立つ四本の柱と同じくらい近しい存在だった。

身震いが彼の頭を持ち上げたので、ジョスリンの目は窓の単調で豊かな物語を見つめ[*4]、祭壇の光は二つに割れて見えた、左右の目に一つずつ。

彼はささやいた。

「私を強めんと天使を遣わし給うたのは、このためだったのですね」

しかし天使はいなかった。感情の上げ潮だけが渦巻き、針のように刺し、私の身を焦がしている――邪悪なものが芽吹きつつあって、芽生えから老衰に至るまでずっとその間、そのおぞましく錯雑たる強さが増してくることへの恐怖。

「主よ！　御身は！」

無限の距離の向こうで、光が一つになり、その扉に至らんと彼は切望した。しかし四人の人間が、天使の代わりに腰のあたりで舞い踊り騒ぎ立てているので、光はまた二つに割れた。それから人間は二人だけ、テントに包まれた男と女だけになったが、悲しみと憤りの奔流に圧倒されたジョスリンは、目を閉じて、愛しい娘のために呻《うめ》き声をあげた。

ああ主よ、あの娘《こ》を強め給え、深き恩恵《めぐみ》によりて、あの娘に平安を賜らんことを――

すると、まるで命あるもののように、ある考えがジョスリンの心に飛び込んできた。槍の一突きもかくやとばかり、的確に急所へ入り込んだ。一瞬、目は閉じられ、心は悲しみに溶けて漂った。次の瞬間になったとたん、頭から一切の感覚が失せ、中はがらんどうになったが、ただ一つだけ、その考えが、まるで天地創造の時からずっとそこに存在していたかのように鎮座していたのである。頭には何の感覚もない、あるのはその考えだけで、そのため肉体の感じる圧迫が再びせまってきた。胸の心臓のあたりに重みがかかり、二本の腕には痛みが、右の頬にも痛みがあった。目を開けると、尖塔をしっかり抱きしめているせいで、頂点付近の鋭い縁が右の頬にこすりつけられていたのだった。目の

＊4　ステンドグラスに描き込まれた聖書の挿話を指す。

前にはまた床タイルがあり、一枚一枚に二頭の紋章獣が、襲いかからんと爪を剥いた肢を振り上げ、蛇のような首を絡め合っていた。[*5] このタイルの上か、いやもしかしたら天使がましましたあたりか、それとも頭の中の無限次元かどこかに、一幅の絵のような光景があった。ロジャー・メイスンが梯子から体を半ばねじるようにして、壁際にうずくまる女の方へと不可視のロープで引っ張られている。そしてグッディは、これも半ば体をよじり、まばたきすら忘れている。ロープの張力を感じながら頭を振っている、恐怖と渇望に駆られたグッディ、グッディとロジャー、二人とも、どこへ行こうとも二人に応じていくらでも広がるテントの虜《とりこ》。そして、この絵の上に大書されたかのごとく、くっきりと浮かび上がるのが、あの考えであった。あまりに恐ろしい考えだったので、感覚を飛び越えてしまい、ジョスリンは尖塔の縁がまだ頬に焼け付いているのをものともせず、その考えを自分とは一切無関係なものとして、しげしげと眺めていた。あまりに恐ろしい考えで、そのため他の感覚が鎮まってしまったので、彼は床の絡み合った生きものを念入りに目で探りながら、その考えを言葉に表さずにいられなかった。

「あの娘があの男をここへ繋ぎとめるだろう」

それから光に目を向けずに立ち上がり、ジョスリンはゆっくりと交差部の方へ、轟音鳴り響く静寂とでもいうべきもののなかを通り抜けていった。模型が仰向けに寝そべっている架台式テーブルに近づくと、四角い穴へ尖塔を押し込んだ。身廊を通って参事会長役宅へ、自分だけの場所へ向かった。ときおり珍しそうに自分の両手を見つめ、重々しくうなずいた。感覚がやっと戻ってきたのはその日の夜遅くなってからだった。感覚が戻ったとたん、彼は激しい勢いで再びひざまずき、目から涙が流れた。それからようやく天使が戻り、彼を暖めてくれたので、幾分なぐさめられた心持ちになり、あの絵も考えも耐えうるものとなった。天使はそのまま彼のもとにとどまってくれて、ジョスリンは眠りに落ちる前に言った。あなたが必要です！　今日までその理由を知らなかったのです。お赦しください！

するとと天使は彼を暖めた。

しかしその夜、彼に謙遜を保たせるためなのか、主は悪魔《サタン》に、意味のわからぬ絶望的な夢を使って彼をさいなむことをお許しになった。ジョスリンは寝床に仰向けで寝ているつもりだったが、ふと気づくと沼地に磔《はりつけ》になって仰向けに寝ており、両腕は袖廊と化して、左の脇腹にはパンガルの王国が巣をかけていた。人々が彼を嘲りさいなむためにやってきた、レイチェルがいる、ロジャーもいる、パンガルの姿も見える、皆その教会には尖塔がないし、今後も尖塔は建てられないと知っていた。ただ、西のほうからせり上がってきた悪魔《サタン》だけが、ジョスリンの身廊の上に立ち、燃えあがる髪以外のものは一糸まとわぬまま、建物に手出しをしてさいなんだので、ジョスリンは沼地の上、なま暖かい水の中で身悶えし、大声をあげて叫んだ。目を覚ますと、あたりは真っ暗で、胸は嫌悪感でいっぱいだった。そこでジョスリンは苦行用の鞭を手に取り、自分には天使がついているのを誇りに思いつつ、腰を激しく七回打擲《だてき》し、一回につき一匹の悪鬼を懲らしめたのだっ

＊5　この紋章獣はドラゴンかバジリスクかと思われる。いずれも、中世キリスト教の紋章学では、サタンの象徴。

た。[*6] その後は夢を見ることなく眠った。

＊6　新約聖書マルコ伝福音書第一六章九節やルカ伝福音書第八章二節には、イエスがマグダラのマリアから七つの悪鬼を追い払ったことが記されている。マグダラのマリアは当時娼婦だったといわれ、七つの悪鬼が表すものとは淫行に関係すると解釈されることが多い。

第四章

この時を境に、ジョスリンはとても忙しくなった。脚にゲートルを巻いて、泥水を蹴立てて馬を走らせては、自分の権能下にある方々《ほうぼう》の教会を回り、小教区司祭を試問したり、げっそりした顔つきの会衆の前で説教したりした。自分が助祭長を務める街のいくつかの教会でも説教を行った。聖トマスの教会では、身廊の中ほどにある拱廊《トリフォーリウム》の説教壇に上がったとき、半月形に集まってこちらを見上げている人々を見下ろしていると、知らず知らずのうちに話が尖塔《スパイア》のことになって、ジョスリンは熱弁をふるいながら、握りしめた拳で石製の机をそっと叩いているのだった。しかし、人々は確かに呻《うめ》いたり胸を叩いたりしたけれども、それはジョスリンの話を理解したからではなく、彼の話しぶりがあまりにも熱を帯びていたせいだった。また時節が雨と洪水と死と飢えの時だったせいでもあった。彼が大聖堂に戻った朝、雨は風に吹き払われ、やっと建物全体が見えるようになった。しかし今となっては荘厳さも風格もない、これこれの長さと幅と高さを持つというだけの、ごく常識的な現実の物体になってしまった。冷たい空を見上げてみると、空は閉じていた。そこで参事会長役宅の自室に赴き、小さな窓越しに建物を眺めたが、こうして窓の枠内に建物を押し込めてみると、額縁に入れた絵のように、そこから見えるものに明確な実体感と重みを追加してくれることがあるからだ。しかし、建物は納屋同然のままだった。幻覚だとわかってはいても、大聖堂が沈んでしまったようにも見えた。壁の根元を走る溝《どぶ》の外側では、水を含んで脹れあがった地面が目障りな草を押し上げていて、おかげで石が地面に窪みをつけているように見え、今では神の栄光というよりも、人の建てる建物の重量の方が、印象としては強くなっていた。尖塔についての彼の幻視《ヴィジョン》も、子どもの頃見た夢を思い出してでもいるかのように、遠くにしか見えない。子ども時代の一部だから、とアンセルムを思い出したものの、告解の問題がじっと胸にかかっていた。しかし、苛立たしげに身震いし、食いしばった歯の間から宙に向かって言葉を発した――

「私は、父なる神の事を務めているのだ」*1

この頃、彼はアリスン令夫人からの手紙にまた返事を出さなかった。

それでも、吹く風は変化をもたらした。雲を吹き散らし、開け放った扉から吹き込んで大聖堂から悪臭を払い清めた。洪水の水位が下がり始め、後に腐敗物や残骸が残りはしたものの、小道はまた歩けるようになり、荷馬車が通れる燧石《すいせき》敷きの道も顔を出した。西側正面を目指して歩くと、中休みをもらった樋嘴《ガーゴイル》が、次の大雨に備えて身じろぎもせず、めいっぱい口を開けているのが見えた。樋嘴があたかも石から吐き出され、まるでできものか面皰《にきび》のようにぷっくり石から脹れあがって、体から病を吸い出し、自分だけがわざと犠牲になって呪いを受けることで、体の他の部位全部が純潔でいられるよう清めているみたいに見えたので、ジョスリンは、いにしえの大教父たちがどれほどの霊感と目利きの確かさをもってここをお建てになったものか、と考えながら佇《たたず》むのだった。今や雨は去ったので、緑や黒の苔や地衣がはっきり見え、樋嘴のうち何体かは病んだ皮膚を晒《さら》しながら、風に向かって声にならない冒瀆と愚弄の言葉を叫んでいるように思われたが、それも他国で起こった死病のごとく、まったく音をたてていなかった。聖人や殉教者、名士たち、それから迫害に負けず信仰を宣言した証聖者のお歴々が、西側正面の方で無表情のまま虫干しにされており、この冬をこともなげに耐えてきた後は、今度は日差しをこともなげに耐える覚悟でいらっしゃるらしい。

ジョスリンは、活力が少しばかり戻ってきつつあるように感じ始めた。彼の道具ロジャー・メイスンと、その周りを回っている女たちのことを考えたとき、「あれは善き女なのだ！」と心の中で呟くこともできたし、それで十分だと信じることもできたのだ。事態は好転しつつあるではないか。参事会での咳も少なくなったし、死者だってたった一人だ。高齢の尚書院長がふらふらと最後の扉を通っていっただけ、それも緩やかな調子で衰弱していった果てに然るべくして訪れた死で、ふさわしい儀礼をすべて執り行ったのだから、悲しみよりも歓びに値するものだった。しかも、今度新しく尚書院長に選ばれたのは、まだ年若く、意気地のなさそうな男だし。瞬く間に回廊の垂れ幕が取り払われる時が来たようで、聖歌学校の少年たちが屋外で遊んだり、レバノン杉の巨木に登ろうとしたりしていた。ある朝、西側正面の扉から入ってきたとき、彼は突然、大聖堂が現世の生命に再び溢れているのを見た。人々がやって来て、交差部に空いた坑の底をしげしげと見下ろしたり、丸天井に空いた穴を

＊1　新約聖書ルカ伝福音書第二章四九節で、十二歳のイエスがエルサレムで行方不明になり、ほうぼう探した両親がついに神殿で息子を見つけたとき、叱る母親に対してイエスが言い放った、「どうしてわたしを捜したのですか。私が自分の父の家にいるのは当たり前だということを、知らなかったのですか（我が父の事を務むべきを知らぬか）」という言葉を意識したもの。

見上げたりしていたのだ。洪水も川へ戻って収まり、空にもあちこち斑《まだら》になった青色が見えるようになった今では、ロジャー・メイスンが交差部の竪坑に蝋燭を下ろしてみても、水面が下がったために光の反射は見られなかった。ロジャーの軍勢は陽気になり、南東の柱に組んだ足場を縫う梯子を登るにも、拱廊へ続く螺旋階段を登るにも、口笛交じりだった。男たちは両手や煉瓦箱や籠をからにして、姿が見えるところまでまた下りてきたが、そのときも口笛か鼻歌交じりで、四旬節《レント》の峻厳な雰囲気にもお構いなし、[*2]堂内の墓棺彫像が見ている前でも天下御免を気取って歩き回った。ジョスリンがいくらロジャー・メイスンに文句を言っても、軍勢は絶えず物音をたてていた。北袖廊の外にある資材小屋では絶えず手斧《ちょうな》を使う音がして、アーチ型天井の上の屋根からはガーンとかドスドスとかいう音が絶えず降ってくる。しかしジョスリンにとって、四旬節は次の行動に移る身構えの時であって、じきに闘わねばならなくなるとわかっていたのである。そのことで頭がいっぱいだったので、陽気な軍勢を前にしてジョスリンは、手に余る数の鵞鳥の番をさせられた小娘みたいに、なすすべもなく見ているばかりだった。なすすべもなく彼は、職人たちの歌声を聞いた。なすすべもなく彼は、パンガルが足取りの真似をされてからかわれながら交差部を横切っていくのを見やった。なすすべもなく彼は、テントの中のロジャーとグッディを見守った。

それでも彼は言った――「私は、父なる神の事を務めているのだ！」

そんなある朝、彼が大聖堂に入って（門よなんぢらの首《かうべ》をあげよ　永久《とこしへ》の戸よあがれ）竪坑のそばに立つと、悪臭が消えており、アーチ型天井からの物音が変化したことに気づいた。首の上で頭を痛くなるくらいまで反《そ》らせてみると、一片の空が彼を打った、バシッと、息がつけなくなるくらい、信じられないほど素晴らしい蒼空だった。ときおり彼の部屋の小さな窓が、外に見えるものに深みと強度を添えるのと同じように、あのちっぽけな穴を取りまく屋根が、ちらりと見える空を宝石に変えた。上方のあそこでは、職人たちが垂木の上の鉛板を巻き上げている。蒼色は縦にも横にも広がっていき、地上と天界をまっすぐに結びつけ、やがてまもなくあのあたりで幾何学的な描線が、無限を示す一幅の絵へと急変するのだ。頭を反《そ》らし、口を開けて、目を細めると涙が湧いた。言いつけどおりに動いてはいるが何をしているのかわかっていない男たちの、忙しそうな姿を目で追った。白色の縁が蒼に浸食するのが見えたが、それもやがて通り過ぎた。レイチェルがぺちゃくちゃとやって来るのが聞こえたが、彼女が何をしゃべっているのか、どれくらいそこにいたのか、その後どこへ行ったのか、まったく気にも留めなかった。首がズキズキ痛むのもかまわず、花畑を駆け抜ける子どものように有頂天になって立ち続け、ついには広がりゆく空の断片がぼやけ、きらめき落ちる滝となった。ようやく彼は首を楽にしてやり、滑走する空の残像と争うように頭の中でうごめく幻の光が、窓から射し込む蜂蜜色の条《すじ》と一緒になって作り出す光の錯綜のなかに、わが身を下ろした。

それ以来、軍勢が屋根で作業をするときにはいつも、口を開いて待ち受ける竪坑を、空がまっすぐに見下ろすのであった。やがて、垂木が織りなす文様《パターン》で屋根の穴は見えづらくなったが、そのうちそれも一本ずつ外された。軍勢は巨大な防水帆布を荷ぞりに載せて運び込み、帆布に向けて丸天井から

＊2　四旬節（レント）とは、キリスト教徒にとって一年の中で最も厳粛な期間で、復活祭（イースター）までの四十日間にあたる。復活祭は、春分の次の満月後の最初の日曜日と定められる移動祝日であり、それに応じて四旬節の開始も早い年で二月初旬、遅い年で三月初旬となる。四旬節の間、厳しい食事の節制や悔い改めの実践が求められた。

何本もロープを垂らした。ロープは防水帆布を抱いてまた上がっていき、何本かは歌声もあげた。男たちが仕事を中断するときには、帆布が空を閉め出したが、ときには雨が帆布を打ち鳴らし、それは聖歌隊の少年たちの静かな足音みたいな俄雨《にわか》だったり、雄叫びのような豪雨だったりした。天気が良くなると職人たちが戻ってきて、再び空を露わにしてくれる。来る日も来る日も親方は竪坑を検分した。一度など、親方自ら竪坑に下りてみたが、足を泥だらけにして頭を振りながら上がってきた。親方は何も言おうとしなかったが、ジョスリンは別に困りはしなかった、この処置のことならレイチェルが、聞く気のある者にもない者にも、分け隔てなく説明するものだから。

四旬節が復活祭《イースター》へと向かい、屋根の騒音が聖母礼拝堂にまで響いてくるという苦情があがったので、参事会長が自ら上に登ってその目で状況を確かめる必要がある、とジョスリンは思った。そこで彼は、螺旋階段を注意深く、難儀して登り、ついにアーチ型天井に辿り着き、見下ろすと遙か百二十フィート下に、竪坑がただの黒い点のように見えた。彼は狭間胸壁にぐるりと囲まれた広い正方形の中にいた。ここには空気と光がある。用途の見当もつかぬ木材や石材の間を通り抜けて、身を乗り出して見てみた。ちょうど真下に回廊の正方形の中庭が見え、中央からレバノン杉がこんもり脹れあがっていた。聖歌学校の少年たちが草の上で鬼ごっこをしたり、列拱《アーケード》の窓に腰掛け、身をかがめてチェッカーをしたりしている。突然ジョスリンは、自分がいま、衆生《しゅじょう》をやすやすと喜びを込めて愛しているように思った。興奮で胸が一杯だった。首を引っ込めると——あやうく大鴉がぶつかってくるところだった——更なる興奮が彼を待っていた。新しい積み石の層が彼のいる正方形のぐるりに積まれ、今その層の一つに立っていることがわかったのだ。石工がまるで卵の白身みたいにうっすらと漆喰を広げている。ジョスリンは両手を組み合わせ頭を上げて、少年たちも唖者の若者もロジャー・メイスンもグッディもひっくるめた、一つの射禱《しゃとう》を盛大に放った——[*3]「よろこべ、エルサレムの娘等よ！」[*4]

そうこうするうちに復活祭となり、とりわけ聖母礼拝堂では祭壇の正面掛け布が未漂白の麻布に掛け替えられ、いやがうえにも朗々と復活祭を告げていた。[*5]蝋燭にも未漂白の蝋が用いられ、会衆は堂から追い払われ、墓は天使が「彼は甦《よみが》へれり」と言うのを待っていた。しかし交差部のあたりでは、光が競う相手を探しても焼き絵《グリサイユ》ガラスしかなく、復活祭は到来を宣言するのに、礼拝堂とは異なるやり方で、つまりは騒音と日差しとを用いたのであった。

復活祭を過ぎると積み石の層がどんどん高くなって、ジョスリンが参事会長役宅の窓から眺めると、狭間胸壁の上に白い石が聳《そび》え立って見えた。やがて聳える正方形は自前の足場を備えるようになり、梯子が一つ掛けられたかと思うとすぐにまた別の梯子が継ぎ足された。アイヴォの森から切り出された梁材《はりざい》が、北西の袖廊に空いた穴から突っ込まれる。梁を求めてロープが下りてきて、職人たちが場所を空けるなか、梁はまるで矢のように鼻先を真上に向けて上がっていった。梁がどうなるのか

＊3　「射禱」とはローマ・カトリックの短い祈禱のことだが、英語の ejaculation には「射精」の意味もある。

＊4　「エルサレムの娘よ」という呼びかけは旧約聖書雅歌にも見えるが、ここは新約聖書ルカ伝福音書第二三章二八節の方を意識していると思われる。十字架を背負ってゴルゴタに向かうイエスが、嘆き悲しむ女たちに未来の災厄を告げる言葉で、「エルサレムの娘たち、わたしのために泣くな。むしろ、自分と自分の子供たちのために泣け。人々が、『子を産めない女、産んだことのない胎、乳を飲ませたことのない乳房は幸いだ』と言う日が来る」と続く。

＊5　現在のローマ・カトリックでは、四旬節のあいだの祭色は「悔い改め」「厳粛」を表す紫だが、復活祭になると「純潔」「喜び」「復活」を表す白が祭の色となる。特に復活祭前の聖木曜日には漂白しない白を用いることもある。

ジョスリンは見たがったが、親方はジョスリンを避けていた。やっとまた上に登れたとき、ジョスリンはアイヴォの梁が――正確には、アイヴォの親父の梁が――もとは屋根があったあたりに床張りを造るための、基礎の四辺となったのだと知った。しかし中心には正方形の穴が空いたままで、だからまだ蒼空の奔流はそこから流れ落ちてくれる。四辺の積み石の成長ぶりはだんだん不揃いになってきた。層のところどころに隙間を残したままになり、ジョスリンは石層が窓を作る高さに達したと見てとった。五十フィートのところで、塔《タワー》に光を採り込むのだ。

聖母礼拝堂には花が飾られ、青白い顔が堂を満たし、子らの口も礼賛の声で甘美だった。そこで式服をまとったアイヴォが、参事会員の任を受けるためにやって来たのである。三名の主要参事の面前でアイヴォは大聖書の文句を読んでみせた、いや暗唱しただけかもしれない、なにせ口にしたのは主の祈りと天使祝詞《しゅくし》だけだったのだから、どちらか判断するのは難しかった。*6 しかし新任の尚書院長は、アイヴォが十分な読み書きの能力を有していると宣言した。そういうわけで、小窓に描き込まれた聖アルドヘルムの生涯から射し込む限られた陽光のもと、任命の儀式が執り行われた。ジョスリンは聖職者席に坐り、塔がせり上がっていく感覚を味わっていた。アイヴォが十分な威厳をもって式を終えるのを、ジョスリンは待っていた。ようやく聖母礼拝堂の西端でアイヴォを出迎えたとき、ジョスリンは熱い握手をした。それから問いかけと承諾があって、手を取っての案内があって、仮の聖職者席が示され、そして最後に、蝋燭と花とに囲まれながらの親和の接吻があった。

それが済むと、アイヴォはいつもの狩りに戻っていった。

この間ずっと、大気も地面も乾いていった。それから埃がまたぞろ舞うようになった。埃対策は入念に立てられていたのだが、パンガルと手下の掃除人夫たちがやる気を失ってしまったため、暗黙のうちにそれは実行されずじまいになった。泥水が身廊や側廊に残していった泥が、乾いてあたりに漂った。交差部上方の四角い柱状空間から、さらに多くの埃が下りてくる。埃は小さな吹き寄せや吹きだまりになって溜まっていった。日光の矢軸は埃をはらんで輝き、記念像は薄い埃の膜や岩屑をまとった。身廊の柱と柱の間の床石板に、紋章となってもの言わず横たわる十字軍の兵士たちも、いまや典麗なる華々しさに燃えあがることもなく、薄汚い鎖帷子《くさりかたびら》か糞色をした鎧に身を包んで見え、あたかも敵の突進を受けてその場で地面に打ち倒されたかのようだった。板材や帆布の仕切りのこちら側では、教会本体もまるで馬小屋か、十分の一税を収める空っぽの穀物納屋みたいに、神聖さを失っていた。というのは、この建物の目的が、交差部の上に取り付けた通風筒という、唯一つの役目に集中してしまったかに思えたからだ。内側では足場が上へ上へとせりあがり、おかげで交差部から上を見あげると、まるで非常に几帳面な鳥が巣をかけている煙突の中を見上げているようだった。ロープが垂れ下がり、てっぺんに取り付けられた歩板《あゆみいた》が正方形の空を縮め、縦材は一点に集まっていくようで、足場から次の足場の段へと梯子がいくつも斜にかかっていた。こういったすべてを縫うように辿って、職人の軍勢が絶えず行き交っていた。春のうちは陽気に騒がしかったものだが、今や押し黙って

＊6　この試験のときアイヴォは、典礼のたびに唱えられ誰でも聞き知っている「主の祈り」と「天使祝詞」で済ませてしまったので、実際にラテン語聖書を読みこなす識字力はすこぶる怪しい。そのアイヴォの任命式が、ラテン語を自在に操った七世紀英国の大学者の聖アルドヘルムの像に見守られて執り行われるという構図は、かなり皮肉が効いている。

作業に集中する姿が見られるばかり。教会の中央部《ボディ》で作業していた頃の彼らは、荒くれで無頓着だった。それが今では空中二百フィートになんなんとする高所に持ち上げられ、一人ひとりに何らかの秘蹟が按手して任を授けたため、物音をたてるにしても大半は木を叩いたり、鑿《のみ》で石を打ったり、磨いたり、削ったりするだけだった。礼拝や瞑想のために聖母礼拝堂へ赴く途中、ときおりジョスリンは立ち止まって目を上にやり、目も眩むような高所の隅にかかって上下に揺れる歩板の上を、職人が一歩一歩確かめながら進むのを見た。ときにはパンガルの王国にある石の一つに目をつけ、それが煉瓦箱に入れられて一段また一段と足場を上っていったり、または紐で吊されて交差部の中央を昇っていったりするのを、ずっと目で追った。T字定規を小脇に抱え、腰から鉛の下げ振り錘《おもり》を下げた親方が、一つ一つ足場の段を用心深く、重い足取りで登る姿も見かけた。親方は照準用の道具も持っていた。小さな穴の空いた金属で、親方は暇さえあれば壁の隅から隅までを照準していた。T字定規や照準の道具を使うと、そのたびに今度は逆の隅からもういっぺん測り直し、次に下げ振りを垂らしてみた。ということは、職人のうち少なくとも二人は、そのあいだ無為に過ごしているというわけだ。ジョスリンはこの無為に苛立ち、息が詰まりそうな心持ちにさせられ、その焦燥は、名無し神父が手紙を持ってくるとかいうような、参事会長の地位が要求する用事のために広い世界へ呼び戻されるまで、延々続くのだった。ちょっとでも体を空けられる機会があると、彼はすぐさま交差部へとって返し、目を細めて射禱を唱えながらそこに立つものだから、参事会長ジョスリンの頭像四体のうち今では三体目に取りかかっているあの若者はてんてこ舞いだった。

そんなある日、ジョスリンが足を止めて見上げると、天井のあたりで職人たちが集まって議論しているのが見えた。ロジャー・メイスンが男たちに向かって、冷やかしたりおだてたり、ときにはわざと立腹してみせたり理をもって説いたりしたおかげで、数時間が無駄に費やされた後、仕事はもたつき気味ながら再開された。その後、親方はジェハンを伴って地上に降り立ち、舗床の上で仕事に取りかかった。親方は気むずかしげにジョスリンをわきへ払いのけた。水を張った皿をいくつか舗床の上に載せ、細長い木片で輪留めを噛ませて並べると、皿を照準した。交差部に立つ四本の柱それぞれの石面に刻み目を入れ、刻み目一つ一つの上にチョークで印をつけた。そのとき以来、少なくとも一日に二回は、この印にばかり没頭しているのだった。たとえば、南袖廊の扉に立って、次々に印を一つ一つためつすがめつし、それから印が皿の水面に映る反射を捜す。チョークの粉が薄くなると、また印を書き直した。

しかしジョスリンは、楽しげに交差部を通り過ぎながら、ロジャーに向かい、笑いつつ頭を振ってみせた。ときには大声で呼びかけもした。

「どうした？　まだ信仰を持たないのかね、わが子よ？」

親方が返事をすることはなく、ただ一度だけ、返事しそうになったことがあるだけだった。ちょうど天使がジョスリンを力強くなぐさめてくれた後だったので、ジョスリンは、もし機会さえあれば、建物全体を自分の両肩で支えることだってできる、と感じていたのだ。戻って身廊の方へ向かうとき（ちょうどグッディも急ぎ足でこちらへ向かっていた）、ジョスリンは自分の勝利感をどうしても伝えたいという衝動に駆られ、水皿越しにロジャーに呼ばわった。

「わかったかね、わが子よ！　言ったとおりではないか――沈みはしないのだよ！」

そのときロジャーは口を開いたのだが、北側廊を急ぐグッディが見えたので、何も言わずじまいになった。彼女を見たとたん、親方がジョスリンのことを忘れてしまったのは明らかだった。そこでジョスリンは交差部を離れ、身廊を歩んだのだが、勝利感も縁《へり》のところで少し色褪せてしまったように感じた。

この時期、もう一つの障害となったのがレイチェルの存在である。ジョスリンが上を見ていると、すぐそばに立って、一緒に上を見るでもなく、ただとめどなく話したりしゃべったりこちらの話を遮ったりしているものだから、身を守るにはまたもや彼女を無視するより他ないということになった。わたし高いところはからっきしなんです、と彼女は言う、残念ったらありませんわ、今ロジャーの仕事はほとんどあの危なっかしい宙の上なんですから。とはいうものの、彼女はロジャーが上がって下りてくるまで待って、二人が揃って地面の高さに立ったとたん、自分たち以外の世界を置き去りにして、また夫婦でぐるぐる追いかけっこだ。この有様を見るたびにジョスリンは、ぞっとしてたじろぎながら、この二人は夫婦というよりも兄妹だな、ただし、先だって知ってしまったあの穢らわしくも滑稽な営みのことがなかったらの話だが、と思うのだった。男の方は黒髪で胆汁質の癇癪持ち、がっしりしているがつむじ曲がり、そして女の方は胆汁質の癇癪持ちで黒髪で、たくましくて落着かない。その一方、遠くでパンガルは、壁をコツコツ削ったり、箒に身をもたせかけてむっつりと立っていたり、ちょっかいを出してくる軍勢から逃れようとひょこひょこ歩いたりしているのだ。また一方では、グッディ・パンガルが交差部を突っ切っていく——家に帰るには他の経路がいくらでもあるというのに——視線を上げず、無理に首を下に向けている。そしてロジャー・メイスンが、チョークの印を照準している――。そんなときなど、ジョスリンは、驚いたことに自分が、というか、もしくは彼の心中の暗い片隅が、無理に彼の口をこじ開け、言葉を、何ら論理が通っていないくせに、でもどうやら勝利感やら不安感やらに直接つながっているらしい言葉を、呟かせていることに気づく。

「まだ序の口だ」

しかし次の瞬間には、彼の論理的思考力が客観的に働いて、今のことを全体から見直してくれるので、ジョスリンはうなずきながら参事会長役宅へ向かい、天使の訪れを待つのだが、天使はなぐさめを与えこそすれ、助言をしてはくれなかった。

六月になり、ジョスリンは痛む頭を抱えて教会に行った。前夜の天使との交歓は、とりわけ長く実り多いもので、これは私がありとあらゆる反対を押し切って、ついに窓が一つ完成する高さにまで塔を押し上げたことを褒めてくださったのだ、とジョスリンは思ったが、この考えを初めのうちはおずおずと抱き、次には誇らしく、また次にはおずおずと考える、というふうに気持ちの反転が延々繰り返し続いたので、すっかり頭がくたびれて働かなくなってしまった。その後ジョスリンは、天使が訪れたのは警告のためだったと理解した、というのは、あの悪鬼がことさらに忌むべきやり方で、彼をさいなみに遣わされたからで、そのため、朝目覚めた頭で考えてみると、眠っていた最後の一時間は、荒れ狂う幻覚《ヴィジョン》のせいで下劣きわまるものと思われた。できる限り早出をして、祈りに向かった。もう明るくなっていたので、軍勢が仕事をしているのを見られるはずだと思った。しかし、埃だらけの納屋には人けがなかった。交差部の乾いた竪坑まで来て、新しい痛みと炎の閃光が頭を貫くのを感じつつ首を伸ばして細目で見上げたが、煙突に掛けられた巣にも鳥の姿はなく、隙間風を受けたロープが揺れているだけで、他に動くものといったら、天井に空いた四角い穴の上にかかるピンク色の雲ばかり、雲はじわじわと進み、ついには穴全体を輝く蓋で覆った。ジョスリンは目を地上に戻し、言葉にならない不安を感じて、足早にパンガルの王国へ向かった。しかし小家《コッテージ》は静かで、ガラス切り職人のベンチにも人影はなかった。教会へとって返し、靴音を交差部に響かせながら横切って北袖廊へ急ぎ、壁に穴の空いている場所まで来て、境内に職人たちの姿はないかと外を覗いたところ、軍勢の居場所がわかった。冬じゅう梁材を乾燥させていた資材小屋に集まっていたのである。入り口には女たちが押し黙って身じろぎもせず立っている。さらに中のほうに、まだ運び出していない梁材が置いてあって、その上に何人か男が坐っている。一番奥にいるのがロジャー・メイスンで、資材小屋の奥の開口部を背にしているため、頭も肩も暗くしか見えない。何事か話しているのだが、声があまり大きくないのでジョスリンには聞こえなかった。そのうえ男たちの群全体が騒音をたてていたし、また身じろぎでうごめいていた。

壁の穴のギザギザした縁越しに見やりながら、ジョスリンはまた痛みが頭を走るのを感じつつ、わけ知り顔で悲しげにうなずいた。

「日当をあと一ペンス上げろと言うのだな」

そこで聖母礼拝堂に歩を進め、東の窓が活気づき始めるなか、ジョスリンは職人たちのために祈った。その祈りに召喚されたかのように、交差部へどやどやと仕事にやってくる職人たちの物音が、まだ祈りにきちんと集中できないうちからジョスリンの耳に入ってきた。ジョスリンは悪鬼の仕業を思い、嫌悪に身をおののかせつつ、「制すること能わぬ部位」を嘆いた。*7 だが交差部の騒音と、彼自身が思い起こしている記憶に、注意を向けずにいることは難しかった。ふと気がつくとジョスリンは、顎を手首に載せてひざまずき、目を虚空に向け、くさぐさのことについて、祈るのではなく思案しているのだった。正念場だ、と彼は思った。しっかりしなければ。

　次の瞬間、ジョスリンははっと我に返って、跳ね飛ぶように体を起こした。唖の若者が、革の前掛けもせず手には彫りかけの石も持たず、ただそばにいて、言葉の出ない口で唸っていたのだ。若者はジョスリンを引っ張ろうと、彼の体に片手を掛けさえしていたのだが、また急に走り出すと、交差部の騒乱のなかへ身を投じていった。

　あの者たちのもとへ行かねば、ジョスリンは頭を貫く痛みの閃光の合間に、若者の姿が人混みに消えていくのを見やりながら思った。

　ジョスリンは声を出して言った。

「ふだんからちゃんと食べていないし、四旬節の断食で私の体はへとへとになってしまった。この仕事には体力が要るというのに、わざわざ肉体を軽んじるとは、何と愚かだったことか？」

　叫び声が交差部からあがり、その切羽詰まった調子を耳にすると、ジョスリンは思わず立ち上がっ

＊7　新約聖書ヤコブの書第三章六～九節に由来する句で、舌のことを指す。「舌は火なり、不義の世界なり、舌は我らの肢体の中にて、全身を汚し、また地獄より燃え出でて一生の車輪を燃やすものなり……されど誰も舌を制すること能わず、舌は動きて止まぬ悪にして死の毒の満つるものなり……われら之をもて主たる父を讃め、また之をもて神に象りて造られたる人を詛《のろ》ふ」とある。ジョスリンは神聖な場所でも口を慎まない職人の不敬を苦々しく思っているわけだが、実は「部位」にあたる英語memberには、陰茎の意味も込められている。

た。急ぎ足で周歩廊を進み、交差部に辿り着くと光に目をしばたたいた。痛む頭のせいで、彼の目が向いたところには陽光が光輪の暈《かさ》を作り出していたが、猛烈に意志の力をふるって顔をしかめているうちに、暈はおさまった。何の騒ぎなのか、初めのうちはわからなかったが、それはレイチェルがすぐ横でくるくるぺちゃくちゃと始めたせいで、ジョスリンはこの女を心から閉め出すのに、さらなる意志力を使わなければならなかった。職人全員が交差部に集まっていた。レイチェル以外の女たちは北袖廊にかたまっていた。交差部に入ってからほんの数秒のうちにジョスリンは、人の数がどんどんふくれあがっているのを知り、後から来た者たちも前からいた連中と同様に、ちょっとささやいては口をつぐんで、緊張に身をこわばらせているのを見てとった。まるで幕間芝居の時に役者が全員舞台に集合して、じっと黙して立ったまま太鼓の合図を待っているみたいだった。グッディ・パンガル、箒を持ったパンガル、ジェハン、啞の若者、それからロジャー・メイスンの姿も見える。からくり時計の人形よろしく、機械仕掛けの動作の姿勢で凍りついたまま、時を告げるチャイムが鳴るのを待っているようだ。ゆがんだ人の輪が取り囲む中心には、口を開けた竪坑があった。こちら側では、金属の薄板が架台に立てかけてあり、日光を捉えてまっすぐ竪坑の底を照らすようになっている――胸がむかついて気が立っていたジョスリンではあるが、この工夫の巧妙さには感心した。向こうではジェハンと親方がかがみ込んで下を向いている。

ジョスリンは、があがあ言っているレイチェルを引き連れたまま足早に竪坑へ近づいた。が、縁まで来ると、親方が頭を上げた。

「みんなもっと下がれ――ほら、さっさとしろ！　袖廊のほうまで下がってろ！」

言葉を発しようとジョスリンは口を開いた。しかしロジャーがレイチェルに向かって小声で毒づいた。

「おまえも――光の邪魔だ！　教会の外に出てろ！」

レイチェルは去った。ロジャー・メイスンはまた竪坑の縁に首を突っ込んだ。ジョスリンは彼のそばにひざまずいた。

「どうしたのだ、わが子よ？　教えてくれ！」

ロジャー・メイスンはじっと竪坑の下を凝視し続けた。

「坑の底をご覧なさい。身動きせずに、じっと見て」

ジョスリンは両手をついて前に身を乗り出したが、背中の熱い水が頸《くび》から後頭部へ流れ込む重みを感じ、叫び声をあげそうになるのをかろうじてこらえた。しっかり目をつぶって、吐き気と苦痛の交錯する閃光が目から抜けていくまで待った。傍らでロジャーがささやくのが聞こえる。

「まっすぐ、底を見るのです」

目を開いてみると、竪坑に射し込む陽光の反射は目に優しかった。穏やかで、喧噪を離れた光だった。底へ向かって順々に違った種類の土が層になっているのが見えた。まず、今こうやって膝をついている石板があって、六インチの厚みに重なっている。それから、この縁のところにいわばぶら下がる格好で、竪坑の側面は堆積石灰で固められた砕石の層に変わる。そのまた下には、毛羽だった柔毛状のものが一フィートとか二フィート分あって、たぶんあれは、つぶれてほぐれた粗朶《そだ》材の端が見えているのだろう。その下は黒土、小石がちりばめられている。そして一番底はもっと黒い土で、小石の数も多い。大して見るべきものもないようだが、金属板から差している穏やかな光を見ていると気が休まる。それに今は誰も物音をたてていないことだし。

ややあって、ジョスリンが見ている間に、小石が一つ、二かけの土塊《つちくれ》を連れて落ちていった。直後に、ジョスリンの真下の横壁から、おそらく一ヤード四方分の土が剥がれ落ちて、どすんと柔らかい音を立てて竪坑の底を打った。落ちた土に混じっていた小石が、反射光を浴びて鈍く輝きつつ、新しい寝床に身を落ち着けた。しかし、その小石が身を落ち着けるのを見届けようとジョスリンが眺めていると、次の瞬間、襟首あたりの髪の毛がぞっと逆立った。小石がきちんと身を落ち着けないのだ。小石の一つが、まるで急に不安に駆られたみたいにもぞもぞした。見れば他の石もみなじっとしておらず、地虫《じむし》がうごめくようにゆっくりと身動きしている。地虫の下で土自体が、鍋で沸きあがる寸前の粥のように動いていて、地虫をあちらへこちらへと揺り動かしているのだ。そのせいで地虫は、太鼓を叩くと革の上の埃が這いずり回るみたいに、うごめいているのだった。

ジョスリンは片手をぐいと突きだし、竪坑の底に向かって護身の十字を切った。傍らのロジャー・メイスンに目をやると、ロジャーはうごめく地虫を見つめており、食いしばった歯の周りで唇は堅くひきしぼられ、ロジャーの顔の皮膚には黄ばんだ蒼白の色が浮かんでいたが、それは反射光のせいばかりではなかった。

「あれは何だ、ロジャー？　あれは？」

何らかの生命体。本来見ることも触れることも許されぬもの。地面の下に息づく暗黒、のたうち、逆巻き、沸きあがろうとしている。

「あれは何だ？　教えてくれ！」

しかし親方は目を見張ったまま、じっと下を見続けた。

最後の審判の日が到来したのか。それとも地獄の屋根があそこで口を開けているのか。呪われし者どもがうごめいているのだろうか。それとも鼻のもげた死体たちが身を翻し、上を目指して突き進んできたか。それとも、まだ息の根を止めていなかった邪教の大地、地母神がついに縛《いましめ》を破って目覚めたというのか。ジョスリンは自分の片手が口元へ向かっているのに気づいた。次の瞬間、出し抜けに彼は痙攣にさいなまれ、何度も何度も護身の十字を切り続けた。

南西の柱から鋭い悲鳴があがった。そこにいたのはグッディ・パンガルで、取り落とした手提げ籠がまだ足元に転がっていた。聖歌隊席を仕切っている木の隔壁へ続く石段の下から、あわただしく何かをガツンと激しく強打する音が轟いた。弾かれたように、というか、むしろ縮みあがるようにしてジョスリンがそちらを向くと、割れた石がいくつも、凍った池の表面を氷のかけらが滑ってくるみたいに、送り出されてくるのが見えた。手のひら大の三角形をした石が、竪坑の縁まで滑っていって、中へ落ちた。石の後に、別のものが続いた。耐えられないほど、信じられないほど張りつめた、耳鳴り音のような緊張感が襲ってきたのである。それはどこからともなくやってきて、どこにも片付けようがない、事態の中心にいても周辺にいようとも同じように聞こえてしまう、両耳に刺さった針のようだった。別の石がまたパチッと割り取られ、跳ねた破片が金属板に当たってガランと音をたてた。

たちまち今度は人間たちのたてる騒音の喧騒に、怒鳴り声や悪態や悲鳴があたりいっぱいに広がった。群衆には動きも生じ、始まったとたんにそれは荒れ狂い、収拾がつかなくなった。交差部から逃げる経路はいくつもあり、誰ひとりとして同じ道を選ぶ者はおらず、混乱を極めた。ジョスリンは立ち上がり、急いで竪坑から後ずさりして目を上げたが、見えるものといえばただ、いくつもの手、顔、足、髪、布、革——一瞬ちらと目には入っても、それが何なのか理解できなかった。金属板は大音響とともに倒れた。ジョスリンの体はぐいと引っ張られ、柱に押しつけられ、一つの口が——誰の口だ？——耳元で金切り声をあげた。

「大地が這いずってるぞ！」

ジョスリンは両手をあげて身を護り、どこかで親方が大声で叫んでいた。

「落ち着け！」

驚いたことにすべての騒音が静まっていき、後にはただ、緊張が発する甲高い狂った耳鳴りが響くばかりとなった。騒音が完全におさまると、親方はもう一度大声で言った。

「落ち着け！　落ち着けと言ってるだろうが！　石を、どんな石でもいいから、持ってこい——坑をふさぐんだ！」

するとまた騒音がどっと上がったが、今度は詠唱のような調子であった。

「坑ふさげ！　坑ふさげ！　坑ふさげ！」

渦を巻きながら恐ろしい勢いで散っていく群衆を尻目に、ジョスリンは柱に身を寄せてかがんでいた。今こそ私のやるべきことがわかった、このためにこそ私があるのだ、ジョスリンはそう思った。そこで、戻ってくる群衆の縁が見えたとき——そのうち二本の手がジョスリン参事会長の頭像をかかげ、竪坑へ放り込んだ——彼は柱を離れて周歩廊へと這って進んだ。向かったのは聖母礼拝堂ではなく、聖歌隊席の方で、できるだけアーチの要石の真下に近い聖職者席を選んでひざまずいた。石の奏でる歌が体を貫き、歯を食いしばり拳を握りしめて耐えた。ジョスリンの意志力は猛烈に燃え始め、彼はその意志を四本の柱に突き通し、自分の首と頭と背中の痛みをもって柱を詰め固め、朦朧たる感覚のなかで光の閃きと輪を迎え入れ、この目を思う存分さいなむがいい、と光に向けて目をかっと見開いた。両の拳は目の前の座席に置いていたが、ジョスリンはそれにも気づかなかった。これも一種の祈りなのだ！　とジョスリンは混乱した頭で混乱に反逆しつつ感じた。こうして苦痛に包まれ苦痛に耐え、体をこわばらせたまま、ひざまずいていた。だがその間もずっと、石の歌が頭の中を揺さぶり続けていた。ついに他の何も理解できなくなったとき、ジョスリンは建物全体の重量が彼の背中にのしかかっていることだけを悟った。この凍りついた姿勢のままで、彼は時間感覚と視覚が存在しなくなる一点を通り抜けた。目の前にある二つの形は一体何だろうといぶかしく思ったときになって初めて、ジョスリンは自分がどこか別の世界から戻ってきたのだと理解した。交錯する閃光のなか――だが閃きは以前よりも光沢を増し、痙攣するように飛ぶのではなくむしろ水面を遊泳するみたいだった――を見回して、目の前の形が自分の両の拳で、まだ相変わらず座席の木部に押しつけていたのだと認めた。それから彼は、何かが失くなった感じがして、急に恐怖に襲われ力いっぱい口を広げたのだが、やがて、失くなったのは石が歌う声だったのだとわかった。もう石が歌わなくなったのは、もうそいつが私の頭の中でやるべき仕事を済ませたからなのだろう、何の仕事なのかはわからぬが。そこで彼は視線を拳の向こうに投げた。そこにはロジャー・メイスンが、薄笑いを浮かべて、待っていた。

「師なる神父さま」

突然ジョスリンはこちらの世界に舞い戻った。だが完全にというわけではなかった。変化が激しすぎて、頭で整理し直すのは無理だったのだ。唇を湿らせ、握った拳から力を抜いてほどいた。しかし、彼の内には、どうしても握りしめたままほどけないものがあった。

「何だね、わが子ロジャーよ」

ロジャー・メイスンの薄笑いはいよいよ広がった。

「ずっとご様子を見てましたよ、それで待っていたんです」

(なのに私の意志が燃えあがるのが見えなかったのかね、弾丸頭の愚物よ? 私はあいつと闘ったが、あいつはついに勝つことができなかったのだ)

「私の力が要るときには、おまえがいつ来てもいいように、私はずっとここにいるのだよ」

「あなたの力を?」

親方は後頭部に両手を当てて、まるで何かから頭を解放するようにして、左右に揺すった。そういうことか、ジョスリンは思った。あれでロジャーは解放されたつもりだ。あれのおかげで自分が解放されたと思っているわけだ。ロジャーには見えていない。わからないのだ。さしあたり、態度にも余裕が戻っている。

親方は手を下ろすと、一点だけは譲歩してあげようと言わんばかり、考え深そうにうなずいてみせた。

「ええ、そうですな、神父さま。あなたが尖塔に多大な関心を、それこそ熱狂的な関心を寄せておられたこと、これは認めておりました。むろん、神父さまに予想できるはずもないことでしたよね。ですが、ことは自然に決着を見たってわけですな。ある意味で、私も喜んでます。いやいや、ある意味どころか、あらゆる意味でね。事態はここまで来ちまったのです」

「どこまで来たというのだ？」

薄暗い聖歌隊席の中で、ロジャー・メイスンは晴れ晴れと、いかにも心安らいだ男のように笑った。

「ものの道理でしょう。建築はここで止めなければなりません」

ジョスリンは唇で笑った。ロジャーが小さく、遠く離れて見えた。さあ、とジョスリンは思った。じわじわと取りかかろう。

「では、言いたいことははっきり説明してくれ」

親方は手のひらをじっと見て、埃を払った。

「言わなくとも、あなたも私と同じくらいわかっておいででしょう、師なる神父さま。もう高さの限度に来たんです」

親方はジョスリンに向かってにやりと笑った。

「結局のところ、明かり採りは一つ、つまり窓一つはちゃんと完成しましたし。四隅に小尖塔《ピナクル》を立てて、それぞれ窓ごとに一つずつ、ジョスリン参事会長の頭像を上に飾ればいいでしょう――ついでに言うと、頭像はもういっぺん作り直しでしょうがね。私らが鉛板で寄棟を造りますから、真ん中に風見《かざみ》くらいなら据えられますよ。これ以上続けたら、土がまたぞろ這い回りますからね。神父さまの言ったとおりでしたな。当時の棟梁たちにとっても、信じられないような芸当をしたもんです。基礎なんてなかったんですよ。基礎と呼べるようなものは一切ない。ただの泥です」

背中にのしかかる重量に気をつけて、またもや天使が戻ってきそうな気配にも注意を払いながら、ジョスリンは聖職者席の中でまっすぐに体を起こし、膝のところで両手を組み合わせた。

「何があれば満足できるのだ、ロジャー？　つまり、建築術の領分の話としてだ、どうしたら尖塔を安全に建てられると思うのだね？」

「何があっても無理。言い方を変えましょうか、私にできることは何もありませんってことです。技《わざ》術だの工夫だのに加えて、世界中の銭金《ぜにかね》と時間をありったけつぎ込めるなら――そうですな、そうなったら、まずは石を一個ずつ外してこの大聖堂を取り壊します。それから、百ヤード四方で深さは、そう、四十フィートの竪坑を掘ります。そしたらそこへ荒石を詰め込むんですな。でも、その前に水が流れ込むのが落ちでしょう。何人がかりで何個バケツを使って水を汲み出すことになるのやら。そうやっているあいだじゅう、身廊は泥でできた崖っぷちに立たされているってわけです！　おわかりいただけましたか、神父さま？」

ジョスリンはしばらくのあいだ目を逸らし、頭の中で燃える炎の閃光を通して主祭壇の方を向いた。これこそそうなのだ、と彼は思った、これこそ自らを献げ、そして献げものを受け入れていただくということなのだ。

「度胸の小さい男だな」

「度胸の大きさなら、たいていの者とそう変わりませんや」

「それでもやはりちっぽけな度胸だ。信仰心はどこにやった？」

「信仰があろうとなかろうと、もうどん詰まりのところまで来たんですよ、神父さま。これでもう終わりです」

そう、そして、限りと終わりのない主の御意志につながったとき、人間の意志はこのように感じるものなのだな。

「ついに別の仕事口が見つかったというわけかね、ロジャー。マームズベリか、図星だろう？」*8

親方は無表情に彼を見た。

「そうおっしゃるのなら、それもいいでしょう」

「そうだとわたしははっきり知っておるのだ、おまえもな。そこで軍勢に仕事も見つけてやって、安全に冬越ししようという算段なのだろう」

「人間、生きていかなければなりませんのでね」

突然、交差部から騒音がわき起こり、もやもやしていた感情が煽られて苛立ちへと変わった。苛立ちに目をつぶり、ジョスリンは怒って言った。

「何の騒ぎだ？」

「うちの職人たちです。待っているのです」

「私とおまえが話を決めるのを、か」

「話なら、あの泥土が決めてくれたはずです！」

*8　イングランド南部のウィルトシア州にある町の名。十二世紀に建造された有名な修道院がある。ちなみに、マームズベリ修道院にはその後ソールズベリ大聖堂よりも高い尖塔が増設されたが、十五世紀末に倒れてしまったという。

閉じた目のすぐ近くに、親方の深い息づかいが寄ってきた。

「おしまいにしましょう、神父さま、手遅れになる前に」

「マームズベリの仕事がなくなる前に、だろう」

ついに親方の声も怒気を帯びた。

「わかりましたよ。どうとでも好きなように思いなさるがいい！」

息づかいが遠ざかるのを感じて、ジョスリンはさっと片手を伸ばした。

「待ちなさい。待つのだ！」

ジョスリンは、握りしめた両手を譜面台に置いて、その上に額を静かに載せた。まもなく私の体全体が火に包まれ、脈拍も目が眩むほど速くなるだろう。しかし、私はこのためにあるのだ。

「ロジャー？　そこにいるのか？」

「それで？」

「一つ言っておきたい。兄弟の仲よりも、母と子の間柄よりも近しいものとは何だね？　手と口の間よりも、考えとそれを考える心との間よりも、近しいものとは何だと思う？　それが幻視《ヴィジョン》なのだよ、ロジャー。わかってもらえるとは思わないのだが――」

「わかっていますとも、もちろん！」

「わかるというのかね？」

「でも、あるところまでいっちまったら、幻視《ヴィジョン》とやらも、子どもが『ごっこ遊び』をするのと変わらなくなるんです」

「ああ!」

ジョスリンはゆっくりと、慎重に首を横に振った。光が泳ぐ。

「ではおまえにはわかっていないのだ。少しも」

ロジャー・メイスンは、なめらかなタイルの上をこちらへやって来て、ジョスリンを見下ろすように立った。

「神父さま。あなたは——ご立派だと思いますよ。でも、しっかり堅い地面がこの話を支えてくれていないのです」

「堅い地面と足との間よりも、近しいものだよ」

ロジャーは両手を腰に当て、決然とした様子で言った。声は大きくなっていた。

「お聞きなさい。何とでも好きなことをおっしゃってかまいませんがね。私の肚《はら》は決まってるんです」

「その、決まった話を伝えに来ただけだ、というのだな」

「これがあなたにとってどれほど大事なことなのか、ある意味では私もわかります。だからこうして説明をしようと待っていたんですよ。実は他にもいろいろなことがあったんです。そいつに虜《とりこ》にされた身の上だったというわけでして」

「テントか」

「テント?」

「何でもない」

「囚われの身になっていたところでした——でもこうして建設が不可能とわかった今では、私は晴れて出ていけるんです、すぐにでも、そして全部水に流していける、代価はずいぶん高くつきましたがね」

「がんじがらめの網を破るというわけか」

「振り返ってみれば、網というほどのこともない、蜘蛛の糸でしたよ。でもそのときには誰も思い至ったりできんものですな！」

慎重に、ジョスリンは口を開けた罠に目をやりながら、獲物に向かってうなずいてみせた。

「ただの蜘蛛の糸か」

「もう一つ。司祭にとっての司祭の職分って、何だかおわかりでしょう？　私らにも、職のうえで当然知る権利のあることっていうのはあるんですよ、神父さま。建築屋の沽券《こけん》とでもいいますか*9」

「マームズベリで仕事を見つけやすくなるということかね」

「ちゃんと話を聞いてください！」

「沽券も守れるし、軍勢の面倒も見られるわけだな。だがことはそう簡単ではないぞ。ロジャー、もっと払わねばならぬ代価がある」

「そうですか。それは棒引きにしてもらいましょう」

燃える頭の中で、グッディ・パンガルとレイチェルがぐるぐる円を描き始めた。参事会員全員の顔が見える——私は幻視《ヴィジョン》を得たのだ。できるものなら、彼女を護ってやりたい——そこにいるみんなを護ってやりたい。しかしわれわれは、自分の救済にはそれぞれ自分で責任を負うのだ。

「あれを建てられるのはおまえの他に誰もいない。皆そう言っているぞ。誉れ高きロジャー・メイスンよ」

「誰にも建てられっこありません」

またもや交差部の方から。怒気を含んだ大声と、続いて笑い声。

「はてさて、ロジャーよ、もっと肝の据わった者であれば――」

頑固に押し黙っている。

「証印した契約から解き放ってほしいというのかね。できない相談だ」

ロジャーは口ごもって言った。

「じゃあいいですよ。何があろうと、肚は決まっているのですから」

網から、臆病と度胸の小ささから、逃げ去るつもり。

「とくと考えてごらん、わが子よ」

交差部から聞こえる叫び声はさらに大きくなり、親方の足はタイルの上をあちらへ向かおうとしていた。ジョスリンはもう一度片手をあげた。

「待ちなさい」

立ち止まって振り向く足音が聞こえた。めまいを感じながらジョスリンは思った、いったい何というところまで来てしまったのか、何をするつもりだ、この私は？　しかし、他に何ができるというの

＊9　この部分の英語 Builder's Honour は、thieves' honour（＝There is honour among thieves）「泥棒にだって仲間同士の仁義がある」という慣用句をもじったものか。

だ？

「何でしょう、神父さま？」

ジョスリンは苛立って、両手で目を覆いながら返事をした。

「しばし待ちなさい。待つのだ！」

別に時間を稼ぎたかったのではない。とっくに決断はひとりでになされたのだから。吐き気に似た懸念のようなものを目の奥に感じたが、それは尖塔が危機に瀕しているからではなかった。むしろ、尖塔が危機に瀕していないからであった——かつて尖塔が、これほど強固に運命づけられ、これほどしっかりと据えられ、これほど不可避的に建設へ邁進したことはなかったのだ。だからこそ、今何をしなければならなくなったか、ジョスリンは思い知ったのである。

ジョスリンの頭のてっぺんから爪先まで震えが走った、きっと石が歌い始めたときも、石はこのように震えたに違いない。やがて、石の歌と同じく、震えも消えていき、静止した冷たい体だけが残った。

「マームズベリに手紙を書いたのだよ、ロジャー。あそこの修道院長宛てにだ。向こうの考えていることはお見通しだったからな。あとどのくらい長く、こちらでおまえに仕事をしてもらわなければならないか、はっきり知らせてやった。院長は他をあたる気になっているだろう」

聖歌隊席の中をつかつかと近寄る足音が聞こえた。

「あんたという人は——！」

ジョスリンは顔を上げ、慎重に目を開いた。聖歌隊席に射し込む光はもう大して残っておらず、そのわずかばかりの光も、あらゆるものの周りで眩光や光輪の暈になっていた。両手で譜面台の縁をつかんでいる親方のまわりにも暈が差していた。親方の両手は譜面台を締めつけ、ひねりつぶさんばかりにびくびく動いている。ジョスリンは光輪に向かってまばたきし、静かな声で話した。言葉が頭の中でこだまするのがいやだったからだ。

「わが子よ。天はこのような仕事を定めると、それを一人の、その、人間の心へと吹き込み給うのだ。それは恐ろしいことだ。どれほど恐ろしいことか、私はいまようやく学びつつある。『金をふきわくるものの火』なのだよ。[*10] 仕事を与えられた人間は、その目的の一端くらいは理解できるのかもしれないが、支払う代価のことは何も知らぬままだ——あそこの者たちは、なぜああ騒いでおるのだ？　なぜ静かに待っていられないのだ？　いや。おまえと私は、力を合わせてこの仕事をするべく、選ばれたのだ。大いなる光栄だよ。この仕事がもちろん私たち二人を破滅させることは、今はもうわかっている。結局のところ、私たちとは、どういう存在なのだろうな？　ロジャーよ、私だけがおまえに言えるのだ、わが魂の全力を込めてな。あの尖塔は、悪魔《サタン》の魔手に脅かされながら、それでも建てることはできるのだし、また事実建てられるのだ。おまえは建てる、おまえの他にあれを建てられる者などないからだ。他の者たちは私を笑っていることだろう。ことによるとおまえのことも笑っているのだろう。笑わせておけ。あれはその者たちのために建てるのだし、その子孫のために建てるのだ。だ

＊10　旧約聖書マラキ書第三章二節に、最後の審判の時に到来する神のことを「彼の現れるとき、誰が耐えうるか。彼は精錬する者の火（金をふきわくるものの火）、洗う者の灰汁《あく》のようだ」とある。

がな、この世にたった二人、わが子、わが友よ、おまえと私が自分自身をさいなんで、互いをさいなみあったその果てに、私たちだけが、どんな石や梁や鉛や漆喰が、あれにつぎ込まれたのかを知るのだ。わかるかね？」

親方はジョスリンを見下ろしていた。もう譜面台と格闘するのは止めて、その代わりに、あたかも逆巻く波間で木切れにかじりつくように、しがみついていた。

「神父さま——後生ですから、私を放免してください！」

やらねばならぬ仕事をしているまでだ。私の前では、ロジャーはもう二度と以前のような態度はとれない。もはや以前のロジャーではない、別人に変容したのだ。私の勝ちだ、ロジャーはわが手にある、この義務を果たすための囚人。いまにも錠が下りようとしている。

ささやくような小声。

「行かせてくれ！」

カチリ。

沈黙、長い沈黙。

親方は木切れを手から放すと、光輪の群のなか、仕切りの向こうから不穏な喧噪が響くなか、ゆっくりと後ずさりしていく。親方の声は嗄《か》れていた。

「私らがこのまま続けていったら、どんなことになるか、わかっちゃいないんだ！」

後ずさりながら、目はしっかと見開き、聖歌隊席の戸口に立ち止まった。

「わかっちゃいない！」

去った。

交差部からは静寂。ジョスリンは一人思った。石が歌っているのではない。歌っているのは私の頭の中だ。しかしそこへ猛烈な叫び声が静寂を引き裂くように響き、ロジャー・メイスンが怒鳴るのが聞こえた。私も行かねば、ジョスリンは思った、行かねば、でもロジャーのところへ行くのではない。寝床へ行かねば。もしそこまで辿り着けるのなら。

　席をつかんで、体を起こした。あれはあの男の職分で、私には係わりがない、そう彼は思った。事態の収拾はロジャーに、私の奴隷のロジャーに任せよう。慎重な足取りで聖歌隊席を横切り、周歩廊へ進んだ。石段で歩を止め、仰向けに石に体を預け、首を反《そ》らせて目をつぶり、体力が戻るのを待った。あの怒号の飛び交うなか、人混みを突っ切っていかなければならない、と思ったのだ。そしてよろよろと石段を下りた。

　笑い声が疾風のように襲いかかってきたが、ジョスリンに向けられたものではなかった。騒音は、頭の中で渦巻く光と同様、錯綜を極めていた。あたりは、茶色のチュニカ上着やら革上着や青いチュニカやらゲートルを交差に巻いた脚やら革の小道具袋やら顎髭やら剥き出しの歯やらが寄り集まった塊だった。塊は動き、旋回して進み、その騒音は神聖な空気を汚した。舗床にまだぽっかり空いている穴がちらりと見え、行き交う脚の隙間から、穴がまだ完全には埋め戻されていないのがわかった。これは悪夢だ、とジョスリンにはわかっていた。まるで稲妻の閃光で照らし出されるみたいに、そこでの出来事は、とぎれとぎれに起こっては目に突き刺さってくるだけだったから。いつもパンガルを苦しめていた男たちの姿があって、パンガルの箒の先を捕まえている。黙示のように視界が開け、ジョスリンの視覚は、男が卑猥にも両脚の間から尖塔の模型を突き出して、パンガルの前に躍り出たところを捉えた——次の瞬間、旋回と騒音と獣の肉体たちがジョスリンを石に叩きつけ、ジョスリンは何も見えなくなり、ただパンガルが囲みを破る音を聞いただけだった——。必死に逃げる男の、尾を引くような遠吠えが南側廊を進むのが聞こえ、その後を追いかける一団が猟犬の唸り声を高くあげるのが聞こえた。気がつくとジョスリンは、息も絶え絶えとなった自分の体の上に、若い唖者がかぶさっていることを知ったが、この若者の背には茶色の肉体がいくつも倒れ込み、身を躍らせ、ぐいぐいのしかかってくるのだった。若者の両腕は、二人を今にも押しつぶさんと圧迫する重量に耐え、ぶるぶる震えていたが、いまにも左右にがくりと開いてくずれてしまいそう、その下に横たわるジョスリンは、別のあるものが今、目に永久に焼き付けられたことを知った。この先、何も考えることがないときにふと暗闇に身をやったりしたら、たちまちその光景が立ち戻ってくることだろう。グッディ・パンガルが、南西の柱のあたりで軍勢の上げ潮に襲われていたのだ——そしてジョスリンの記憶のなかでは、現在も目の前で襲われ、これからも未来永劫襲われ続けるのだ。グッディの髪は光のなかに引き出されている。垂れ下がり、散り散りの赤い雲となって、こちら側の乳房にかかっている。向こうの乳房では、縺《もつ》れた編み下げ髪が途中で二つに折れ重なり、はずれかけた緑のリボンが汚らしくぶら下がっている。後ろ手に腰のあたりで柱を抱え込み、誰かの手で引き裂かれた服の裂け目から、臍のあたりの腹が白く輝いて見える。頭はこちら側を向いていたが、永久に、世の終わる時までジョスリンは、彼女が何を見つめていたのかを忘れられないだろう。あのテントができた瞬間から、グッディは他の何も目に入らなくなった——あの、白くなるほど引き締めた口を向ける場所は、ロジャーの他どこにも失くなった、そしてそのロジャーは今、竪坑のこちら側にいて、合意と敗北を甘受したしるしに、苦悶と哀訴の両腕を横に広げている。

次の瞬間、唖者の腕が左右に吹っ飛んだ。

116

第五章

我に返るとそこは自室で、また石が歌い始めていたが、その歌がどこから聞こえてくるのか彼は忘れてしまっていた。それだけにジョスリンは、歌を耳にすると極度の不安に駆られ、急いで何か手を打たねばと焦りながら頭を左右に振ってみても、頭の中にはほんの二、三の事柄しかなく、しかも彼自身それとがっちり取っ組み合って動けない状態だったので、不安はさらに高まった。この二、三の事というのは、整列してはまたバラバラになるという動きを延々と繰り返すばかりで、きちんとした秩序に収まることがなかった。今いる状況には運命の分かれ目みたいなものがあって、それは以前どこかで、たぶん聖歌隊席のところで、ロジャー・メイスンと交わした会談と関係しているのだ、ということはわかっていた。石の柱を背に、緑の布地に垂れて纏《もつ》れた赤髪もあった。これにジョスリンは絶え間なく苦しめられ、どんなに頭を絞っても、その髪の向こう側に安らかな女の顔を思い浮かべることができないのだ、あの娘《こ》、西側正面に微笑みを浮かべて入ってくると、いったん立ち止まってジョスリンの祝福の前で十字を切ってみせた、あの屈託のない娘の姿は戻ってこない。尼頭巾に品よく包まれていた赤髪が、不意に飛び出して、これまでの過去の時間を傷つけた、拭い去った、いや日々の流れのなかに障害物を据えた、そんな感じだった。そこでジョスリンは昔のあの娘の姿と、安穏たる日々とを、また思い浮かべようと頭を絞るのだが、気がつくと代わりに赤い髪が眼前に立ちはだかるばかりだった。だが、そこには常にあの甲高い歌があって、分かれ目だの髪だのは、歌に引っかかってぶら下がっているのだ。

アンセルム神父がジョスリンの告解を聴こうと、こわばった表情でやってきた。しかしジョスリンが思い出せたのは聴罪司祭を替えるつもりだったことだけで、それを聞いてアンセルム神父は帰っていった。その後、ジョスリンは矢継ぎ早に伝令を送った。職人たちが仕事を止めてしまったに違いないと思ったのだ。しかし名無し神父が持ち帰った返事は奇妙なものだった。

「粛々と、立派に仕事は続いております。まったく滞りありません」

そこでジョスリンは、仕事が人ではないお方の御手にまだ握られていることを知った。

ロジャーのことを尋ねてみた。

「あちらこちらをうろついております。何かを探しているらしい、と職人たちは申しておりますが、それが何なのかは、わからぬ、と」

「女の方は？」

「いつもどおり、尻にくっついてうろちょろしています」

「もう一人の女のことを訊いておるのだ。赤髪の方だ。パンガルの妻のことだ」

「めったに姿を見せません」

恥じているのだ、とジョスリンは思った。それ以外ない。テントからもがいて身を離したのだし、半裸で髪を垂らしたところを男たちに見られたのだから。

しかし、名無し神父はまたしゃべっていた。

「夫の方、パンガルですが、あれは逐電したようです」

そこでジョスリンの頭は、名無し神父に向かって建築材料の代価について説教を行った。この説教は、惑星さながら、どんなに遠くまで進んでも結局は元のところに巡り戻ってくるという、尋常でない性質を持っていた。説教のあるところまで行くと、偏頭痛のする頭は急に安息の眠りへと深く落ち込む。そして頭は目覚め、ここはどこで、何が起こっているのかをはっと悟る。おまけに、眠っているその間に頭は、何か新しい、強化材のようなものを与えられたみたいで、回復したというよりもまるでいったん身を潜めてそこで補修を受けたような感じだった。得たのは炎をあげて燃える確信であり、これに比べれば、昔持っていた確信など、頑迷な子どもの意固地さ程度の強度しかない。起き上がらなければ、と彼は思った。そう思いつつ、ジョスリンはよろけて笑いながら、部屋の外へ出た。名無し神父があわてて駆け寄ってきたのがわかったので、ジョスリンはこの小柄な神父の両肩を手で親しくポンと叩いた。

「いやいや、名無し神父！　行かせてくれ！　仕事があるのだ！」

この言葉が発せられた後には、二つの音階からなる甲高い笑い声をどうしてもあげずにはいられなかった。笑い声が必然として言葉の後を追ったのである。彼は階段を下り、九月の日差しに身を晒《さら》すと、高度ゼロの大気のなかを、あたかも高く伸びた小麦畑を歩いているみたいに、左右によろけながら苦労して進んだ。西の扉の横で息を切らして立ち止まり、元気が戻るのを待ち、それから新しい確信が頭で燃えさかる喜びの苦痛をいっぱいに抱えながら、中へ入った。

すぐさまジョスリンの目に飛び込んできたのは、交差部の四本の柱で、歌の音階がどこから来るのか自分は知っていたのだということを思い出した。思い出したとたん音は止み、頭の中も石と同じく静かになった。しばらくそこで沈黙を愛《め》でながら立っていると、静寂と一緒に少しばかりの自己認識もやってきて、自分は、まだ幾分かは人間なのだと思い出した。くさぐさの些事、日常の仕事や祈りや告解などが、彼のためにわきへ退けられて、今や遂げられるべき一つの婚姻のようなものだけが残ったのだ、とジョスリンは理解した。このジョスリンと、尖塔《スパイア》との婚姻。足場の傍らで親方が職人の一人と話をしているのが見えたので、彼は少し喘《あえ》ぎながらそちらへゆらゆらと向かった。北西の柱の台座に腰を下ろして背中をもたせかけられるのがありがたかった。職人はその場を離れ、塔《タワー》の明みを目指してするすると登っていった。ジョスリンは親方に声をかけた。

「ほら、私は戻ってきたぞ、ロジャー！」

またもや、一言一言が一種の圧力を募らせ、しまいには甲高い笑いの二つの音階となって、口から出ていくのを止めようがなかった。笑ったときジョスリンは自分が笑っていることに気づいていたし、こんなところで笑うのは場所柄をわきまえない行為だと承知していたのだが、もはや手遅れだった。笑いが飛び出し、それを塔が吸い込んだ。まずいことだった、と彼は思った。二度としてはいけない。振り向いてロジャー・メイスンの方を見ると、親方は職人の後に続いて、梯子の一段一段を次々と几帳面な足取りでえっちらおっちら登っていくところだった。ジョスリンは首を後ろに反《そ》らし、四角の煙突がところどころに鳥を幾何学模様にちりばめながら天の高さまで聳《そび》えているところを、親方が登っていくのを目で追った。ほぼ垂直の窓にとりついて、今もガラス職人が焼き絵《グリサイユ》ガラスの四角を針金芯で留めているあたり、白い石の内壁がどんなに切り立っているか、ジョスリンは見てとった。そこは空中に出現した新しい場所で、陽光が斜めに射し込み、ロジャー・メイスンが熊みたいにのっそりと登っていく姿の周りで光の線が旋回していた。次の瞬間ジョスリンは、親方を上へ上へと押しあげている力の一部は自分のこの頭の中に宿っていると理解し、押しあげ続けてやれば、ついには親方が工《たくみ》の技をふるい、あの巨大な十字架をどうにかして尖塔の頂上に、地上四百フィートの空中に据えることになるのだと知った。しかし、頭を雲に覆われたこの煙突がいかにも軽そうなのを見て、ジョスリンはめまいを覚え、首を下に曲げると目から涙を拭い、足元の床に目を落とした。ほとんど隠れていた。石の破片や木っ端、鉋屑《かんなくず》や裂片、石屑や埃、木切れ、元は枝箒の折れた先端だったらしきもの——あらゆる雑多なごみが中央部から押しのけられ、ざっとぞんざいに四隅の柱の方へ寄せ集められており、中央部の竪坑には元どおり舗石がかぶせてあった。ごみを見てジョスリンは立腹し、「パンガルはどこへ行ったのだ?」という苛立ちの言葉がもう頭の中にわき上がっていたのだが、あの娘は見捨てられたのだったと思い出した。そこでジョスリンは額をさすりながら、あの男がここから離れていられるわけがない、あれにとってはこの建物が全世界なのだから、と自分に言い聞かせた。戻ってくるとも、たとえ職人の軍勢がいなくなるまで待つことになったとしても、結局は戻ってくるのだ、と彼は思った。それから妻のグッディについては私が何とかしてやらねばなるまい、そう考えたところで、彼女の姿がどこかに見えはしないかと、わけもなくあたりを見回した。しかし、埃と陽光が漂い、煙突から高い物音が響き、聖母礼拝堂から聖歌隊のくぐもった声が流れてくる他は、教会の中はがらんどうだった。あの娘が何の不足も感じないように計らってやらねばならない、と彼は思った。そして次の瞬間、なぜそう思ったのか自分でも思い出せなくなった。足元に目をやると、柱の根元のごみから一本の小枝が突き出て、彼の靴の上に横たわっており、腐りかけたいやらしい柔らかな実が靴の革にくっついていた。ジョスリンは苛立って足を床にこすりつけた。すると、近頃よく起こっていることだが、この実と小枝が発端となって、まるっきりでたらめな順序で彼を襲う一連の記憶や懸念や連想が始動させられ、実も小枝もまた決して忘れられないものになった。ふと我に返ったジョスリンは、乾燥の足りない木材で船を造ったものだから、船倉部分から突き出た小枝に緑の葉が一枚芽吹いた、という話を思い出していた。尖塔がよじれて大枝や若枝を伸ばしている像《ヴィジョン》が一瞬ちらついた。恐怖のあまりジョスリンは立ち上がった。木材についても学ばなければならない、そしてきちんと乾燥が済んでいるかどうか一寸刻みに確かめないと、と彼は思った。やがて彼は、まだ尖塔部分は着手もされておらず、塔の部分さえてっぺんまでは完成していなかったのだと思い出した。そこでもう一度台座に腰を下ろし、顔を上げて目をまたたいた。

煙突に向かって丸天井に空いた穴が以前より小さくなっているのは、低い方の楼室にできる大きな空間に床板を張るための梁材《はりざい》が、すでに運び込まれているためだった。だが、石や木材を吊り上げるための広い隙間が中央部《ボディ》にはいまだに残っていた。それでも、あの梁材は、ここから上が天空直下の忙しい世界だと、はっきり境界を画定し限定しているように見え、そのためか上の世界は下界よりも明るく輝いており、そこには、巧みに採り込まれた日光やら、のそのそ動く熊のような人影やら、足場やら幾条ものロープやらほぼ垂直な梯子やらがひしめいていた。てっぺんの一隅には、燕の巣のような小屋までできている。見つめていると、小屋から親方が後ろ向きに出てきて、照準器で何かの作業をするために歩いていくのが見えた。これがどれほど大きな意味を持つのか、私には全くわかっていなかったのだ、とジョスリンは思った。私はただ宙に何本か簡単な線を書こうとしたのだった。そして今はあそこの世界全体を、この私自身が支える術《すべ》を得るまでの間、私の意志の力だけで、支えなければならないのだ。先ほどの小枝は足場の木から取れたものかもしれない、足場の木なら乾燥の必要もなかろうし、仕事が終われば足場などどのみち取りはずすのだ。

聞き慣れたコツコツ、ザクッということが聞こえ、視線を向けると、南西の柱の傍らであの若者が、新しい石材を膝に載せて坐っていた。ジョスリンは起き上がって若者の方へゆらゆらと歩いた。若者はすばやく立ち上がると石をわきに置き、にこにこうなずきながら軽く両手を打ち鳴らした。

ジョスリンは彼を祝福した。

「わが子よ。どうやらおまえに命を救われたようだね」

この言葉を発するときに例の甲高い笑い声も一緒に喉から出そうになったが、ジョスリンはなんとか押し殺してクスクス笑い程度にとどめた。若者は腕を大きく広げて肩をすくめた。

「おまえも怪我をしたのかね？」

若者は声をたてずに笑い、鼻に手を触れたが、なるほど鼻梁《びりょう》のあたりが腫れて赤くてかっていた。それから若者は右腕を差し伸ばし、ぐいっと曲げて二頭筋を指で触りながらにやっとして見せた。ジョスリンは不意に愛情がこみ上げるのを感じ、両腕をさっと突き出し若者を抱きしめ、柱か木にすがるようにしがみついた。

「わが子よ！　わが子よ！」

若者は顔を赤らめ、低い声をあげると、ジョスリンの背中をおずおずと叩いた。

「なにかお返しをしてあげよう、わが子よ」

若者はジョスリンの腕に包まれて、声をたてずに優しく背中を叩き続けた、ポン、ポン、ポン。これがわが息子で、あれは私の娘なのだ、とジョスリンは思った。しかしそこで赤い髪が下りてきて彼の視界を遮ったので、彼は目を閉じて呻《うめ》いた。ジョスリンは自分が疲労困憊していることに気づき、引っ張られるように寝床へ向かった。その夜、天使がまた訪れた。そしてその後、悪鬼が少しばかり彼をさいなんだ。

日に日に体力を取り戻したジョスリンが空を見守るなか、まるで春の間の嵐や洪水の埋め合わせをするみたいに、夏は好天がずっと続いた。やがて木々の葉はついに紅葉し、そして火口《ほくち》のように乾いた落ち葉となった。大聖堂を取りまく雑草は、枝箒の先に絡まったままの木の葉みたいに茶色で脆く、踏みつけるとぼろぼろになった。樋嘴《ガーゴイル》たちは、なにか計り知れぬほど込み入った天罰でも受けているのか、乾燥した大気から水をもらおうと口を大きく開けていた。休息の時は一瞬たりとも与えられない。樋嘴たちは地獄にいるのであって、地獄以外を願うことも叶わず、それを甘受するしかないのだ。この乾いた大気のなかで、彼の意志、燃える意志の力は、彼の内に密閉されたままで常に一定の光を放ち続け、この真新しい建物だけを照らし、支えた。若者は石をコツコツ彫り、職人たちは上に登り、レイチェルはロジャーの周りをぐるぐる回った。グッディ・パンガルはというと、遠く離れた側廊の端にちらりと現れることがある程度で、赤い髪を頭被りにたくし込み、頭を垂れたまま、仕事にいそしんでいるふうだった。こちらへ近づいてくることはあっても、目を逸らしたまま、急ぎ足ですばやく彼を迂回していく、まるでこのジョスリンが縁起の悪い一隅か幽霊か、それとも自殺者の墓ででもあるみたいに頭を垂れたままで。しかし、あれは夫に見捨てられた女になってしまった恥辱にわが身を恥じているだけなのだ、と彼にはわかっていた。グッディの恥辱はジョスリンの胸も締めつけた。だが私の意志は、救いの手を差し伸べるよりも別のことに向けられなければならない、とジョスリンは思った。私には意志がありすぎるものだから、他のことはわきに退けてしまうのだ。私は果実をつけつつある花だ。果実がふくらみ花びらがしおれていくさなかに、花には何をさしおいても没頭せねばならない仕事がある。植物全体で、葉を落とし他の部分は死に向かおうとも、果実だけは太らせるという仕事に専心する。この仕事もそうあらねばならぬ。私の意志は四本の柱や高く伸びる壁に注入されているのだ。私はわが身を献げものとした。そして私は学びつつあるのだ。

ときにはレイチェルが交差部をくるくる回っているのを見かけることがあり、彼女は通りがかる者皆に話しかけ、かと思うと今度は足を止めて上を向き、彼女の熊が塔を登っていくのを見送るのだった。多弁なレイチェルは参事会長を見かけると、何をさておいても話しに駆けつける。そんなある日、ジョスリンはレイチェルをあしらうのが楽に思えるようになった。まるっきり無視して、私の肘のあたりでわあわあいっている音から超然としておけばいいのだ。レイチェルはジョスリンの真正面に回り込んで詰問しようとしたが、ジョスリンは質問の内容をまったく耳に入れず、ただ宙に大きな疑問符が漂っているくらいに感じていた。彼はそこに立ったまま、彼女を見下ろした。レイチェルが以前よりも老けてこわばった表情になっているのには気づいたが、だからといってその変化に大して関心を寄せることもなかった。顔に化粧をするようになったのだと知ったときでさえ、せいぜい嫌悪感で体がぶるっと軽く震えただけで、甲高いクスクス笑いは噛み殺した。それから、彼女を見ているのにも飽きたと思うことにして、何か言葉を発する代わりにレイチェルを素通しにして向こうを見やったので、紅を差した顔に驚愕の表情が浮かんだことにも気づかないままだった。

幾日か過ぎた頃、この無関心という姿勢はずいぶん役に立つものだとジョスリンは思うようになった。尚書院長が参事会長役宅にやって来たときも、その用向きが何なのかにまったく注意を向けることなく、礼儀に叶った対応をすることができた。時には――儀典長と面談したときなどがそうだったが――この役に立つ技は相手からえもいわれぬ表情を引き出すことがあったが、後になってジョスリンは、それが紛れもない仰天絶句の表情だと思った。それから、秋の霧深い日々、塔の成長点に顔を覗かせていた空を防水帆布が覆い隠している頃、ジョスリンは自分がいつでも好きなときに、ここの人間たちの動きを止めさせることができると知った。ちょうど名無し神父が、あなたは尖塔にかかわる手紙の他は、まったく書簡に目を通しておられないと指摘したときもそうだったが、ジョスリンとしてはただこう言いさえすればいいのだ――「建設の現場に戻らねば」と。

防水帆布を施したにもかかわらず、霧は教会の中に入ってきた。しかしそれも彼の意志はものともしなかった。鑿《のみ》やヤスリを今もふるっているあの若者も、霧などものともしなかった。だがどう見ても、とジョスリンは穴ふさぎに埋められた四体の頭像の代わりのうち二体目をしげしげと眺めながら思ったのだが、どう見てもこれは実物より痩せすぎているのではないか？　口もちょっと開きすぎでは？　目というものは、ここまで見開けるものなのか？　しかしこういう思いは一言も口にしなかった。神の御名における娘と同じくらい、ジョスリンはこの神の御名における息子を愛していたからだ。それにあの若者のおかげでは彼は命を長らえることができ、柱を支える意志も長らえさせることができたし、まるで忠犬のように腹蔵ない眼差しでこちらを見てくれる、だがグッディの方は、何とか間近に顔を見ることがあっても、決してこんな目つきはしてくれない。

グッディにはうんざりだし、あの赤い髪にもうんざりさせられたので、ジョスリンはグッディに関しては、彼女の受けた恥辱を慮《おもんぱか》るのと、それから奇妙な胸騒ぎをおぼえる以外、何も感じなくなった。十二月のはじめに頭像が四体とも完成すると、上部の四つの明かり採り窓に据え付けられるために、像は若者とともに煙突を登って姿を消した。頭像が登っていくのを見上げていた朝、またもやレイチェルが、ぺちゃくちゃやりながらぐるぐる歩き回っていた。しばらくの間若者がそばにいないせいで、ジョスリンの心にグッディのことが、パンガルに見捨てられたグッディのことが、あらんかぎりの勢いで襲いかかった。私はなぜあの娘のことをなおざりにしてきたのだろう？　あの娘は私を必要としているのに！　するとその思いが彼女の姿を眼前に創りあげたかのごとく、グッディが現れて、見上げようと顔を上げたまま、北側廊を足早に歩いていた――そして今度はわきへ逸れ、交差部をわたって周歩廊の方へ、足を速めている。

「わが子よ――」

この娘のためにしてやらねば、たとえ意志の集中がそがれることになっても、と彼は思った。そこで彼は周歩廊の南出口へと急いだ。そこへ彼女も現れたが、再び足早に、今度はわきへひょいと身をかわそうとした。

「わが子よ！」

笑いながら、しかし半ば苛立ちも感じながら、ジョスリンは両手を広げて近づき、彼女の行く手をふさいだ。グッディは横を向いたまま壁の下に立って、身を縮めていた。髪の毛は品よく隠し、顔も横向きなので、見えるものといったら、痩せて縦長に窪んだ片頬だけだった。

「わが子よ、私はずっとこのことを――」

どのことをどうするつもりだったというのだ？　何を話してやればいい？　何を尋ねればいいのか？

しかし彼女の方が、哀願の口調でジョスリンに向かって声をあげていた。

「行かせてください、神父さま。後生ですから、通してください」

「あれはそのうちきっと戻ってくるよ」

「後生ですから！」

「それにな、ずっと長い間――おまえは私にとってとても大事な愛しい存在だったのだよ」

突然ジョスリンは、グッディの唇が歯の上へめくれて引き締まり、真っ白になっていることに気づいて、ぎょっとした。それに、もとから大きかった黒い目がさらにまた驚くほど広がってこちらを凝視し、唇と同じく瞼までぎゅっと引っ張られてめくれているみたいだった。手提げ籠は胸元へさっと引き上げられ、口から漏れたささやきが、かろうじてジョスリンの耳に届いた。

「あなたまでがそんなことを！」

それからグッディは息絶え絶えに泣きじゃくりながら、彼のわきをすり抜け、暗い周歩廊を走って行ってしまったが、重い外套がはためいて、裾から足と足首がちらりと覗いた。

ジョスリンは両手で頭を抱え込み、心の底で渦巻く混乱と不可解の念から、怒りの言葉を発した。

「いったい何のことなのだ?」

やがて彼は、まだ彼女がまつわりついているように感じ、これは仕事のためには害になると思って、体を揺さぶった。些事はすべてわきへ退けなければならない、と思った。こういったことも代価に含まれていたというのなら、しかあれかし、というまでだ。私にはどうすることもできないものなのだから、ここであれこれ思い悩んでどうなる? わが手には、それこそ手に余るほどの仕事が課せられているのだ。仕事、仕事だ!

そのとき頭に浮かんだ考えがあまりにも輝いていたものだから、これは天から心に送り込まれたものに違いない、とジョスリンは知った。啓示なのだ。こんなごたごたを抜け出して、上へ登らねば! この考えと一緒に、苛立った甲高い笑いもこみ上げてきた。私のこの燃える意志を塔の上まで運ぶのだ。身にまとった僧衣に目を落とすと、これは梯子登りには向かない服だと気づいた。彼は体を曲げて背中の裾縁を引っ張り、両脚の間を通して腰紐に挟み込んだ。職人が一人、最初の踊り場に下りてきたところでジョスリンを通すためにわきに退いてやったが、自分の額をこつんと叩いてみせた。突然、ジョスリンの頭の中では、あらゆることが簡単になった。ついにまた、きらめく陽光に包まれたのだ。どんどん登った。拱廊《トリフォーリウム》のまだ壁のない暗い桁《けた》にたどり着くと、そこから身をかがめて階段通路へ進んだが、そこは細長い矢窓から射し込む光条以外は真っ暗で、まるでこの建物が弓を携えた射手の護衛を必要としているという錯覚を抱きかねないほどだ。階段通路を抜けてアーチ型天井の上の新しい梁を見下ろすところへ出た。さらに登って、下部の窓から射し込む閃光やきらめきを頼りに、幅広の梯子を上がった。

「当然だ」と彼は叫んだ。「当たり前だ！」

心臓が肋骨に打ちつけるのを感じ、動悸がおさまるまでしばらく休んで息を整えた。大鴉が崖の縁にとまるときの格好で、ジョスリンは踊り場の端から身を乗り出してみた。職人たちは、梯子を上がったり下りたりしながら、ジョスリンを怪訝そうに見たが、何も言わなかった。ジョスリンは端の際《きわ》にしゃがみ込み、ぶらりと両脚を垂らした。一本の縦材を両手でつかんで、そこからぐっと身をせり出し、下を眺めた。

塔の柱身や壁や窓が、彼の眼下で一点に寄せ集まっていき、どれを見ても自身の重量をかろうじて支えられるかどうかの厚みしかないように見えた。すべてが真新しく、清潔だ。四面の壁に二つずつ付けられた窓から射し込む八十フィートの光、桁や縦材、梯子や、手斧《ちょうな》の跡も新しい梁、みんな現に在る光でくっきりと照らされている。ジョスリンは、幼い男の子が禁じられた木に初めて高く登りすぎたときに感じる、あのぞっとするような嬉しさを感じていた。頭がくらくらしたが、目を細めてさらに下方を凝視することで、わざとさらにめまいを助長し、息をついた——下へ、さらに下へ、穴を次々に通り抜け、もっともっと奥深く、はるか離れた交差部の世界へ。舗床は、地上面の深さとくすみのせいで、以前見た竪坑の底のように、ほの暗くかすんでいた。めまいが去った後には、ある考えと喜びが残った。

「当然だとも！」

木々の枝を世界とし、翼という自由をもつ鳥は、このような解放感を味わうのだな。鳥の目に映るわれわれは、ただの灰色で、頭と肩だけの姿に切り詰められ、地面の上に足枷《あしかせ》で縛りつけられて這いずっている、そういうふうに見えるに違いない、とそんなことを考えていると、舗床の上を端から端までレイチェルが這いずっていくのが見え、あの女はまるでかき乱された地面が吐き出した生きものみたいだと思った。レイチェルから解放されてほっとしながら、ジョスリンは据え付けの梯子の方へ向き直った。立ち上がり、不体裁にも白い腿が露わになっているのにも頓着せず、ジョスリンは梯子を登っていった。地上二百フィートを越えたこのあたりでは、剥き出しの腿だって不調法ではないのだ。空に向かって仕事を続ける職人たちのいる世界の際《きわ》に視線を据えたまま、ジョスリンは一段また一段と進んでいった。建設の騒音がまたもやジョスリンを取り囲み大きく響き始めた。息が切れたので燕の巣のところで休息したが、見るとそこは、壁の一隅に据えられた部屋になっており、ジョスリンの居室と同じほどの大きさがあって、ガラスを嵌《は》めていない明かり採りの窓が塔の竪坑部分を見下ろす恰好だ。その傍らで親方が、塔のこちら側の石から向こう側の石へ照準している。ジョスリンはにこやかに四枚の歩板《あゆみいた》の上に立ち、高度と興奮にせき立てられて叫んだ。

「言ったとおりだろう、わが子よ！　柱は沈み込んではおらぬ！」

親方は照準器から目を離さずに、ふてくされた返事をした。

「何がどうなるものやら、一体誰にわかるっていうんです？　たぶん、柱の一本一本に、専用の基礎があるのでしょうよ」

「言ったではないか、ロジャー。柱は浮かんでいるのだと！」

親方は苛立たしげに肩を揺すった。

「怒鳴らなくても、ちゃんと聞こえてます」

「ロジャー！」

ジョスリンは片手を差し伸べたが、ロジャー・メイスンは触られると自分の体が脆くもくずれると言わんばかりに後ろへ下がった。ロジャーは白い壁に一番近い歩板の上で体の向きを変えると、照準器を胸に抱き寄せた。

「ずうっと前にも言ったことです、神父さま――そして今も変わりません！」

「どうしてそんな口がきけるのだ、ロジャー、この、こんな奇蹟に囲まれているというのに？　感じないのか？　奇蹟から力をなぜ受けとらないのだ、何で学ぼうとしない？　奇蹟によってあらゆるものが変えられたということが、わからないのか？」

石を削る音だけが響くなか、二人は黙って見つめ合った。ロジャー・メイスンはゆっくりと、ジョスリンの靴の爪先から脛、白い腿、胴体へと視線を這わせて、顔に目をとめた。目と目が合い、親方はぞっとするような笑みを浮かべた。

「確かに、あらゆるものが変わっちまいましたね」

親方は背を向け、燕の巣の戸を開けてから、ぐいと体をひねって向き直り、猛然と叫んだ。

「あんたは、自分のしたことが、わからないのか？」

そう言って巣に入ると、猛烈な勢いで戸を閉めたので、巣全体が打ち震えた。

ジョスリンは四方の壁を見た。

「わかっている！　わかっている！　ああ、わかっているとも！」

突然ジョスリンは歓喜の激発に襲われ、高らかに笑いながらそのまま梯子まで歩を進めた。梯子にとりついて登り終えた頃には、ロジャー・メイスンや舗床のことは忘れてしまった。

ここ、この頂上こそは、成長点なのだ。この点を取り囲んで、三枚の歩板がそれぞれの面に掛けられており、建設職人たちが作業をしていた。言葉がほとんど交わされない世界だ。数人の職人たちが一枚の壁にとりついて、塔の外へ身を曲げ、膝の高さあたりに手をやって作業していたが、目の前にある石の高さに応じて壁のてっぺんは不揃いに凸凹していた。ジョスリンのいるここだと、高さは板張りの上に石一個分しかないが、すでに薄く漆喰が塗ってあり、職人たちはその上に積む石を巧みに運び上げている。向こうの方は——気がつくと四枚の壁すべてが同様だったのだが——歩板より高い位置にはまだ石が積まれておらず、ただ、アーチの要石の形をした型木だけが見えた。両脇から石列が弧を描きつつせり上がって寄り集まる曲線の頂点部分だけが、まだ要石で埋められていなかったのだ。一つ一つのアーチの下には数枚の窓区切りがあるはずで、それがアーチの中で一緒に上方へそそり立ち、区切りの中の透かし模様一つ一つが大きな全体の一部を構成し、一幅の絵のように見えることだろう。それぞれの木枠の傍らには、石の頭像が一つずつ置いてあって、天上の高さと明るさに有頂天になり、声もなく叫んでいた。そのうち一体のわきに唖の若者がひざまずき、彫刻器を使って顔に仕上げを施していたが、視線を上げると、頭像と同じく声をたてずに、目も眩むような間隙越しにジョスリンに向かって笑いかけた。新しいものが増えていること、そして奇蹟のことを思うと心底嬉しくてたまらず、思わずジョスリンも笑いを返していた。笑いとともに一つの考えがジョスリンの頭に入り込み、威厳を保つことなど忘れてジョスリンは若者にその考えを大声で伝えた。

「ここまで登れば、あらゆるごたごたとも、おさらばだね！」

それを聞いて若者も、忠犬らしく笑い返した。そして身をかがめてまた仕事に戻った。

別にまた新しい音が起こっていた。話し声でも石を叩く音でも材木を打つ音でもない。間断なく響いている音であって、猫が喉を鳴らす音ほどには低くこもってはおらず、石の歌にしては鋭さがない。じっくり耳を傾けてみて、それがこの上空で石を撫でていく風の音だと気づいた。ジョスリンは膝をつき、次に腰を下ろし、壁の石に腕を置いて、風の音に聴き入った。しばしの間、ジョスリンは安らぎ、さまざまな考えがてんでに飛び出したり飛び込んだりして彼の頭を好き放題に扱うのを感じながら、それで満足だった。

この建築資材の世界、これも目新しいことだった。地上では、尖塔の模型はとてもほっそりと繊細で、根元でも両手で持てるくらいの太さしかなく、四方の窓の区切りだって優美な網目模様にしか見えなかった。しかし、この高みに至って、紙のように薄かった壁は直立する石の壁となり、尖塔内部の部材も、針みたいに細かったものが、ここでは二人の人間が楽に並んで歩けるほどの太い梁と化している。不意にジョスリンは、奇蹟的に支えられているこの重量を意識し、満悦のさなかにも、世界がひっくり返る感じをおぼえた。ロジャーにはもっと優しくしてやらねばならぬ、と彼は思った。私にとっては無に等しい重量も、ロジャーには四六時ちゅう気懸かりでしかたがなかったのだ。それに、あの男には信仰もないのだし。

ゆらめく世界を立て直そうと、ジョスリンはまた模型のことに、遙か下方の身廊の薄暗がりに置かれた模型に、考えを集中した。しかし、考えを集中すると、尖塔と一緒に他の考えたくないことが立ちのぼってくる、大地が這いずったときや石が歌い始めたときの記憶、わきに退けていたはずの思い出が舞い戻ってくる。われ知らずジョスリンは、再び息を殺して聴き入っていた。ほんの束の間ジョスリンは、箒の端を握ったパンガルの前に、職人の一人が不埒にも両脚の間から尖塔を突き出しながら躍り出るのを、青のチュニカ上着と茶色のチュニカ上着の合間から、まざまざと見た。赤い髪が垂れるのも見えた。気がつくとジョスリンは、息が肋骨のあたりで締めつけられるのを感じながら、口を開いたまま目をつぶって、壁の石を握りしめていた。ごたごたが彼の頭に舞い戻った。くらくらする頭で彼は考えた——これが代価だ！　他にどんな犠牲があり得たというのだ？　だが私は彼らのために祈ることはできない、わたしの生活のすべては、一つの意志の祈りと化してしまい、熔解して組み込まれているのだから。

お慈悲を垂れ給え。さもなくば、教えを垂れ給え。

だが返答はなかった。ただ石を撫でゆく風の音だけ。

ジョスリンは目を開け、自分が塔から視線を離して外の世界を見ていることに気づいた。世界は性質が変わっていた。外界は体を丸めて碗か盃のような形になっており、手近なところでは細々した部分まではっきり見えるが、その先はずっと広がってせり上がり、ずっと向こうで青い縁《ふち》になって終わっている。驚きと喜びに包まれて、ジョスリンは壁の石をつかみ直して体を起こし、ひざまずく姿勢になった。これこそ鳥になったときの感じなのだ、と思った——するとその実例を見せてやろうと言わんばかりに、一羽の大鴉が彼の顔をかすめ、風を斜に切り、図々しくも鴉の王国まで登ってきた人間どもに手酷い訓戒を発した。その大鴉の背後には——ジョスリンは今や石から手を離し、かがみ込んだ職人たちの向こう側を見ようと立ち上がった――大聖堂境内のわきで合流する三本の川のそれぞれが遡った上流の谷が、その内側をさらけ出していた。川はギラギラ光りながら、この塔の方へ流れている。それから、頭で考えたときにはどうにかつながっていると思えるものの、足にとってはばらばらに隔たった種々の場所が、実は一つの大きな全体を構成する部分部分なのだということを、ここからなら見てとることができる。北東の方角には、三つの水車が点在し、高さの違う三つの滝も見え、それが合流して何リーグもの長さを流れる水となり、大聖堂を目指して蛇行している。川は確かに低い土地に向かって流れ下っている。スティルベリに新しく架かった橋の白い石も見えるし、そこにいる修道尼が、見える範囲だけでも二人、回廊中庭にいて壁に囲まれてはいるのだが、壁の途切れたところも、こうやって遠くからまじまじと眺めることができる。このことを心に銘記しつつ、ジョスリンはその真新しい橋に注意を向け、目を凝らし、荷運びのラバや驢馬、荷馬、徒歩の行商人や乞食の散漫な行列が、橋の北端の露店群の方へだらだら進むのを見た。なるほど、ではこちらの街とは違って、スティルベリでは今日が市《いち》が立つ日なのか、と、以前は頭だけでわかっていただけの事実が、今では一つの目のもとに見渡され、確かにそうだと目視で確認されたのだ。歓喜は翼が羽ばたくようにジョスリンを軽く打った。尖塔をもっと高く、千フィートにもしたいものだ、そうすればこの州を一望に収められるのだが、と思ったところで、自分の考えに驚き、この尖塔がどなたのものなのか思い起こした。それに応えるかのように、天使が背中に舞い降りて、吹き晒《さら》しの彼を暖めるのをジョスリンは感じたように思った。本当だ、疑う余地などない、コツコツ、カチンカチン、ザクリといった音に囲まれた、空中高いこの世界で、雲を目指して上昇を続けていると、私は歌を歌う子どもみたいに陽気になるのだ。またこんなに幸福な気分になれる日が来るとは！　風の吹きつける歩板に立ち、ジョスリンは、頭の中のごたごたした混乱をこの幸福感が鎮めていくのを感じた。開墾されたあちらこちらの土地を眺め、目を彼方へ滑らせると、なだらかな丘陵地が丸く窪みながら遙かに広がっていて、向こうのせり上がった縁の部分は木立や稜線がところどころに刻み目を作っている。柔らかで暖かく、なめらかな丘陵地、まるで若い肉体のようだ。

ジョスリンは勢い込んでひざまずき、目を閉じ、十字を切って祈った。私の本性に巣くう邪悪を、この、主の大気のなかにまで、私は持ち込んでしまいました。もちろん世界はそんなものではないはずです。大地には、薄笑いを浮かべて見上げる鼻のもげた人間がうようよ群をなしておりますし、至るところに絞首門があり、出産の流血は止まず、糧を得るにも耕地に汗をつぎ込み続けねばならず、[1]下界には売春宿があり、泥酔した男が溝《どぶ》に転がっております。私の見渡すこの円のなか、善なるものといえば、それはただこの大いなる家、方舟《はこぶね》にして避所《さけどころ》、ここに住まうあらゆる人間を容れるこの船より他になく、今その船に帆柱を建てているのでございました。どうかお赦しを。

目を開けて立ち上がり、あの幸福感はどこへ消えてしまったのかと捜しながら、塔の残りの部分と尖塔が建つはずの空間へ目をやり、想像も及ばぬ高所を見上げた。翼を広げた一羽の大きな鳥がそこに舞っていたので、ジョスリンは聖ヨハネのことを思って言った――「あれは鷲だな」[2]

しかし、ちょうど口のあたりを刻んでいた若者も目を上げており、にっこりして首を横に振った。ジョスリンは数枚の歩板を伝って若者のそばへ行き、身をかがめて彼の巻き毛をちょいと引っ張った。

「そうか。でも私にとっては、あれは鷲なのだぞ」

　しかし若者はもう作業に戻っていた。

　丘陵地のこちらに近い方では、こぶや塊が姿を現しつつあって、まるで背の低い茂みが魔法で生えてきているみたいだった。見つめているうちに、どんどん背が高くなり、人間の姿に変わった。その背後にはさらに多くのこぶがあったが、これもやがて、馬やら、仔をはらんだみたいに荷駄《にだ》で脹れあがった驢馬やら、荷物を背負った旅人たちやらの行列へと姿を変えた。深い青みを帯びた山の背の稜線から、こちらの尾根を越えて、まっすぐに進んでくる。丘陵を下って、ジョスリンの眼下へ、塔を目指し、大聖堂を目指し、街の方へとまっすぐ進んでくる。西へ行けば、幾世代にもわたり蹄が刻み込んで深い溝のようになっている傾斜道もあり、そのためにはいったんコールド・ハーバーのわきへと迂回することになるはずなのだが、そのルートは選ばなかったのだ。道は少々険しくとも、時間の節約をすることにしたらしい。洞察《ヴィジョン》がジョスリンにぱっと閃いて、今後は他の人間の足も、この街を目指して矢のようにまっすぐな経路を刻みつけていくようになり、自分のいるこの塔が今や見渡すかぎりの風景を掌中に収め、変更を迫り、支配し、塔の見える範囲の一帯に対し、ただただその存在感の力だけで一つの様式《パターン》を押しつけるようになるのだ、と理解した。地平線を見回すと、その洞察《ヴィジョン》がい

＊1　旧約聖書創世記第三章一六〜一九節で、禁断の実を食べたアダムとイヴを罰して、神は、今後女は産みの苦しみを味わい、男は呪われた土から食べ物を得ねばならず、そのためには額に汗しなければならない、と宣告する。
＊2　鷲は洗礼者ヨハネの象徴物とされる。獅子・牛・人面と並べた形象の場合は、福音書記者のヨハネの方を象徴する。ちなみに、鷲は伝統的に鳥のなかで最も高所を飛ぶとされる。

かに真実であるかが見てとれた。人の群れが、たくましい足取りで藪やヒースを踏みしだき切り開き、新しい道を切っていた。田園地帯が身をすくめるようにして、新しい形に従おうとしていた。やがてこの街は、一本だけ高々と突き上げたこの巨大な指を軸に、宿命に従ってできる一つの車輪の輻《や》が集まる中心《ハブ》になるのだ。新しい通り、新しい旅籠《はたご》、新しい波止場、新しい橋ができる。そして新しい道を辿って新しい人間が流れ込む。

建設は単純なことだと思っていた。この尖塔は、石造りの聖書に最後の仕上げを施すものとしか思っていなかった。石で象《かたど》った黙示であると。愚かだった私は、一段一段高くなるごとに、新しい教訓と、新しい権力とが待ち受けているとは考えもしなかったのだ。しかし、これは誰が教えられるものでもなかっただろう。忠言を退け、信仰のもとに建てなければならなかった。それしか方法はなかったのだ。でも、そんな建て方をすれば、人間は出来の悪い鑿みたいになまくらになったり、手斧の頭みたいに柄からはずれて飛んでいってしまう。私はあまりにも幻視《ヴィジョン》に夢中になりすぎて、こういうことに気が回らなかった。幻視《ヴィジョン》だけで十分だと思っていたのだ。

ジョスリンはちっぽけな長方形に見えるパンガルの王国を見下ろし、石材の山も今ではずいぶん少なくなったと思った。それから回廊の小さな正方形の中庭へ視線を落とした。列拱《アーケード》の窓枠に、聖歌学校の子供たちが残していった、チェッカー遊び用の白い骨駒まで見えた。今度は境内の境界線上に立ち並ぶ家々を見渡した。赤い屋根の背の向こうに、家の裏庭が見え、牛や豚が数頭ずつ点々といる。老人が重い足取りで屋外便所へ入っていったが、壁に挟まれて安心したのか、戸は開けっ放しだ。三軒向こうには、小さな白い点と大きな茶色の端切れでできた女が一人いて、家から家へ渡り歩く準備をしていた。木製バケツ二つを抱えていて、天秤棒が壁に立てかけてある。ジョスリンは目を凝らし、バケツには牛乳が入っているのを突きとめた。女がそれぞれのバケツの牛乳に水を足してごまかしている一部始終を見て、ジョスリンはぞっとするような笑みを浮かべた。女はバケツを持ち上げ、屋根の背に隠れて見えなくなったが、それからまた通りに姿を現し、溝《どぶ》に寝転がっている酔っぱらいを避けようと道を横切っていき、酔っぱらいは頭の上で犬が片足を上げているのにもおかまいなしで、片腕を弱々しく振って何かのリズムを取っていた。

「ナメクジ野郎め」

はっとして、ジョスリンは振り向いた。しかし、ロジャー・メイスンは酔っぱらいを見ているのではなかった。別の方向、南東の彼方、海があるはずの方を向いていた。

「シラミ並みのげす男めが」

きらきら光る閘門《こうもん》を七つぶん下流に行ったあたり、川に面した集落があった。

「何が見えるというのだね、ロジャー？」

「あいつを、あの盗人野郎を見てくださいよ！　やつは三樽亭に入り込んでいるに違いありませんや。私らのところに届けるはずの石は艀《はしけ》に積んだままうっちゃって、今夜一晩、それから明日も日がな一日、飲んだくれるつもりでいやがる。待ってる連中には、口笛でも吹かせとけってんでしょう！」

「わが子よ――」

親方はジョスリンに向かってわめいた。

「私には係わりのないことだってんですか？　あなたにも？　そりゃ勝ったのは、あなたの方ですよ！」

静寂が訪れた。ガツンと殴られた後のような、めまい。職人たちが次々に顔を上げる。削る音も叩く音もしない。

「もっと穏やかな物言いをしなさい、ロジャー」

「穏やかに、ですと！　私が——」

ロジャー・メイスンは両手を顔の前にもっていった。両手越しに、彼は荒々しい声で言った。

「おまえたち。仕事に戻るんだ」

やがてまた石を叩く音がし始めた。だがロジャー・メイスンは、両手を下ろしたときにもジョスリンの方を見なかった。それ以上何も言わず、背を向けると、熊のような動きで一足ずつ、梯子を下りていった。

ロジャーが下りていくのをジョスリンはじっと見守っていたが、彼の頭の中に新たな理解が滑り込んできた。私は下へおりていくのが怖いのだ。上方のここそが、私の居場所だ。しかし登ったままでいるわけにはいかない、鷲と生活を共にできる人間などいないのだから。そこで彼は自らに強いて梯子を下り始め、燕の巣を通り過ぎ、一つまた一つと足場をくだり、螺旋階段を下りて、薄暗い世界へ、竪坑の底にあるくすんで冴えない現実的な舗床へと降り立った。親方に伝えることがあったのだが、レイチェルがロジャーとジョスリンの間をちょこまか往来するものだから、レイチェルの無駄口から完全に身を離すことができなかった——運動をなさったのでずいぶんお顔の色がよくなりましたわええほんとにわたしだってほんとにロジャーにくっついてあの人の作ってるてっぺんまで行ってみたいと思ってるんですよでもわたしには高いところっていうのはそりゃあもう煉獄みたいにつらい場所で——化粧した顔も、体全体も、言葉のほとばしりにあわせて引きつっているではないか——だからこの交差部でごみの山に囲まれたままじっと待ってなきゃならないんですこの有様をほったらかして姿をくらますなんてパンガルは罪が重いわ、まったく男の人ってそうなんですよ、まあなかにはそうじゃない男もいますけど、そうじゃない男も何人かは引き合いに出せますけど、でもパンガルったら奥さんのグッディにひとことも言い残さないでどっかに雲隠れなんだものそれにですよグッディにはやっと赤ちゃんができたんですそれなのにこれだものねえ、可哀想に、あんなに人好きのする愛らしい人なのに大事にしてあげなきゃってときに旦那さんに逃げられて——

猛烈な憤怒が洪水のようにジョスリンを襲ったが、それは溝《どぶ》の酔っぱらいや三樽亭の呑んだくれに向けた。ジョスリンは顔を背《そむ》けているロジャーに向かって怒鳴った。

「わが子よ！　私の権威を使うがいい。使いの者を足の速い馬に乗せて、三樽亭に遣わすのだ。鞭を持たせるがよかろう、必要とあれば鞭を使え！」

それからジョスリンは、ごみの山と無駄口を後にして、身廊を進んでいったが、歩いているさなかにも止めどなく涙が頬を流れた。ああ、わたしが学んだ教訓とは、ああ、高さと権力と、その代価とは！

西側正面の扉まで来た頃には、どうやら平静を取り戻した。ジョスリンは振り向くと、主祭壇に向かって不明瞭な声で言った。

「主よ、なんじわが祈りを聞きいれ給へり。いまわが目を流るるは歓喜の涙なり、なんじ主の仕女《つかへめ》をかへりみ給ひしによりてなり」*3

*3 旧約聖書サムエル前書第一章一九節を意識した言葉。エルカナの妻ハンナには子が生まれず、ハンナはもう一人の妻ペニンナに引け目を感じ、苦悩して神に痛切な祈りを捧げる。神は「之をかへりみ給う」。こうしてハンナがみごもったのが、士師時代最後の預言者となるサムエルである。

第六章

彼が尖塔《スパイア》に戻ってみると、ホサナ（救いあれ）と叫んでいる頭像が一つずつ、各明かり採り窓の上部に据え付けられていた。高く積み上げられていく外壁の縁《ふち》から体を乗り出し、並んだ頭を覗くと、その髪は風になびいていて、鼻が嘴《くちばし》のように突き出ているのが見える。頭は、ゆるやかに起伏する牧草地が足音を刻むと叫び立てるのに、鳥が無邪気に自分の上にとまって白い糞をたれても気にするふうもなかった。塔《タワー》の井戸のような吹抜けを見下ろすと、アーチ型天井の造り直された様子はわかるものの、目の前に残された円い穴から下の方に目を向けると、石畳の舗床はかすんいて、霞《かすみ》がひどく見えないも同然だった。しかし梁材《はりざい》が何本も鼻先をこちらに向けてその穴から上がってくると、職人たちがそれらを受け取っていく。尖塔の半分の高さのところに床を作るために、梁材は塔の頂上部に積み上げられ、そのときの、軋《きし》んだり、どしんと鳴ったり、叫び合ったりの異常な熱気に、ジョスリンも加わろうとしたが、隅っこに押しやられ、ただ観ているしか手がなかった。塔には上層にあと一つ、八十フィート延ばした楼室が設けられ、明かり採り窓、ホサナと叫ぶ頭像、歩板《あゆみいた》、梯子が次々と作り付けられることになっており、考えただけでも気が怯《ひる》んだ。この高い場所は、鳥たちに囲まれながらその堅固さが空中でためらいがちに揺れており、塔の頂上部なのだが同時に尖塔の基底部にもなっていて、しかもその底は円い穴であり、その上に真四角の足場が段々と上へ細くなって連なり延びているのを目にすると、気が怯むとともに、固唾を呑んだ。

それでも、身をすり減らすような強固な意志の力をふるって実感してみると、この工事は神に護られていることがわかった。十二月になると、教会が陽光を浴びることもなくなり、身廊がまるで洞窟みたいに感じられるぞっとする日が続いた。こんな日には暗い教会内で何をやろうとしても無理な相談だが、最後には万事うまくいくと心得て、ただただ意志をじっと抑制し我慢するしかないものの、下層の楼室の重さと上層の楼室の重さとが今や重なり合い、頭のど真ん中で緊張が実感される。こんな日々には、母のなぐさめがほしいと求める子どものように、夢中になって塔に登った。だが、母というものなど考えたくもなかった。考えると決まって、赤い髪を尼頭巾に包んだグッディの姿に胸が突き刺され、目もちくちく痛んで涙が出た。

こんなある日、参事会長役宅から境内を通って西側正面扉へ向かったが、霧のために足元がほとんど見えなかった。身廊は、何か霧の中に漂う一つの泡沫《あぶく》みたいにそこだけ霧が払われていたが、真っ暗に近い状態だった。上へ上へと登り、螺旋階段を終えて梁のところに来ると、まぶしくて目が開けておれなかった。この高いところでは太陽が照りつけていた。下層の楼室に射し込む光線は、下から上へ向かって、鉛板、ガラス、石材を照らし、これが梁屋根の裏側を下から照らす光にぶつかって、ぎらつきを失くしたので、手斧《ちょうな》でつけた柱の目印さえもがはっきり見える。それからこのまぶしさのなか、梯子と横材を利用して更に上に登り、職人たちが青白い手で作業をしている上層の楼室に来ると、まだ未完成のそのでこぼこした天井部に登った。すると痛みを感じ、目を開けておれなくて、両目を手のひらで押さえてやらねばならなかった。あたりを見回すと、起伏する牧草地は目に入るが、他は何も見えない。霧が、目を眩ませる燃えるような斑点となって、谷と街の上空一面に広がり、その広がりを刺し貫いて姿を見せているのはあの尖塔だけだ、いやまだ尖塔とは呼べない塔だが、いずれにせよその塔は、この霧を貫いて聳《そび》えているのだ。そう思うとジョスリンは不思議となぐさめられ、束の間はほぼ穏やかな気持ちになれた。

だが、霧が塔をもすっぽり呑み込んでしまう日々もあった。こうなると作業はのろく遅れるようになり、ややもすると止まってしまうこともあり、ジョスリンは、地面の高さで何もかもの代価を背負い込んで身動きできなかった。職人の軍勢は小屋と四阿《あずまや》で仕事をしているが、まるで海の底にでもいる感じだ。木材の形どりをしていた。北袖廊に切り開いた傷のような入口の近くの資材小屋には、尖塔用の八角形木造枠組が、下から上へ大きい順に積まれていた。上に伸びて大人の背の高さ以上になっている。大工たちがその部分ごとに妙な印を刻んではばらにしているが、親方のほうは、小さな木片で作った円錐形の落第帽のような格子造りの模型を思案げに見つめていた。*1 部下たちの間でも受けが悪くなり、そばに近づく職人もほとんどいない。あまりに仏頂面だったり、素っ気なかったり、すぐにかっと熱くなって怒鳴り散らしたり、そして自分だけだっと飛び出すと、緊張した面持ちでレイチェルもついて行き、厚化粧の彼女はしゃべりながらまつわりつく。ジョスリンは、仕事に縛られた奴隷ロジャーに少なからぬ同情を覚えるようになっていただけに、ロジャーがかなりのろのろと、

＊1　落第帽とは、昔、成績や行状の悪い生徒に、見せしめとしてかぶらせた紙製の円錐形帽子のこと。

かなり厳しい表情で上の工事現場に登っていくのを目にするのはつらかったし、立ったまま上方と下方を凝視し、用心深く照準器を整えるのを見かけたり、また、交差部に佇《たたず》んで耳を澄ませたりするのを目にするのもつらいものだった。

確かに耳を澄ませておかねばならぬことが度々あった。十二月も押し詰まって石が歌い始めたのである。四六時ちゅう歌ってはいない。それに聖母礼拝堂では、この数週間途切れることなく聖歌隊は何の邪魔も受けずに歌うことができていた。だが、何か漠とした、嫌な感じを気にし始めると、人々はその感じを判然とさせたくて、空気が乾燥しすぎているせいだとか、寒さがひどいからでは、と決めつけようとした。しかし、皆の耳に針のように突き刺さる音があって、これといった理由もないのに息を凝らしている時があることを、ついには認めざるを得なかった。すると、針の震える音が耳に聞こえるようになり、凝らした息がゆっくりと吐き出され、その後には苛立ちと恐れが居坐った。街の人たちさえも、遠方から訪れた旅人たちと同じように、西側正面の扉口に来るとそこに佇み、歌っている四本柱の不気味や不思議を聴き分けようとしたが、誰も以前みたいに交差部まで歩を進めようとはしなかった。職人たちは石の歌う音を耳にすると、手を休め互いに目を見つめ合い、体をかがめ仕事に戻った。互いの笑いが響き合うこともあまりなかった。それでもジョスリンだけは、自分の意志を釘付けにされたまま、両耳に針を感じるという問題に明るく答えてみせるのだった。

「じきに通り過ぎてしまうさ」

だが、冬から春へと季節が移って、クロッカスが大地の表に顔を出し、塔が更に空に伸びていくに従って、石はこれまで以上にしきりと歌うようになった。

　こんな時期ジョスリンは、親方にこれまでと違ったところがあるのに気づいた。親方のことは尖塔建設の大切な道具として評価していたので、気遣いながら見守ってきたし、梯子を上り下りする彼の歩数を数えては、何時活《かつ》を入れ研ぎをかけてやらねばならぬか、楔《くさび》の尖《さき》を親方の柄《つか》にもっとしっかり押し込んでやらねばならぬかと、その頃合を測っていた。だが、このように吟味してみてわかったことといえば、せいぜいロジャー・メイスンの様子と動きくらいであった。ところがある日のこと、舗床の遙か真上の円い穴から下を覗き、ロジャーが塔を登ってくるのを見守っていると、親方が妻レイチェルに劣らず高所を恐がっているのがわかり、愕然とした。怖がりながら耐えているのだ。高所とはこれまで一緒に生活し、生業《なりわい》の一部になっていたはずだ。だが親方は、ジョスリンみたいに高所を楽しむということは決してなかったし、こんな高いところで歩板の揺れに息をのみながらも大喜びする体験はしたことがないらしい、ここだと石が歌うのを聞かずに済むのに、この揺れて跳ねる歩板の下にはまっ逆さまの落差が待ちかまえていたとしても、だ。ジョスリンは、この親方の恐怖を初めて知ったので、登ってくる様子を同情しながら見守った。職人のひょいとした無頓着な登り方でなく、ゆっくりと一段一段確かめながら登ってくるのがわかったし、彼の目が一番手近にあるものへと絶えず動いているのもわかった。穴から漠としか見えぬ舗床へと落下している竪坑が目に入ってくると、なぜ親方が梯子の中心部よりは一インチか二インチでも壁側に近いところに足を踏み出したがるのか、納得できた。雨風が少し吹きつけて、ジョスリンの髪に雨粒が張りつき、風が体を押し動かそうとするなかでもジョスリンは、頭と肩だけになったロジャーが、抜け出せない網にすっぽりとくるまれているのを確《しか》と見届けながら、彼が登ってくるのを待った。

「わが子よ、なぜ怖がっている？」

親方は前に立つと大きく息を吸った。片腕を欄干に巻きつけている。

「また歌ってますね」

「それがどうしたというのかね。これまでだって、歌ったり歌わなかったりしていたではないか」

目を上げて、こぬか雨を見つめた。

「いいかね、ロジャー、考えていたんだ。あの高いところの十字架、あの高い所に据える十字架のことだが」

「わかってます」

「あれは人の背丈よりも高いもののはずだな？　ところが模型だと、子どもが首にかける小間物みたいな大きさだが」

親方は目を閉じ歯を食いしばっている。呻《うめ》き声がもれた。

「どうしたのだ、ロジャー。何を言いたいのだ？」

空を背にしたジョスリンを見つめ、親方は嗄《しわが》れた声で言った。

「お慈悲を」

「またか、よしなさい！」

「師なる神父さま――」

「何かね？」

「これで十分じゃないですか」

ジョスリンは微笑みを止めなかった。だがその微笑みはこわばった。親方は欄干をつかんでいない方の手を振り動かした。

「みんな、この壮麗さに圧倒されてます、私らがこの、あなたがこの――」

体の向きを変え、両肘を欄干にもたせかけ、両手に額を埋めたので、声が包まれ呟きに聞こえる。

「お慈悲を、と言ったのです」

「おまえしかいないのだ」

すると親方は両手に顔を埋めたまま、少しの間黙っていた。顔を下げたままで、ようやく口を開いた。

「建築の技術《わざ》について思っていることを、できるだけ噛みくだいてお話しします。石が歌っています。理由は見極められんのですが、推測はできます。おわかりだと思いますが、それが困ったことなのです。いつでも推測ばかりです。結局のところ、私には何もわからんのです。ひょっとするとあなたが――」

横目でジョスリンを見上げた。

「あなたは、会衆に語りかけるときは訳知り顔でお話しなさるが、私にはそんなふうには、見極めがつかんのです。おわかりでしょうか？」

「十分にわかっておる」

「いいですか、私らは推測をします。これで強度は十分か、あれでどうか、とか判断はします。でもその判断が正しいか間違っているかは、そこにかかる圧力が最大になるまで見分けられんのです。それに風が、あなたの頭の髪をなびかせているこの程度の風にしても——」

怖い顔をしてジョスリンを睨んだ。

「神父さまはこの風の力を測る機械をお持ちですか。それを私にいただければ、風の力に耐えられるもの、耐えられないものを見分けてみせます」

「だが柱はまだ沈み始めてはおらぬ。そうおまえに言ったはずだ」

「でも歌い始めていますがね」

「お前はこれまで、建物が歌うのを全く知らなかったというのか」

「全く知りませんでした。私らには初めてのことばかりなのです。推測して、そして上へと建て続けているのです」

太い首を後ろに反《そ》らして天を睨んだ。

「それにこの尖塔。あと百五十フィートもあるのですよ。神父さま——このままで十分ではないですか！」

ジョスリンの頭の中から意志が平然と口を開いた。耳にも聞こえてきた。

「わが子よ、言わんとすることは了解している。またもや、ちっぽけな度胸、という話に戻るだけではないのか。私たちがどこにたどり着いたか、教えてやろうかね？　一日しか生を享《う》けてないウスバカゲロウを思ってみなさい。あそこにとまっている大鴉なら、昨日、一昨日のことを少しは知っているかもしれぬ。夜明けがどういうものかも知っていよう。おそらく次の日にも夜明けがあると知っていよう。ところがカゲロウは知らぬ。自分は何者かと知っているカゲロウなどいない。私たちもそこに、同じところに来ているのだよ。いやいや、ロジャー、私はこの人生の恐るべき儚《はかな》さについて説教をする気はない。人生が耐えられないほど長く、それでも耐えねばならぬものと、おまえだって心得ているはずだよ、私だってそうだがね。おまえと私は皆とは違う何かに辿り着いたのだよ、私たち二人は選ばれし者だからね。私たちはカゲロウなのだ。この高所では一フィート伸びるごとにどんなことになっていくのか、わかりはしない。それでも一分毎に、初めてのことを味わわされながら、朝から夜まで生きていかねばならぬのだよ」

ロジャーは舌の先で唇を舐《な》めながら、聞きもらすまいとジョスリンを見つめていた。

「だめです。おっしゃることがわかりません。そりゃ尖塔がどのくらいの重さになるかは見極められますが、どの程度強度を保てるかは無理です。神父さま、下をご覧ください、欄干からずっと下方へ、明かり採りの窓、控え壁からさらに下へ、回廊のレバノン杉の頭まで」

「見ておるよ」

「ご自分の目を一フィートずつ、下へ下へと虫みたいに這わせてみてください。壁が石でできているから大丈夫だとお考えかもしれませんが、私はそんなことを信じるほど愚かじゃありません。壁の四つの角にそれぞれ石の軸棒が据えられているだけで、その間には薄皮みたいなガラスと石板しかないんですからね。わかりますか？　その石板にしても、垂直材の間に嵌《は》められたガラスほどの強さもないのです。だってこの壁を一インチ、一インチ上に延ばすごとに、どれだけ重く、深く、軽く、浅くすれば重量を軽くできるか、推測しながら、重さと強度とを加減せねばならんのですから、考えてるとこの心の臓が止まりそうになるんですよ。神父さま、下をご覧ください、私を見るのじゃなく下の方を！　それぞれの隅にある円柱がどのように取り付けられているかご覧なさい。柱の石を一緒に締めつけ留める作業は済ませましたが、それでも石そのものの強度以上にはできないのです。石だって折れるし、崩れるし、割れますからね。でも今のところ、柱が歌っていても、この重量なら持ちこたえるかもしれません。屋根を作ることはできるでしょうし、何マイルも遠いところからだって見える風見《かざみ》も一つ、たぶん据え付けられるでしょう」

急にジョスリンはとても気を静め、とても用心深くなった。

「話を続けなさい、わが子よ」

「尖塔なんて到底不可能ですよ！　神父さま、こんな高いところに押し上げられてみたんだから、そのことがおわかりになったのではないですか。柱も石だし外壁も石なんですよ。内側にはあの八角形の枠組を大きい順に、一基一基と積み上げていきます。でも、神父さま、風が吹きつけてくるのですよ！　あの八角形の木枠全部を楔で一緒に縛りつけ、冠石から吊り下げ、その重さで薄い石の皮を動かぬように保つわけです。何もかもが重さ、重さを持ってる、重さ、重さなんです。この重さが一緒になって、ここに加わるんですよ。そして、四本の円柱にのしかかってきて、壁の薄い石の皮にも、歌っている石柱の一本一本にのしかかって――」

ロジャーの手はそのとき、ジョスリンの袖に触れた。

「それでおしまいというのじゃない。どんなに工夫を凝らしたって、尖塔は重量を垂直にかけてはくれないでしょう。重みは、この四本の円柱の頂上部にのしかかって、外向きに広がっちまうんです！それぞれの頂上部に小尖塔《ピナクル》を据えつけて、その重みで押さえ込むことはできるかも……いや、どうあってもそうしなくちゃいけません……でも、小尖塔にも重量があるから高さにも限りがあります。どの位置で重量に負けて高さを諦めるかが問題です。そうですね、第一基八角形枠組、第二基も取りつけられるし、おそらく三基目の枠も大丈夫かも――」ロジャーの手はジョスリンの腕を固くつかんでいる。「――でもいつかは、この建物に新しく物音が始まるでしょう。神父さま、また下を見てください。今度はどーんと打つような音があって、身震いと唸りが続きます。あの四本の円柱が花びらみたいにばらばらに開いて、この高さにあるすべてが、石、木材、鉄、ガラス、職人が、まるで山崩れのように聖堂の中へ滑り落ちていくのです」

一瞬ロジャーは沈黙した。そしてまた口を開いたが、ささやき声にしかならなかった。

「いいですか、私の技術《わざ》には不確実なものがたくさんありますが、こればかりは確実です。わかるんですよ。建物が崩壊するところを、この目で見たことがあるのですから」

ジョスリンの目は閉じられていた。頭の中では、厚さ一フィートのオークの桁材でできている、一続きの八角形枠組が、ひとりでに上へ上へと建設されていた。歯を食いしばって立っていると、一瞬、足元の堅固な石が動くのを感じた――内から外へ、横向きに揺れている。百五十フィートもある落第帽が縦に下へと裂け始め、切れ、破れ始め、埃と煙と轟きと一緒に滑り落ちながら、段々と速度を速め、火花と炎と爆発音を発し壊れ縺《もつ》れ合って、身廊にぶち当り粉微塵に砕けると、舗床の石板が木片のように宙に舞い、ついには瓦礫に埋もれた。この光景があまりに鮮烈だったため、南西部の円柱が回廊の上へと外向きに傾ぎ、膝のように中ほどから折れ曲がって、殻竿で一撃を食らわすみたいに文書館を打ち壊すのと同時に、ジョスリン自身もまた一緒に倒壊するのがまざまざと感じられた。

目を開けると、空中を落下してきた後の吐き気がする。欄干を握りしめるが、回廊は下方で揺れ動き続けている。

「どうしたらいいのかね？」

「建設を中止するのです」

その返事は、用意されていたように、すうっと発せられた。まだ胸に吐き気が残っていて、回廊の揺れもおさまっていなかったが、どこか意識の中枢部の深奥で、親方がこの回答へと話を仕向けたのだなと了解した。

「だめだ、だめだ、だめだ、だめだ」

了解しながら、頭を横に振り、呟いていた。このロジャーめは、初めの訴えが拒まれると、今度は最後の浅知恵をふるって、また建設の話から始め、技術《わざ》の秘訣とやらを、下の堅固な地面の上では伏せておいて、ただ策を練り、その話を密かに塔の上まで持って上がって、この高いところで初めて取り出すと、高所のめまいを梃子《てこ》みたいに利用しおった、それが見抜けたぞ。何やかやと工夫して、私の意志を一瞬でも挫《くじ》こうとしたのだ。

「だめだぞ」

ついに返事が揺るぎないものとなった。剣の刃《やいば》が相手の刃と打ち合い、滑り、また打ち合って出てきた返事であった。

「ロジャー、いいかね、これは成し遂げることができるのだ」

親方は憤激し、急に体の向きを変えると南西の角《すみ》に立ち、ジョスリンに背中を向けた。雨と顔を突き合わせているが、目が見ているのは空《くう》だった。

「聴きなさい、ロジャー」

この男に向かって何が言えるというのか？　さきほどウスバカゲロウのことを語ったが、十分も経つと、何のことだったかもう憶えていない。この男に話をするのは、あの意志に任せよう。

「おまえは、お化けの話で子どもを怖がらせるみたいに私を怖がらせようとしたね。念入りに考え抜いたわけだな？　でも自分でも知っているはずだ、ここを去ることはできないのは。去ることはできない。逃げ出すことはできないとな。それに、そうして策を弄してる間にも、おまえのすばらしい、知りたがり屋の頭は、不可能なことに対応する手だてを、見つけ出そうとしていたのではないか。そしてその手を見つけた、だってそれがおまえの本領だからね。それが正解だとはわからなくても、可能な最善の答えだとわかっている。でも怖いのだ。自分の裡《うち》でも大方《おおかた》はやってみたいと思っているが、他のところが、めそめそとすすり泣きをしているのだよ」

こちらを向いた広い背の隣に立ち、雨と空《くう》に対して言葉を発していた。

「いいかね、他の誰もが知らないことを話してあげよう。皆私が多少狂っていると思っている。でもそれは重大なことだろうかね？　皆知ることになるさ、いつか私が――でもおまえには今、男と男として、他に誰もいないこの高みで、この切り株のような塔の上で、聞かせておこう。わが子よ。この建物は祈りを図式《ダイアグラム》にしたものなのだ。そして尖塔こそは祈りの中の祈り、最高の祈りの図式なのだ。神はこの私に、自分の役目しかできぬこの僕《しもべ》に、幻視《ヴィジョン》でそのことを啓示されたのだよ。この私を選ばれた。おまえをお選びになった、祈りの図式をガラスと鉄と石で充たすようにとね。人の子らには目で見るべきものが必要なのだ。おまえは逃げられると思うかね。おまえは私の網の中にいるのではない——そりゃロジャー、確かに私はいろんなことは了解している、おまえがどのように引き込まれて、ねじられて、苦しめられているかわかっている——だが、私がかけた網ではない。神の網なのだよ。私たちは二人ともこの御業《みわざ》から免れることはできぬ。それにいま一つある。御業が私たちには了解できないものだとようやく見え始めたのだよ、一フィート高くなるごとに新たな結果が生じ、新たな目的が現れる。馬鹿げていると思うだろう。怖いし、道理には適《かな》わない。だが——選ばれし者に道理をわきまえよ、と主がお求めになった験《ため》しなどあっただろうか？　これを人はジョスリンの酔狂と呼んでいるんじゃないかね？」

「そう呼ばれているのを耳にしたことはあります」

「ロジャー、網は私のものでもないし、酔狂も私のじゃない。神の酔狂、神の愚行なのだ。ずっと大昔でさえ神は、人間に道理に適うことを行えとお求めにはならなかった。道理に適うことなど、人は自分でできる。人間は買ったり売ったり、治療したり、統治したりできるのだ。だが、どこか底深いところから、全く理に適わぬことをしなさいという命令が訪れる。乾いた土地に船を建造せよとか、[*2]堆肥の中に坐りなさい、[*3]娼婦と添いなさい、[*4]生贄の祭壇に息子を供えなさいとかね。[*5]すると、人が信仰を抱いてさえいれば、新しいことが起こるのだ」

　ちくちくと刺してくる雨の中、ロジャー・メイスンの背を見つめながら、ジョスリンは少しの間、口を閉ざした。このような言葉を話しているのは私の声だ、と思った。ちがう。私の声ではない。私のすべてを呑み、食らい尽くす意志の声だ、我が主がお話しになったのだ。

「ロジャー？」

「え？」

「てっぺんまで建ててくれ。その両手は自分のものだと思っているだろうが、そうではないんだ。おまえは難問にぶつぶつ小言をいいながら働き続け、解決できると秘かに誇りを感じ、働いているのは自分自身の頭だと思っているだろうが、そうではない。私の声を利用して言葉を発しているのが私の頭でないのと同じだよ」

それから二人は再び口を閉ざした。ただジョスリンは、第三者が一緒にいる、冷気と雨の中に佇んで背中を暖めてくれる天使がいるのに気づいた。

ついに親方が諦め、抑揚のない声で口を開いた。

「鋼《はがね》か。おそらく鋼ですね。わかりませんが。ここから上の塔全体の周りに鋼の大きな帯を巻きつけ

＊2　旧約聖書創世記第六〜九章によれば、神はアダムの末裔たちの堕落に罰を与えるため大洪水を起こすが、義人のノアは神に命じられたとおり箱船を建造し、家族と動物たちとともに、この神の審判を生きのび、諸民族の始祖となった。
＊3　旧約聖書ヨナ書第三章に由来するものか。「こやし（糞）の山」にあたるヘブライ語には、「灰（の山）」の意味がある。神の命でヨナは、アッシリアの都ニネベの人々に滅亡の預言をし、断食をふれると、ニネベの王は「灰の中に坐し」、人々もこれに従い、悔い改めた。
＊4　紀元前八世紀の中頃、北イスラエル王国の預言者ホセアにはゴメルという名の妻がいたが、姦淫の罪を犯し愛人と家出、転落して娼婦になり、奴隷として売られるものの、ホセアは代価を払って彼女を再び妻とした（旧約聖書ホセア書第一章）。
＊5　旧約聖書創世記第二二章にあるアブラハムとイサクの話を指す。本書第一章の冒頭ページを参照。

て、石をことごとく一緒に縛りつけるのです。わかりません。これまで誰一人そんなに多量の鋼を使用した験しはありません。確かなことはやっぱりわかりませんよ。それに費用が、これまでにないほどのお金がかかるでしょう」

「金は何とかしよう」

ジョスリンは、臆病なくらいおずおずと手を伸ばし、親方の肩に触れた。

「ロジャー、いいかね、主が無情なのは謂《いわれ》あってのことなのだよ。だって、おそらくは、弱くてなぐさめを必要としている人たちには、なぐさめるものを遣わされて、背後に立たせてくださるからね。雨風の中で暖めてもくださる。それにおまえは欠かせない人間なんだ。鑿《のみ》がどう感じてるか考えてみなさい、研がれて、四六時ちゅう固い木材に無理に押しこまれて！　でもそのあとは脂を塗ってもらって、布にくるまって大事に納められるのだ。良い職人は道具ができないことを道具にやらせたりしない。道具を決してほったらかしにしない。きちんと手入れをするものだ」

息を継ぎながら考えていた。この男のことでもあるが、おそらく多分に私自身のことも言っているな。以前は口にするのが歓喜だったのに、妙な話だ、もう歓喜ではない。穏やかであってほしいという気持ちだけだ。

「それにロジャー――完成して、ここにしっかり建っているのを皆が見に来たあかつきには――網が破れるかもしれぬ」

親方は呟いた。

「何をおっしゃっておられるのかわかりません」

「だが速《すみや》かに建てようではないか、速かに！　おまえが大罪に身を許したりしないうちに。そうなると網が破れなくなって――」

親方は頭を下げたまま、くるりと向きを変えた。

「お説教はご自身に取っておいてください！」

「――おまえたちは私にとって大切なものになっている、おまえたちみんなが――それに私もおまえのおかげで生きるようになったよ」

「どういう意味ですか？」

どういう意味だったのか、と考えた。グッディとレイチェルのことを何か言おうとしたのだ、この男に話したようにあの娘《こ》にも話をせねばなるまい、つまり神の御意志が話しかけたようにして。

ジョスリンは真剣な面持ちで親方にうなずいた。

「ロジャー、私は下へ降りねばならぬ。やらねばならぬことがあってな」

こうしてジョスリンは背中の天使と一緒に梯子を這うように下り始めた。そしてその姿が見えなくなる直前、ロジャー・メイスンが低い声で何か言っているのが聞こえた。

「本当にあなたは悪魔だと思います。悪魔そのものだと」

だがその声よりも先に、彼は下へと向かっていくと、四本柱が再び歌っていた。交差部の舗床に降りきったときには、柱の歌が気になって、やらねばならぬことが頭から抜け落ちてしまった。

その後ほぼ一ヶ月間、塔は上へ伸びるのを止めたが、枝分かれして、林立した小尖塔の木立と化し、全部で十二本の小尖塔が、四隅に各々三本づつ一緒になって群れをなし、各中心の小尖塔がその親玉格となった。ロジャー・メイスンは高いところにいることが少なくなり、職人たちをジェハンにまかせ、ジェハンは職人たちを機嫌よく扱い、石が新たに積まれるたびに冗談を言った。こうしてジョスリンも自分本来の仕事にせっせと励むようになり、遅れを取り戻そうとしたが、まだ先は長くかかりそうであった。だが親方はというと、一日の大部分を地上で過ごし、鉄工たちと話をした。そしてレイチェルは彼と話をする。この手を使って二人はジョスリンを寄せつけないようにしたのだった。また、塔の頂上部では職人たちがひしめいていて、ジョスリンは工事の進み具合を確かめるのに、首をのばし、垣間見るしかなかった。それでも目を凝らしていると、空中二百五十フィートのあたりで、こちらには声は聞こえぬもののジェハンが石切り職人たちの機嫌をとって、石の突出部に溝をつけていたが、それは鋼の帯が石にしっかりと嵌まって取り巻けるようにという工夫なのだろう。塔のてっぺんに並ぶ小尖塔の木立の中に立つ機会は少なかったが、そんなあるとき、川のほとりの細長い作業小屋が活気づいているのに気づいた。煙が出ている。明るい間はずっと、そして暗くなっても夜半まで、鉄槌が調子の狂った鐘の音のように鳴り響く。そして闇が訪れると、川面に火が映っているのが見てとれる。塔の竪穴の内側では、中央の井戸部分を残して、二つの床が敷かれた。小尖塔が上に伸びる間、職人たちは不要な足場をくずし、一度にたくさん運び去った。壁から部材をはずしながら、そこにできた穴の大半を石で埋めていく。残った穴を、大鴉と鳩が、巣をかけるのにふさわしい物件かどうか検分するみたいに覗き込む。やがて、中央の壁に沿って垂れているロープ類と、壁のまわりをジグザグに走っているけわしい木造の階段とを除くと、ほとんど何も残らなくなった。塔に残っている唯一の仮設建造物といえるものは燕の巣で、職人たちの道具と親方の器械が置かれている。尖塔自体の基底部に十分な空間が必要だから、この燕の巣も取り壊される指示が出ている。足場のうちまだ残っているものは、塔の頂上部に陣取っているが、始末におえない髪の生えた頭にでもたとえるべきか。それとも、八十フィートに及ぶ奇想天外な光の滝の上に乗っかったコウノトリの巣といったところだ。

　そしてある日、ジョスリンは参事会室での収拾がつかなくなった会議をあとにした。予定外の費用が要るとの話になると、「まさか信じられない」という声が怒りにまで嵩《こう》じたのである。最後には一瞬のひらめきで推察したが、必要書類に自分の個人資格で証印するしかあるまいと、議論を打ち切って、参事会長役宅でその仕事を片付けた。しかし参事会室での緊張から、彼の甲高い笑いがまた起こった。そして背中の天使は、ありがたいものではあったが、同時に彼をとても消耗させた。それに自分の意志の力がゆるむと、頭の中に浮かぶ考えや、尖塔、赤い髪、狼の遠吠えなどの心象を制御できなくなり、高い塔でのあの妙な安らぎが恋しくなる。境内に入ってみると、そこでは忽然と騒音が消えていて、世界が息を殺しているみたいで、それは作業小屋も静まりかえっているせいだった。身廊内に入っていくと、礼拝の合間に、大きな四本柱がはりつめた緊張に耐えられないみたいにキイイイイイと歌っていて、少し騒音が感じ取れた。ゆっくりと進んで静かに螺旋階段を登り、小尖塔が林立している場所の安らぎと幸せへと向かっていく。幽霊のように黙したまま進んできたので、塔の木造階段の半ばに来たとき、呻き声を聞き逃さなかった。その声を聞いてジョスリンは、階段の途中で天使の重みに身をかがめ、両足を別々の段に置いたまま、両手で段を握りしめて動きを止めた。何か罠にかかった動物、たぶんノロジカとおぼしきものの呻き声で、罠から出ようともがいていたがかなわず、もうどうにもできない惨めさを伝える呻き声だった。ジョスリンは燕の巣の方へ斜めに目を走らせた。上部に明かり採りの隙間がある。そしてその隙間を、樹の皮をかぶったままの縦材がふさいでいる。樹の皮の他に何か他のものが見えた。一本の手がその縦材をつかんでいる。何度も見てきた手だ——石や木材に触れ、器械で水準を測り、怒りで握りしめたり、絶望して振り上げられた手、自分の青白い手と同じくらいよく知っている、赤くて褐色をしている手だ。その手を目にして、縦材を激しくつかむその指関節に汚い白さがくっついているのに気づいた瞬間、誰の手だと考える間もなく、縦材を握りしめたその手の上を、もっと小さくて色白の、柔らかい別の手が滑るようにかぶさって、しっかりとつかんだ。

ジョスリンは、ぽかんと口を開け、じっと静止し、まばたきもせず、階段で動けなかった。するとあの娘《こ》の声が、訴えるような、あどけない、優しい、あの呻きの声が聞こえた。

「でも私は笑ったりしなかったでしょう、ね、ほら?」

ごつい指が縦材からさっと離れると、二つの手は巻きつき、縺《もつ》れ合って見えなくなった。すると、もっと馴染みのある声が、まるで灰色の舗床に空いた竪抗の底から絞り出されるように上がってきた。

「おお神よ!」

ジョスリンは急いで後ずさりし、口を開けたまま、梯子を降りた。アーチ型天井にわたされた梁の上に佇むと、頭を下げ、両手で両耳を叩くようにふさいだ。体は左右に揺れ、目はぎょろぎょろと石壁を見透かすように見つめている。手探りしながら螺旋階段に辿り着くと、よろめきながら降りていく。見開いた両目の前に広がる闇の中に、思い出が嵐のように押し寄せてきた――緑色の服を着た女の子、境内を駆けていても、神父さま、師なる聖堂参事会長さまを見かけると、品よく歩をゆるめる女の子、恥ずかしげな微笑みと子どもの遊びの歌、目をかけ、認めてやり、ついには求め、そうだ求めて、期待をこめて、慈《いつく》しんでやった、心を暖かくしてくれる子、この世のものならぬ喜びをくれる子、あの足の悪い男との見合い縁組、尼頭巾で包んだ髪、それにあのテント――。

「ああたくさんだ、神よ、もうたくさんです！」

尖塔を建てるための代価か。

四本柱が歌っている聖堂の中へやっとジョスリンが出ると、レイチェルがくるくる円を描きながら、確かに自分の方へ駆け足で近づいてくるので、彼は甲高い笑いを発した。ロジャーは鋳造所にも木材置場にも見あたらないんです塔に登っているのかしら階段にいませんでしたか？そろそろおなかもすかせてるでしょうし、へとへとになってるに違いありませんわ――身廊から出て境内の薄明かりのところまでずっとレイチェルは無駄口をたたきながらジョスリンについてきた。ジョスリンは西側正面扉で向きを変え、彼自身も苦しいのだが彼女の苦しみも理解できたので、彼女に祝福を垂れた。立ち並んでいる証聖者、殉教者、聖人たちの像のもとで、目の前にいるレイチェルを見やると、この場にふさわしからぬ赤いドレスは、そのずんぐりした体の周りにきちんとひだを作って折り重なることはなく、口は両手でふさがれ、言葉は途切れ、傷つき見聞いた目は年老いて、厚化粧した顔から飛び出している。そこで彼女のそばを離れると、やっと自分の場所にひざまずいたが、口をやはり開いたまま、目もやはり開いたままで空《くう》を見つめていた。

翌日の夕方には、燕の巣はもう失くなっていた。

　そこで彼は祈りに行った。しかし、今は祈りも変わってしまった。身をかがめても、小さな灰色の空間へと、緊張と怯えを抱いたまま押し込められるだけで、目を上げて、以前は救いがあったあたりに視線を向けても、そこには赤く縺《もつ》れた髪が燃えあがるばかり、それゆえにジョスリンはたじろいで退《しりぞ》くのだった。こういったもろもろのことをすべて献げものとしなければ！　そう自分に言い聞かせてみる。すると思わず知らず、言葉にならぬままに、ジョスリンの心は自らを一つの問いへと変容させるのだ――どこへ献げるというのか？　意識をふるって自分をあの髪から引き剥がすことができたときには、比較的自由な瞬間を幾分味わうこともできる。しかし次の瞬間には、誰かが、もしくは何かが、また持ち帰って眼前にぶら下げでもしたみたいに、あの髪がまた立ち戻って、皓々《こうこう》と実在感たっぷりに、鼻先に垂れ下がる。するとあの娘《こ》までが戻ってくるのだ、緑色のリボンと引き裂かれた服をまとい、舗床越しにこちらを見つめる黒い被《かぶ》せ布のような瞳もそのままに。そこでジョスリンは立ち上がって、場所を選ばずどこかへ歩き去る。ときには、勢い込んで「仕事！　仕事！　仕事だ！」と、人々にせっつくように作業のことを話しかける。だが、この者たちは私の心中など何も知らないのだ、と後になって気づくのだった。一度、人けのない大聖堂の西側正面を背に立ち、内心の嵐に身を揉まれて我を忘れていたとき、ジョスリンはあの娘が、身重の体でぎこちなく身廊を横切って歩いてくるのを見た。そのときジョスリンは、自分の胸に、慈《いつく》しむ愛と好色の入り交じった感情を確かに認め、熱に浮かされたみたいに、どのようにして、どこで、いつ、何があったのかと、唾で唇を濡らさんばかりに知りたがっている自分を感じた。というのも、ジョスリンには、燕の巣で聞いた言葉がまるで、自分を安心から引き離し、あの四人が潔《きよ》からぬ婚姻の絆のなかで騒ぎ回る混沌へと、突き落とすかのように思えたからだ。ほんの一瞬我に返ると、石でできた縦長の資材置き場のような身廊にこだまがまだ響いていたので、渦巻きのなかから自分が大声で何か叫んだのだと気づいたが、何を叫んだのかはわからずじまいだった。

あの娘のところへ行ってやらねばならない、救えるものは救ってやらなくては、と彼は思った。しかし、そんな考えを抱いているさなかにも、まるで癩病のように好色がわき上がるのを感じ、もしあの娘が一人でいるところへ行ったりしたら、自分でも何を知りたいのかわからぬままに、あの娘を問い質し、詮索し、詰問するより他なくなるだろうとわかった。そのとたん、出し抜けにジョスリンは自分を意識した、背ばかり高く痩せさらばえた男、司祭平服《キャソック》をまとって西側正面に立ち、両手を握りしめて木製の仕切りを見つめている男。そこでジョスリンは、人のいない塔《タワー》へと登ったが、燕の巣があった場所を通り過ぎるときには、突き刺すような痛みをおぼえて息が詰まった。ジョスリンは目を無理に塔の外へと向けた——他の人間たちが、何やらよくわからない作業にあくせくしている外界へと入り込もう。すると、そこの者たちにとって、作業は一旦停止させられているらしいと見えた。小尖塔群《ピナクル》の林立するこの塔が、彼らの目を奪って手を止めさせているのだ。境内へ続く道の向こうは、人出が途切れることがなかった。男も女も佇《たたず》んで、この距離ではぼんやりとしか見えぬその顔を上げ、こちらを眺めている。幾人かが立ち去ると、そこにまた別の数人がやってきて佇む。流出と流入が絶え間なく繰り返される。ジョスリンは彼らを見やりながら、大いに苦々しさを感じ、風に向かって言った。

「おまえたちに、一体何がわかるというのだ？」

塔の頂上は静かで、無表情だった。ジョスリンは、尖塔《スパイア》が建つはずの場所をぐるりと囲んで立つ石の林を、調べるように見た。私の模型とは少しも似ていない――私の幻視《ヴィジョン》ともまったく似ていない、とジョスリンは思った。しかし、できることをするしかない。おそらくこれは、連中のあずかり知らぬ愚かな酔狂の図式《ダイアグラム》なのだ。

そこで声に出して叫んだ。

「仕事！　仕事！　仕事はどうした！　職人たちはなぜここにおらんのか？」

親方を捜そうと、急いで塔を下りた。舗床に降り立った頃には、苛立ちは狂乱の憤怒に変わっていた。しかし、親方はちゃんと仕事をしていた。北袖廊わきの資材小屋に軍勢を集め、あのはかないウスバカゲロウのような人生を生きながら、ぶっきらぼうに話をしていた。親方の声が聞こえると、ジョスリンの怒りもおさまって、早く仕事にかかってもらいたいとそわそわし躍起になった。ロジャー・メイスンは、大工、石切工、鍛冶、一人ひとりにいちいち指示を出していたのだ。それでジョスリンは、ロジャーたちが鋼《はがね》の帯の問題を扱っているのだと理解できた。ジョスリンもこの問題を考えることにし、祈ることができなくなったという件はそのまま参事会長役宅に持ち帰ったが、そこで天使と悪鬼の訪問を受け、潔《きよ》からぬ婚姻は吹き荒れ、ジョスリンはじりじりと夜明けを待った。はたして、移設された鐘塔の大鐘が調子はずれに鳴り響き、大聖堂への道は雑踏や喧噪に埋め尽くされた。ジョスリンは見に行った。ところがロジャー・メイスンは、ジョスリンを塔自体から追い払ってしまったのだが、その権幕たるや、ロジャー自身もジョスリンも、双方が驚いて動揺するほどの威光だった。そこでジョスリンは境内をぐるぐると、レイチェルのように歩き回った。それから、しなければならないことを思い出し、部屋へ戻った。スティルベリの尼僧院長に宛てて長い手紙を書き、いくつかの事実を述べ——いくつかは伏せたままにして——多少の条件を呑む用意はあるので、哀れにも堕落した女を一人そちらに引き取ってほしいのだが、と依頼した。手紙を書き終えて身廊に向かい、四本柱を見ながらジョスリンは、この柱たちも私と同じ思いを抱いているに違いない、と考えていた。しかし少なくとも、この余分な思い、この、心を取り囲む恐るべき重苦しさまでは感じていないだろう、これはまったく人間にのみ与えられた特権なのだから。だがここにいても、少しも仕事の進捗ぶりを見ることはできないので、縦長の資材置き場の方へ移動したが、いくつかの八角形枠組があり大工頭がいるだけで、後はがらんどうだった。八角形枠組は、どんな強風にもうち勝つくらいの重量があるように見えた。少なくとも大工頭は、大木槌をふるって六基目の八角枠をばらしながら、そう請け合ってくれたのだが、その声の調子に何かを感じて、ジョスリンはさらに質問を重ねた。しかし、大工頭はそれ以上口を開こうとしなかった。

今や太陽は高くなり、聳《そび》える壁の影も、境内を滑るようにして壁の根元に近づいていった。壁の影の間には、新しく、塔の影が落ちていた。塔の影が尚書院長役宅を離れていくさまを見ていたジョスリンは、影の端あたりが何やらもやもやとしているのに気がついた。そこで足早に境内を突っ切ると、街の衆が集まって待ちかまえているところに手が届くような場所まで行った。回れ右をして見上げると、塔のてっぺんから煙が上がっているのが見えた。その日は一日じゅう、ジョスリンがどこを歩き回っても、足を止めては見上げるたびに、その煙が、濃くなることはないが決して途切れることもなく昇っていくのが見え、そのせいで空はゆらゆらしていた。大聖堂の影がじわじわと東へ移動しても、まだ煙は昇り続けていた。暗くなった後は、塔のてっぺんにちらちら炎が見えた――ときには、鉛板を敷いた広い屋上で、他の男たちが水の入ったバケツのわきで、寝そべったり眠ったり飲み食いしたりする物音が聞こえてきた。そこでジョスリンも眠ることにした。しかし、塔から耳慣れない金属音が轟いたため、寝床から引っ張り出されたが、それは最近まで川沿いの資材小屋から聞こえていたのと同じ、単調な金属音だった。外套を引っかけ、再び境内に出て、街の衆の笑い声やぺちゃくちゃ声のなかを通り抜けて進んだ。塔の上から、火花が流れ落ちている。火花は頂上の炎の明かりからこぼれ出て、消えないまま落ち、屋根の陰になるところまで落ちて見えなくなった。塔から一度、金切り声があがり、怒号と喧噪が聞こえた後は、しばらくの間火花が止んだ。何が起きたのか、野次馬が決めかねているうちに、また火花が滝のように流れ落ち始めた。ややあって、北袖廊の扉から一人の男が、片腕には油に浸した粗布を巻いた姿で、よろめきながら出てきた。ジョスリンの質問にまったく耳を貸さず、男は呻《うめ》いたり悪態をついたりしながら、新町通りの方へ出ていった。その気なら手当をしてやれる者が、そこらじゅうにいたにもかかわらず、男は去っていった。通りも境内も、開いた窓の向こうの屋内も、街じゅうが目を覚まし、みんなして上を見あげている、とジョスリンには思えた。穏やかな夜を徹して、星空を背に、塔は光や火花や煙をだんだん減じていった。それから、夜明けの一時間前に、単調な鐘の金属音も止んだ。火花の代わりに蒸気の奔流が、日焼けしていない石材と同じ色で噴き上がり、まるで石材がそのまま宙に続いているように見えた。夜が明けると、ついにその蒸気も勢いがなくなった。空中に据えられていたいくつもの炉が、木炭や水を滴らせながら、整列したガラス窓の前をじわじわと下ろされ、屋根で待ちかまえる男たちがそれをつかむと、中へ運び込んだ。太陽が白々と顔を出すなか、ジョスリンは空腹と睡眠不足の痛みを感じながら、塔を下りてくる男たちを出迎えに歩を進めた。しかし男たちはジョスリンを無視した。目は見開いているものの、ジョスリンを素通しにして、遠くの寝床を思い描きながら、ぐらぐらとよろめく足に運ばれていった。そこでジョスリンは、眠気の悪寒だけを感じつつ、ロジャー・メイスンを待った。だが、ロジャー・メイスンはついぞ姿を現さなかった。とうとうジョスリンは、おずおずと交差部へ足を運び、上に登った。螺旋階段を登りつめた頃には、ジョスリンの心からはあらゆることが消え去っており、ただ塔の実体的な存在だけを感じていた。それは、日の出のこの時、風が吹き始める気配のなかで、塔全体がものを言ったり、呻《うめ》いたり、軋《きし》んだり、抗議の声をあげたり、ときにはバン！と叫んで、こちらの心臓を止めたりしていたからだ。しかしジョスリンは、これがどなたの建物であるかを自分に言い聞かせ、かちかち歯を鳴らしている顎の震えを噛み殺して、更に上を目指し、燕の巣があった隅を通り過ぎ、斜めの階段を登って、林立する石材に囲まれた木製の屋上に出た。木炭と水でぐちゃぐちゃに散らかっていた。欄干をつかんで見下ろすと、全世界がいくつものぼやけた白い顔となってこちらを見上げているのが見えた——そして、青い鋲がちりばめられた、幅一フィート厚さ二インチの鋼の帯も。帯はびっちりと石材に密着し、石には傷跡がつき、ところどころ欠けていた。帯は生きもののように、口をきいていた。泣き声をあげ、ぐうっうぐっぱんぐるがらん！と叫び、がなりたて、がなりとがなりの合間にはやや落ち着いて、一定したゴーンという音をあげるようになっていた。

　ジョスリンは思わず身を低くしてひざまずき、二枚の狭間胸壁の間から下を見つめた。私は辿り着いた、と思った。この仕事の意義は、これなのだ。ここそ、私の居場所だ。私には木や鋼や石を扱う仕事はできない。だが、私が生きてあるのは、このためなのだ。

　そこで、身をかがめて祈ろうとした。だが祈りに入る前に、一本の小尖塔の根元に横ざまに身を任せて、眠りに落ちてしまい、すると六翼の目に見えぬ天使がやって来て、[*1] 彼の背中を暖めようと降り立った。

　ジョスリンが髪をなびかせる風を感じて目を覚ますと、夢は滑り出るようにジョスリンを離れ、風のなかに彼を置き去りにした。目を開けてみた。遙か二百五十フィート下の回廊を、ほとんど垂直に見下ろしていることを知って、突然のめまいに襲われた。もう一度目を閉じ、瞼の裏で目を凝らして、夢の静かな空間を求めて自分の心を探った。しかしその場所は永遠に消え去っており、今日という日もまた、どうあっても耐えて過ごさねばならない、あの柱たちと同じように耐えて生きなければ

＊1　第一章註13（一二三頁）で見たように、六翼というのは、天使の位階で最高位にあたる熾天使の特徴だが、熾天使の翼の色は赤とされており、グッディの赤い髪を連想させる。

ならない日なのだと悟った。私はずっと誠実だった、と彼は考えた。ついに私たちはここまで来たのだ。この観念にはとてもなぐさめられたので、ジョスリンはしばしこの観念のなかに身を委ね、それから目は開けたものの、それ以上考えるのは止めにして、頭蓋帽の周りの髪は風になびかせ、寝起きの涙の最後の滴《しずく》は風に拭わせた。

だがそれでも、何かが違っており、その違いが何か突きとめる必要に駆られて、もう一度思考のなかに我が身を無理に投じた。その違いとは、彼の体内にある、というか、肉体を通して彼の内に入り込んできたもので、腰骨か、頬骨が小尖塔に触れているところから入ってきた――そこで鋼の帯がバン！と鳴り、おまえの考えは正しいと肯定するかのようだった。ということは、石自体に何らかの新しい性質が宿ったのかもしれない。その新しさとは、ごく微妙なもので、こうして孤独のなかで、真新しい石の切断面に密着することによってのみ、感得できるのだった。石に宿った新しい性質、私の右側面で触れている、体の下にある石の中だ。そう、この石――片手を伸ばして撫でてみる――この石だ。こうして触れていると、より実体感が増して――いや減ったのか？　やはり増したのだろうか？　一瞬ジョスリンは、その石が枕のように柔らかいという空想を抱き、こう考えた――まだ私は半分眠っているのだ！　しかしそのとき、一羽の大鴉が狭間胸壁の屋上をかすめ飛んでいき、ぎゃあぎゃあと、まったく真っ昼間の正気で現実的な声で音階を下ってみせた。ジョスリンは体を横にしたまま、ぼんやりと回廊を見下ろし、そこを歩くサンダル履きの一対の足が、僧衣の裾の下でゆったりと動き、やがて、奥行きの圧縮された遠近法のように見える列拱《アーケード》のアーチの向こうへ姿を消すのを眺めた。

聖歌学校の少年たちが、また列拱の窓枠のところにチェッカー遊びの道具を置き忘れている。石に刻んだゲーム盤のマス目までは見えなかったが、上に載っている白い骨駒は見えた。駒のいくつかが見えるだけ、全部は見えない。というのは、ジョスリンから見ると、狭間胸壁の間の石材がゲーム盤の一隅にかぶさっているから。ゲームを眺めるという行為には、どこかしら子どもじみた安心感があるものだ、ほら白い駒が、一、二、三、四、五……

頬は小尖塔にきつく押し当ててあったので、自分が姿勢を変えたのではないことはわかっていた。でも、六つ目の駒が、その下の正方形のマス目もろとも、ひょっこり姿を見せたのである。私は動きはしなかった、それはわかっている。では塔が動いたのだ、とジョスリンは知った、塔がゆっくりと、この屋上のあたりでは音もなく、しかし下の方では、動きにあわせて柱たちが悲鳴を――キイイイ――あげていたことだろう。何度も繰り返して、白い駒が視界に滑り込んできたかと思うと、また姿を消すのをジョスリンは見守った。そして、ジョスリンの体の下で、まるで高い木のように、塔が左右に揺れていることを知ったのである。

ゆっくりと目を背けると、木炭と乾きかけた水たまりの方へ視線を移した。悲鳴をあげてはならぬ、あわてて走り出してもいけない、と思った。そんなことをすれば、幻視《ヴィジョン》を汚すことになる。慎重に彼は立ち上がり、両足に体重が乗るのを感じた。一段、また一段と慎重に、まだ何か言っている塔を下り、急な梯子段を下り、螺旋階段を下りると、人けのない聖堂に降り立った。柱はまた歌っていた。ジョスリンは、その歌のリズムにこもっている何かを理解できるようになった。渋る足を無理に進めて交差部に立ち、悔悛の苦行を受けるかのように耳をそばだてた。おそらく一分間くらいは、柱は黙っている。だがまもなく――キイイイイイイ――とありったけの大音量になり、しばしその音を維持し、それからようやく、始まったときと同じく徐々に音量を変えながら、沈黙へと移るのだ。ジョスリンは、元どおりに床石板が敷かれた舗床を見下ろした。幻視《ヴィジョン》が私を訪れたのはここだった、まさにこの石の上だった。ここで私は身を投げ出し、この仕事にわが身を献げたのだ、今では遠い昔のことだが。それからずっと私は誠実だった。主よ、すべて御身の掌中に委ねております。

それから、振り返ることなく、ゆっくりとジョスリンはその場を離れた。

しかしその日は、まだジョスリンを解放してくれなかった。

参事会長役宅に戻ってみると、手紙を携えた馬上の使者が待っていた。スティルベリから五マイルの道のりを戻ってきたのだ。手紙の行き来がこれほどまでにすばやくできるのを知って、ジョスリンの頭に最初に浮かんだ考えは、スティルベリでは近すぎる、というものだった。次に思ったのは、さらに混乱した考えだが、スティルベリくらいの距離でも充分遠いではないかということだった。だが、まずは手紙を受けとり、封蝋を割って中を読んでみた。よろしい、スティルベリはその見下げ果てた女を受け入れましょう、とあったが、彼が提示した条件ではなく、相当な額の貢納金と引き替えだ、というのだった。ジョスリンは自分の金箱のところへ行って、金を取り出した。口さがない連中が何と言うか、もうわかっている、とジョスリンは思った。初めの頃は、ジョスリンの酔狂だと言っていた。今度は、ジョスリンの囲い女《かこめ》と言うのだろう。何を言われようと知ったことではない。嘲りにはもう慣れて、気にもならない。このことだってそうだ。

再び境内を横切ると、頭上に歌う石を聞きながら身廊を進み、南袖廊を突っ切ってパンガルの王国へ向かった。戸口に立って、ぐったり倒れかかった小家《コッテージ》を見ていると、心臓がぎゅっと小さくなるほど締めつけられた。そこに立ったまま、惨めな気持ちが上げ潮のようにせり上がるのを感じた。ジョスリンは思った。これが最悪の行為だ！　これさえ済ませてしまえば、安らぎが得られるのだ。やらねばならない、私のために、あの男のために、そして哀れなわが娘のためにも。

そこで、小家のほうへ進もうと勇気を奮い起こした。しかし、一歩踏み出さないうちに、ジョスリンの体はぐいっと引っ張られ、よろめいた。ジョスリンの右目は何か緋色のものがきらめくのを捉えたが、次の瞬間レイチェル・メイスンが小家めがけて中庭を突っ切り、戸を勢いよく開けると、中へ飛び込んでいった。たちまち小家からは物の砕ける音がして、悲鳴や怒号があがり、レイチェルが怒鳴り声で、火ぶくれを起こすような凄まじい非難の言葉を発した。戸がはじけるように開き、親方が、両手で頭の出血を押さえながらふらふらと出てきた。一瞬遅れて、その後に続いてレイチェルも飛び出した。声が嗄《か》れるほどの金切り声で呪いの言葉を浴びせかけ、頭となく肩となく箒でぶっ叩き、柄を振りまわす手の指の間には、一握りの赤い髪がひらひらしていた。レイチェルは金切り声で終始怒鳴りっぱなしで、わめき、泡を吹いて怒り狂い、射るような目で攻撃の的だけを見据えていた。こけつまろびつしながら、二人はジョスリンにまったく目もくれず、行ってしまった。ジョスリンの耳には、大聖堂の中を正義の声が充たすのが聞こえた——そして、今ではあたりに職人たちが集まっているのもわかった、笑い声がしたので。ジョスリンは、しばらく立ちつくしたまま、あちこちに目をやった。それから、中庭を足早に進むと、手に金を持って、開いたままの戸口に立った。

グッディ・パンガルは、衰えた炉火の前にひざまずいており、火の上には鎖にぶら下がった黒い鍋が、まだゆっくり輪を描いて揺れていた。体重を右の尻と両手にかけて、膝を曲げてへたり込んでいる。戸口から射し込む光が、剥き出しになった両肩をまぶしく照らし、頭を下げているので、引きちぎられてバサバサになった赤い髪が滝みたいに垂れている。息を切らし、泣きじゃくり、体全体が波打っているようだ。ジョスリンの長い影が彼女の体の上に落ちた。グッディは顔を上げ、こちらを見て悲鳴をあげた。ジョスリンは片手をあげて悲鳴を止めようとしたが、突然、悲鳴はひとりでに止み、グッディは自分の体を抱き込むようにして、丸くかがみ込むと、ぐっとうつむいた。急に両脚を、スカートの下で突き上げた。両手で腹をつかみ、また悲鳴をあげたが、はじめの悲鳴とは違っていた。それはナイフの冷酷な刃のように、短い、鋭い悲鳴だった。それから何度も何度も、同じ悲鳴を繰り返した。

ジョスリンの両手から硬貨が滑り落ちた。踵《きびす》を返して中庭に出ると、大声で叫びながらそのまま南袖廊に飛び出した。

「女たちを早くここへ寄こしてくれ！　後生だ！　ああ、何ということだ！　誰か、産婆を！」

交差部に集まっていた職人たちが、右往左往しては言い争い、わめき始めた。ジョスリンはまた前庭へ、まだナイフが刺してくるあの場所へとって返した。彼は倒れ込むようにひざまずき、支離滅裂な祈りを呟いた、お慈悲を、お慈悲を、こんなことになるとは知らなかったのですこんなこととは、ああ何でもしますからこの刺す痛みを止めてください、耐えられないこの――そのわきを何人もの足が通り過ぎ、さらにわめき声と言い争いが増した。彼は立ち上がり、小家の戸口へ急いだ、何か手伝えることはないか、何かすることは、何でも致します、お慈悲を。職人たちが、白く細い脚を高く持ち上げ、その下では白い腹が痙攣しては悲鳴をあげており、床に落ちた硬貨の上には血が降りかかっていたので、世界がぐるぐると渦巻いた。はっと我に返ったジョスリンは、洗礼というおぞましい儀礼に手を貸さねばならなくなっていた。やがて女たちがやってきて、続いてアンセルム神父が香油と聖餅《せいへい》を携えて駆けつけ、だらしなくくずれた白い顔に聖餅を突っ込んだ。[*2] そこでジョスリンは中庭を離れ、風にそよぐ葦のごとく、[*3] 控え壁を一つ一つ伝って、石材にもたれかかり、すがりながら歩いた。よろよろと聖歌隊席に入り、グッディのために祈ろうとひざまずいたが、赤い髪と血が彼の心の眼を眩ませた。あの娘が私を見た瞬間に起《こ》こったのだった、とジョスリンは思った。あの娘にとって、私は教会を意味していたのだ、私が告発者と見えたので、私から逃げ去ろうとしたのだ。おお主よ、あの娘を護り給え、あの娘に安らぎを与え給うならば私に残された寿命を捧げます——とにかくこの騒音と流血と、頭の中で鳴り響く石の歌をお止めください。もう一年以上も前に、私はあの二人を見て、その周りをテントが取り囲み、二人がどこへ行こうともテントは広がって、だから私は主のお計らいをもってそれを認めたのです。もう一年以上も前に私は——

＊2　カトリックの教えでは、出生後、洗礼を受けないうちに死んだ子どもは天国に行けず、「幼児の辺獄（リンボ）」に行くとされる。血の気のないこの新生児はまもなく死んでしまうと判断され、緊急に洗礼と聖体（ホスチア、聖餅）拝領が執り行われたのである。

＊3　新約聖書マタイ伝福音書第一一章七節、ルカ伝福音書第七章二四節にある句。イエスは、洗礼者ヨハネの真価を群衆に説いて聞かせる際、「荒れ野に行ってもあなたたちは預言者たるヨハネを見ずに風にそよぐ葦でも見物してきたのか」と言う。以来、「風にそよぐ葦」は定見のない人間を指す慣用句となった。

その場にひざまずいたまま、ジョスリンの目には、嵐に揉まれる女以外何も見えていなかった。ときおり彼は身震いして呻いた。ときおり彼は言葉を口にした。

「私はこれまで女難からは護られていたのだ。自分のおばあさんに抱きかかえられたことさえないのだから」

それから彼は、膝のことも空腹のことも、あらゆることを忘れ、心の動乱に吸い込まれたが、そこでは記憶の断片がひとりでにいくつも立ち現れて、系統も筋道もないくせに、まるでお互い連関しているかのごとく逆巻いていた。彼が縁組をした婚姻と、燕の巣。髪や血と、箒を持って交差部をひょこひょこ歩く男。ジョスリンは、こういった断片に意味づけしようとはせず、ただ呻き身震いしながら耐えていた。しかし、あたかも誕生そのものであるかのように、言葉がわき上がった、彼の罪、無理に行った冷酷行為、とりわけ神に捧げた彼の意志の恐るべき白熱など、彼の人生の総体に合致するらしき言葉が生じたのだ。復活祭《イースター》の時に聖歌隊の少年たちが歌うことがある文句で、風変わりな言葉だった。だが、今はこの言葉より他には、何ら意味を持つものなどなかった。

これが、私の真実の愛ゆえにしたこと。*4

その晩遅くなって、まだ身をかがめて身震いしているジョスリンのもとに、アダム神父が暗くなりゆく聖職者席を手探りしながらやってきて、グッディ・パンガルが死んだことを告げた。

*4　コーンウォール地方の民謡を起源とする祝歌（キャロル）「明日は私の踊る日 Tomorrow Shall Be My Dancing Day」のコーラス部分にある文句。歌の内容は、イエスが処女懐妊から天国に召されるまでの生涯のエピソードを語り、締めくくりに、天国での「総踊り general dance」に人間たちを誘う、というもの。

第八章

そこで彼女の亡骸《なきがら》は湿った冷たい大地に片付けられ、彼は周りにほとんど目を向けることもなく、さ迷い歩いた。自分の他には誰ともほとんど口をきかずにさ迷い歩いた、いや少なくとも誰か、名もない、姿を現さぬ付き添い人にだけは口を開いていた。気がつくと、胸のあたりに拳を一つ握りしめて、南側廊を歩いていた。それから、自分が何かしゃべっていたことを何度も何度も思い出そうとする。ときどき実際に思い出せた場合でも、自分が何か一言発しているのをちょうど耳にしたときでさえも、その一言は意味をなしてはいなかった。鼻を突き立ててぐるりを見回し、頭を空に向け、両手を握りしめ、佇《たたず》むことがあった。意識的に自己制御して、自分は一体どうなっているのかを知ろうとしていたのだ。すると、ある感情が自分の中に浮かび上がり、まるで黒く濁った水面がせり上がるように、腹から胸へ向かって押し寄せてくるのを意識してしまう。そんなときたいていは、背中に彼の天使が立っていた。天使は、担うには大きすぎるほどの栄光の重荷だったので、ジョスリンを消耗させ、その背骨を曲げてしまう。そのうえ、天使が訪ねてくださった後には、ジョスリンに謙遜の美徳を維持させようとしてか、拷問の許しをもらった悪魔《サタン》が彼の腰をつかみ、本当にその腰は「制することと能わぬ部位」となってしまった。*1

*1　第四章註7（九五頁）参照。

それから、再び気がつくと、だめだ、だめだ、だめだ、だめだ、だめだ、あるいは、そうか、そうか、そうかと同じ言葉を止めどなく繰り返していた。一語一語口にするたびに、手のひらでそっと、祈禱台の祈り机をパタパタと叩いていた。腹の黒く濁った水が少しばかりせり上がってくると――今や水は胸にまで侵入し締めつけるようになっていたが――いつもこんな有様であった。ジョスリンは何度となく壁を見据えて立ったまま、片手をぴたっと壁に置き、空《くう》だ、空だ、空だ、空だと口にしている自分に気づいたものだ。尖塔《スパイア》は、単純な幾何学的描線で彼の頭の中に描かれ立っているが、他のくさぐさのものと混じり合っている。ときおり、その尖塔に心の目を向けてみる。すると、職人たちを見守り、励まそうと、どんなに熱があっても、ジョスリンは急いで交差部へ向かうのであった。

何人かの人たちについて、ジョスリンの目は新しい働きを習得していた。（痛みのおかげだ、痛みのおかげだ、痛みのおかげだ。）恐ろしいほどはっきりした視力《ヴィジョン》が授けられ、親方がレイチェルの元へ戻ってしまったことが見てとれた。もっと正確に言えば、親方は誰が見ても再びレイチェルの持ち物になっているのが見てとれる。（あれは善き女だ。あれは善き女だ。あれは善き女だ。パタ、パタ、パタ。）あの二人はもはや派手に喧嘩をすることもなかった。一緒にくっついていたが、もう互いの尻を追いかけ回すこともなかった。ロジャー・メイスンは、肩を少し丸めて、手の届くところにあるものなら何ものに対しても集中し、仏頂面で立ったまま作業を見つめていた。女の方はその後ろで少しわきにずれて立ち、作業ではなく彼をじっと見つめている。そんな二人を新しい目で見つめていると、ロジャー・メイスンの首に鉄の首輪がつけられているのが見てとれ、そこから女の右手まで鎖がゆるく伸びているのを辿ることができる。ロジャーが上に登るときには、手に鎖を持ったまま女は下に立ち、また鎖に錠をかけようと待ちかまえているのだった。

そんなとき、ジョスリンは熱に浮かされたみたいに、あることを思いつく。

「今なら、千フィートの高さに建てろ、と言ったら、あの男はそれをやるだろう。私は欲しかったものを手に入れたのだ」

（だめだ、だめだ、だめだ、だめだ、だめだ、だめだ、手を墓石の角に押しつけゆるめ、押しつけてはゆるめながら。）

一度、その気はなかったのに足が勝手にジョスリンをパンガルの王国へと連れていくと、そこでは崩れかけた小家《コッテージ》の扉が開いていた。（神よ、神よ、神よ、高く伸びた雑草の茎を引っ張り、ねじり、引きちぎろうとしながら。）それからジョスリンは急いで聖堂へと踵《きびす》を返すと、時計と逆方向に聖母礼拝堂へ向かった。口は言い慣れた言葉を発していたが、目には、だめだ、だめだ、だめだ、だめだ、だめだ、白い肢体と償えない血が見えていた。それからアンセルムのことを思ったが、あの気高い、空っぽの頭にこんなことを説明しても何の足しにもならないのはわかっていた。（私は聴罪司祭を替えねばならない、聴罪司祭を替えねばならない、私は聴罪司祭を替えねばならない。）しかしその考えをまとめないうちに、何を口にしたのかもう忘れてしまったが、それはあの娘《こ》が、苦悶に満ちた肢体と恐るべき赤子の洗礼とともに、また戻ってきたからだ。

それからジョスリンは息を吐き、眼前の机の木目をつくづくと見てから、声に出して、だが謙虚に口を開いた。

「私は大して頭がよくないな」

まるで天使がささやいてくれたみたいに、助けが手元に現れた。

「あの娘のことは昔のあの娘のままで考えよう！」

すると直ちにあの娘が手提げ籠を抱えて、ぎこちない上品さで市場から出てくるのを嬉々として思い出した。これで彼は立ち上がり、笑いながら足を速めて進んだので、あやうく尚書院長に気づかず通り過ぎるところだった。そこで立ち止まって、相手が話している間うなずき、微笑んでいなければならなかった。だが、彼の頭は五年分の幸せな時間を遡って、パンガルとの見合い縁組の時点へ戻り、そのことを思い出している間に、尚書院長の姿は消えていた。（あの結婚はとても似合いで、お互い他の相手など考えられなかったし、二人の父親は揃って教会の信心深い僕《しもべ》で、ふさわしい職を手にしていて。）

でも私は笑ったりしなかったでしょう、ね、ほら？

（だめだ、だめだ、だめだ、だめだ、だめだ、だめだ、手を押しつけ、また押しつけ、また押しつけて――）

交差部へ急ごう、一番の仕事が待っている、無上の集合体が、存在理由が、背負うべき重荷が。すると、前より老けたけれども前ほどおしゃべりではなくなったレイチェルが、こちらの目を見つめて、私のことを悪く思うなら思ってみなさい、と言わんばかり……でも誰にそんなことができるだろうか？　既婚女性の集まり《ギルド》ではあの女はあっぱれなヒロインだ、そのとおり、それは信じなくてはいけない、だってあの女は苦労して自分の男を首尾よく取り戻したのだから。しかし、四本柱がまた歌い始めていたので、耳を傾けているうちに、ジョスリンは女のことを忘れ、そして、柱の歌と一緒に訪れた恐怖心が、ただでさえ人数の減っていた信徒たちを聖母礼拝堂から追い払ってしまったことを理解した。

（あの者たちは小人《しょうにん》だ、小人だ、小人だ……）

そこでまた彼は声に出して言った。

「大人《たいじん》がいるぞ、あの建築職人たちが！」

その彼の言葉に答えるかのように、職人が一人、体を揺らしながら仕事場から離れてきた。袋の中に自分の道具類をしまいこんで、頭に青い頭被りをかぶろうとしていた。何のそぶりも見せないでジョスリンのわきを通り過ぎ、北袖廊へと去っていった。

「戻ってこい！」

北袖廊に切り裂いた古傷個所は扉になっていたのだが、それがバタンと閉まった。戻ってきたのは儀典長であった。少しの時間でもお話がしたい、と申し出たその口吻は、恐ろしいほど冷静だったので、猛烈に怒っているのがはっきりわかった。しかし、死んだ女のことや、祈禱が今のところ不可能なこと、それに職人がたった今離反したこともあって、ジョスリンは両耳を両手でふさぐばかりで、体を左右に揺するしかなかった。

「どうしても必要なのだ。他のことはすべて放っておいてでも、この職人たちのところに留まることが何を置いても必要なのだよ。この者たちは信仰を持たず、私を必要としている。他のことについてはあなたがたの間で責任を分かち合いなさい。私はいつだってこの新しい建築現場にいるから」

ジョスリンは塔《タワー》の付け根あたりを見上げ、儀典長が去ってしまったのも気づかなかった。彼は親方の傍らへ急いだ。

「さあ、おまえからは離れないからね」

ロジャー・メイスンはどんよりした目で、あの鉄の首輪越しにジョスリンを見た。

「結構ですね、参事会長殿。ああ大いに結構ですね」

ジョスリンは儀典長を思い出し、彼が去った方へ向かって叫んだ。

「今のを君も聞いただろう」

そして四本柱は歌い続けていた。ジョスリンは身支度をすると塔の上へ上へと登った。職人たちと会うと明るく言葉をかけ、笑う、するとその者たちも笑い返したが、少々不安げであった。職人たちは長いロープのこと、それが何かに取り憑かれていると彼に話してくれたので、結局ジョスリンは自分でそれを検分した。そのロープは実際取り憑かれていた。ロープは交差部の上に残された広い屋根孔を通って下に垂れてくると、その端っこが死んだ蛇のように舗床に横たわっている。ジョスリンは八角形枠組の木材が、新たに組み合わせられるためにこのロープで上へ運ばれていくさまを見つめた。地上の男たちは上からの大きな掛け声に答え、その返事がかすかにジョスリンの耳に届き、それからその荷が空中を上へと滑って上がるが、その間はもう一言も発せられない。上げられていく途中で、職人たちがどんなに注意深く引っ張り上げていても、ロープはぐるぐる回り、蛇のようにくねって進み、屋根孔の四辺をこするものだから、この重荷を石に当てたり石が砕けたりしないようにたぐり上げることは、正確な判断を要することであった。

ロジャー・メイスンが塔の基底部へ登ってくるのが見えた。彼の下方でレイチェルが自分の登れる一番高い場所から指示を叫んでいるのが聞こえた。このためジョスリンは燕の巣を思い出し、息もつかず、その巣があったところよりも上方へと登っていった。自分の天使に向かって声に出して言った。

「彼女はこんな高いところまでは決して来はしなかった」

ところが職人たちはそれを耳にして、彼の言葉を誤解し笑った。

「無理でさあね。この高さなら、大将もあの女から自由でしょ」

こう言って、ジェハンは登ってくる親方を見下ろし、職人たちは聖歌学校の児童みたいにクスクスと忍び笑いをした。

「そのうちあのあまは、便所まで一緒についていて入ってくでしょうさ」

その日もう一つジョスリンが発見したことがある。ロジャー・メイスンは酒に溺れるようになっていたのだ。その後注意して見守っていると、ロジャーは酒に酔っているというより、酒に漬かっているとわかった。息は、酒気が見える、と言っていいほど臭かった。上へ登る途中あちこちで、また梯子に立ったままチビチビ飲むし、また、尖塔の外壁となる、上へ伸びる円錐部の風下側にうずくまってはチビチビやっていた。これを知ったときジョスリンは、酔っ払った船長が指揮をとる船に乗ってしまった客のように、一瞬恐慌をきたしたが、それもじきに消えた。このとき以来、いつも地上で働き、生活する者たちのことなど、誰ひとりジョスリンは顧みなくなった。

四本柱は歌い続けた。そして、聖堂の中で歌っているのはこの四本柱だけだ、という話がこの頃ジョスリンにも洩れ伝わった。すでに礼拝は聖堂から逃げ出し、司教の館で開かれていて、[*2]式には怒りが充ちていた。ときおり、ジョスリンが自分の役宅から聖堂へ急いで行くおりに、一人の主要参事会員の行く手を横切ることがあったが、別段、厄介だとも感じなかった。その参事の方も、ただジョスリンが姿を消すまで石のように見つめているだけであった。アダム神父が、聖釘を携えた使者さまがお見えになりますと告げたときでさえ、ジョスリンはただ漠然と「使者?」と言っただけで、上へ登って行き、姿を消した。

塔にジョスリンがいることは、親方にとって何の役にも立たなかった。親方の飲酒癖は、まるで自然の成り行きのように、どうにも止めようがなかった。ときどき親方は不機嫌になり、口汚く罵りながら仕事を片付けることがあった。ジョスリンが近くにいると、親方はとてもひどい冒瀆の言葉を発するので、ジョスリンの頭からあの白い肢体が追い払われるほどだった。それからジョスリンが、呪いの言葉を締め出そうと両耳を両手でふさいで、隅っこに行き、坐り込む、するとあの娘が戻ってくるのか、それともその娘の足が境内と教会と市場を歩き回って、黄金の迷路を描き上げてしまったことを思い出してしまうのか、ジョスリンは両手で顔をふさいだまま呻《うめ》くのだった。

「あの娘は死んでいる。死んだのだ!」

ときには、ロジャーがうって変わってわざと馬鹿みたいに陽気に振舞うことがあって、手近な者たちに見境なく酒を飲ませようとした。だがたいていロジャーは、傍で見ている者の方がつらいくらいの様子で、動きも鈍く、梯子を登る足取りものろのろと重苦しかった。一日の仕事が終わり、ロジャーが下へ降りてくると、レイチェルが例の鉄の首輪を嵌《は》め、彼を連れ去っていった。そんなとき、ジョスリンは一人うなずいて、賢しげにこう言ったものだ。

「あの男は、自分が生きようと死のうと気にしていないようだ」

　それでも、次の日、自分があの娘にまつわりつかれ、あの娘を払いのけるためにロジャーの傍らにつきまとっていると、ジョスリンは自分がこの男を誤解していたことがわかった。ロジャーは自分の生死を気にしていないはずがない、気にしないのならあれほどはっきりと恐怖に取り憑かれたりはしない。恐怖がなぜ親方にしっかり取り憑いているのか、明晰な説明のつけようはなかった。ジョスリンは、あのテントとあの鎖を見てとったのと同じやり方で、恐怖を見てとったのだ。あの恐怖は、健全な動物が感じる恐怖のように、理屈で説明できる恐怖ではないことを見抜いた。その恐怖は、ロジャーの高所に対する例の恐怖のように、毒に冒された恐怖だった。今その恐怖のために、ロジャーは自分をしっかりつかみ、近くのものだけをまじまじと見据えて、高所に耐えようとしているのだが、それもそうしなければならないからなのだ。ジョスリンは思った、あの男はもし自分自身が死ぬとしても気にしないだろう、実際死にたいと思っている、だが落ちるのは怖いのだ。あの男は永《とわ》の眠りを歓迎するだろう。だが、その眠りにつくまでに落下という代償を払うのが嫌なのだ。そのためにあの男は、高さが一段上がるたび、ここで少しあそこで少しとチビチビ飲んで、熱く、臭い息を吐きながら登っていく。

＊2　上級聖職位の最高位たる司教の邸宅。ソールズベリ大聖堂の場合、司教の館は、聖堂本体からは少しだけ離れているが、同じ境内に建っている。

ともかくこのように尖塔の基底部では数人の男たちが働いていたのだが、一人は酔っ払いで、もう一人は、眼下にあの娘の歩いた金色の迷路が広がっているので地上を見ないようにしている男だった。でも他の男たちは、多少程度の差はあれ正気だった。塔の頂上部にはまた、狂気と思える無謀な木の床が渡してあった。床の方の狂気だったらまだしも理解できそうだったので、ジョスリンはそこへ引き寄せられた。北袖廊わきの資材小屋では、その手のものを見たことはなかったのだ。頭の働きを誘い出し、注意を向けたくなるものだった。その床の上に置かれた八角形の木枠には均等な間隔で溝が刻まれ、その一つ一つの溝に楔《くさび》が打たれていた。職人たちはその上に置く二番目の八角形枠組も組み立て終えているが、この二基目は並んだ楔の上に収まっている。船を繋《つな》ぎ止めるほどに強固な絞め綱が下の方の八角枠をぐるりと回って、楔が外にはずれないように縛っている。これは何のためだとロジャーに質しても、口汚い罵倒しか返ってこなかったので、ジョスリンは隅っこに戻って、自分だけに係わる考え事に思いを巡らせた。そしてある夕方のこと、ロジャーがぶつぶつ唸りながら梯子段を下りていったあと、ジェハンをわきへ連れて行き、楔を指さした。

「この作業のことを説明してくれないか」

ところがジェハンは面と向かって笑った。

「狂ってるとしか言えませんな」

ジョスリンは昔のように両肩をつかまえて相手を揺さぶった。

「知らねばならんのだ。私の仕事でもあるのだからね」

するとジェハンは、つかまれた肩をすぼめてジョスリンの手から逃げた。

「すべてが楔にかかっているのです。親方は木枠全体を冠石の下に留めるつもりです。もしそれをやる前に嵐が吹いたら、グラグラ、バーン、グシャですよ！　嵐が吹かなければ、あの絞め綱を少しずつ緩めてゆき、八角形枠組全部、つまり木枠と木枠の間にある他の部材も何もかもを、下へと拡げ伸ばそうというのです。全体が吊り下がった形になって、風に負けないで尖塔を持ちこたえさせるわけです。そういうこと」

ジェハンは楔の一つを蹴った。

「あの人は全体が拡がると考えていますーーこの幅の分だけね。誰にもわかりません。あの人が正しいのかもしれません」

「これまでこんな仕掛けをよそで見たことはあるのかね？」

ジェハンは笑った。

「これまで誰かこの高さまで建てたことがありますかね？」

ジョスリンは尖塔の皮膚である周囲の外壁を見た。

「たぶん、よその国ではあるのかも。噂に聞いたことはある」

「もしこの外壁の、積み上げた石がぼろぼろ崩れることがなく、もし冠石が裂けたりもせず……。[*3]もし木材が十分拡がってくれて、しかも四本柱が持ちこたえられたら……」

＊3　この作品のモデルとされるソールズベリ大聖堂の場合、尖塔に据え付けられている冠石の大きさは、直径約五フィート六インチで、いくつかの石を組み合わせて作られている。

また楔を一本蹴ると、頭を振り、怨めしそうに口笛まで鳴らした。

「あの人でなかったら誰もこんなことを考えつきませんよ」

「ロジャーのことか?」

「あの人は酔っ払いで、気も変ですからね。でも、神父さまだって、こんな高いものを建てようなんて、気が変でなくてはできませんがね」

ジェハンは向きを変えて、刎上戸《はりあげど》を通って這うように降り始めた。一、二秒して、その場を辞する挨拶の言葉が梯子段から登ってきた。

「この高所じゃ、俺たちみーんな気が変ですよ」

そのときジョスリンは親方の心の中がいくらか洞察できた。私が持っている力をすべてあの男に与えてやらねば、と思った。そこで翌朝、彼はロジャーのすぐ側にくっついて質問をした。

「わが子よ、これは何と呼ばれるものか? そしてこれは?」

だがロジャーはジョスリンに取りあおうとはしなかった。ついには叫んでこう答えた。

「何が何だとおっしゃるのですか。石ころや木っ端に名前なんぞないんです。あれとあれがぴったし合い、また、あれにぴったし合うってだけですよ——たぶんね。俺にかまわんでくれ!」

そこでロジャーは熊みたいにのろのろと重苦しく上へと登り、梯子段の途中で止まると一杯ひっかけた。そしてジョスリンも後から上へ向かうが、親方と一緒にいようと思ったのではなく、歓迎されるとわかっているてっぺんで職人たちの間に坐ろうというのである。どうして自分が歓迎されるのか、最初ジョスリンは見当がつかなかったが、やっと、自分が恐怖に対する妙薬になっているのだとわかった。それにこのことが十二分に了解できたわけは、天使が今では毎日、昼も夜も付き添ってくれて、彼のために同じ妙薬の役割をしてくれているからで、そのために彼の背はまた少し曲がってきたが、天使の御業《みわざ》は善きことであった。近頃、ジョスリンは空が白む頃に聖堂へ戻ってくるようになっていて、いわば、成人の生活の真っ只中にいた。もし工事がまだ始まっていなければ、そしてあの金色の迷路を避けることができれば、いったん歩みをゆるめて、自分を呑み込もうとしているこの感情の異常な上げ潮を吟味してみるのだった。

　これは何と呼ばれるものか？　そしてこれは？

　ときおり薄暗い聖堂の中に佇《たたず》んでいるとき、ジョスリンは、尖塔のことが頭の中にあるので何か結論を出すことはできないまでも、自分にいくつかの提議を課してみることがあった。

「この工事が終わると、私はきっと自由になるだろう」

　あるいは、「ほらおわかりでしょう、それは払うべき代価の一部です」

　あるいは「アンセルムのことは個人としてはわかっている。それからあの男のことも、またあの男のことも。でもあの娘《こ》のことは決してわからなかった。確かに自分にとっては大事なことだろう、もしも――」

　これは何と呼ばれるものか？　そしてこれは？

　一度きりのことだが、丸一時間、平静な気持になれる灰色の薄明かりの光の中で、ある思いが湧いてきて、その思いは、窓も入口もないのっぺりした壁のようでありながら、子どもにとって大事な誕生日みたいに意味深いものであった。自分と聖母礼拝堂との間に置かれた木製の仕切りと向かい合っていたときだった。それまでわが身に起きたいくつかのことを思い起こしていると、それらは別世界でのことのように思えた。

神がおわすのだった！

そのように向かい合ってジョスリンは佇み、灰色の四本柱と、高窓層《クリアストーリー》に描かれた説教する総大司教たちの姿を通して射し込んでくる灰色の光とを見つめていた。それから木製の仕切りに話しかけた。

「あれも含まれるのかな？」

だが返事はなかった。そこでジョスリンは梯子段へ急ぎ、職人たちと同時にそこに着くと、祝福を与えた。すると尖塔のことで頭がいっぱいになり、思いが頭から消えた。

しかし、今あの先細になっていく尖塔で働くことは、地上からさらに一段上へ持ちあげられていくことだ。それは終わりではなく、始まりである。塔の描く線は下の方へ伸びて収束し、そのせいで塔全体が大きな土台の上に載っかっているのではなく、地上に射こまれた矢のように見え、この高所に不恰好な矢羽《やば》を向けているかのようだ。感じられる揺れは、空中で生活している男たちにとっては、もはや以前のように魂を締めつけるものではなくなった。だが、揺れのリズムに感じられる重さと軽さには一種の、いわば消耗感ともいうべきものがあり、筋肉よりも気力をまいらせた。ジョスリンはその感じが募ってくる勢いを憶えてしまい、しばらくあってふと気づくと息を殺し、身もすくんで激しく何か物をつかんでいるのだ。それから、喘《あえ》ぎながら息を吐くと、ほんの少しの間だけ気が楽になるが、また再びあの感じが高まってくる。しかし、三百フィートもの高さで仕事をしていると、いいこともある。風が吹きつけるので、四本柱が歌うのを聞かなくて済む。下にいるとついこの柱のことを考えてしまう。地面に突き刺さった四つの針のような四本柱が、木と石でできたこの世界を支えている、と。

この緊張感から救ってくれるのは、極度の集中力が要求される作業であった。石を組み合わせた円錐の外壁は、*4最大限の正確さで築いていかないと、充分に強度を発揮させることができないからだ。ところが、風の吹かない日は別にして、塔の頂上部の床板に設置した水準器は、地獄と天国の間にある辺獄をさまよう霊魂よろしく漂うばかりで、いわばのろまな精神錯乱ぶりをご披露、ということになる。そうなると、親方は誰とも口をきかず、考え込むばかりで、ときに職人に向かって突然怒鳴り出すことがあった。

それから、何と名づけたらいいのかわからないことが起きた。大気の温度が下がっていくみたいに、それはゆっくりと起きた。自分たちは今、これまで誰ひとり体験しなかった場所にいるのだ、という意識がおそらくそれである。何か新たな傾きとか、新たな危険に誰かが明確に気づいたというのではない。ただ何か新たな不安が、肌にぬめっとまつわりついた。円錐の作業現場では、慎重に考えた言葉が交わされることがなくなった。沈黙か、ぶつぶつと言い合うか、突然に癇癪が破裂するかだ。ときどき笑いがどっと起こることはあった。ときには涙が流れることもあった。

また離反もいくつか生じた。ラヌルフはその一例だ。小柄で愛想のない、皺《しわ》だらけの男だった。口

*4　ソールズベリ大聖堂の尖塔の「皮膚」と言える外壁の石は、下部の方では厚さ二フィートだが、上に行くほどだんだん薄くなり、一番薄いところでは九インチの厚さしかない。

数の少ない職人の一人で、彼がしゃべる英語はその四分の一も理解できないほど聞き慣れないものだった。仕事ぶりはかたつむり並みののろさであったが、中断することは決してなかった。それに、みんながヒステリックな笑いや怒りを爆発しても、彼が輪の中に入ってくることはなかった。この男のことをあまり気にとめる者はいなかったが、ふと目をやると、彼の印のついた石がまた一つ、ちゃんと所定の位置に据えられている。だが七月のある日の午後、尖塔が再び揺れ始めると、この職人は石を積み上げていた外壁から離れ、道具類を自分の袋に納め始めた。誰ひとり口をはさむ者はいなかった。しかし他の職人たちも一人また一人と仕事の手を休め、全員彼を見守ることになった。かといってラヌルフの態度に変化が生じることは全くなかった。これまで何度となく振舞ったのと同じ態度である。道具類を整然と並べ、一つ一つきれいに拭《ぬぐ》ってぼろ布切れで包む。食べものを容れた袋を調べ、両手の埃を払う。それから二つの袋を手に取ると、ゆっくりと円錐の工事現場を離れ、姿を消した。他の職人たちはその頭が消えていくのを見つめていたが、やがて各々自分の仕事に戻った。だが、こういう職人がこのように整然と去っていくと、冷ややかに批判を加えられたようで、手脚が震えてしまった。

もっとぞっとする離反もあった。

尖塔の模型には、最後の仕上げにボタンが一つてっぺんに付いていて、そこに玩具同然の十字架が固定されていた。北袖廊の外側でジョスリンが架台に載っているボタンを初めて見たとき、信じられないという気持ちから、一瞬恐怖を味わった。ボタンの実物は石臼よりも大きくて、重量は一頭立て荷馬車以上はあるはずだ、しかもそれを一フィートずつてっぺんまで引っ張り上げねばならない。

ジョスリンはこの石が交差部まで運ばれていくのを見つめていたが、それから、カーテンみたいに垂らされた無数のロープによって、アーチ型天井へ向かって上へ上へ、足場から足場へと運ばれていく。足場で停止するたびに楔と鉄梃《かなてこ》をさかんに使って、次に上の足場へ上げていくために正確な位置へ巧みに動かす。こうしてついに冠石は、一番目の八角形枠組の中心部を威圧的に支配することになった。これで終わりというのではなかった。というのも、冠石をさらに上へと上げる際、次にくぐる八角形木枠に、石が通り抜けていくには小さすぎる部分がでてくる。こうなると、三百五十フィートの高所で、冠石を円錐の外に出し、冠石専用に築いた足場に移さねばならなかった。その後でさらに円錐の次の層まで、足場と石とを上へと持ちあげていく。そのあと、足場を下方からはずすが、それは一段高い位置でまた使用するためで、子どもが手を重ねて遊ぶゲームの要領であった。[*5]

ジョスリンは、冠石は見るに耐えぬほど醜悪だと思った。石が輪留めと楔で止められ、足場に縛りつけられると、街の教区全体が隠れて見えなくなる。おまけに、上へ運ぶのに宙吊りになると、信じがたいことに、マホメットの墓のように、[*6] 真ん中からずれた位置で宙吊りなのだ。暖かい夏の風が吹

＊5　鬼決めをするのに、童謡"Hot Cross Buns"を歌いながら、右手から一人ずつ手を重ね、次に左手を重ね、歌の最後で手が一番下になった子が鬼になる手遊び。十字の切れ目の入ったパン「ホット・クロス・バンズ」は、キリスト受難の祭日（Good Friday）の朝に食された。

＊6　イスラム教の教祖マホメット（ムハンマド）は、五七〇年頃メッカに生まれたが、六二二年メディナに移り、イスラム教団の政治と軍事の支配者となり、六三二年この地で亡くなった。マホメットの墓は、天国と地獄の間で宙吊りに浮かんでいる、という伝説がある。また、彼の墓は聖地メッカにないということで、中心からずれている、といえるかもしれない。

くなかで揺れが始まると、どんなに魂が信仰に篤くても、肉体は筋肉が痙攣を起こして縮み上がり、神経も震え上がって、あの石が四本の針のような下の柱を、まるで榛《はん》の木の棒みたいに、ぽっきり折ってしまうに違いないと信じてしまう。そういうときにできることはただ一つ、頭の思いをそこから逸らし、あと五十フィートで頂点へ達する円錐に注意を集中させることだった。それでもやがて頭が疲れ、どうしても石の方に目がいくと、教区全体が隠れてしまっているのがわかる。それにまた、今では、下の方に目を向けても、以前のようなぞっとする喜びを感じることはなかった、というのは、石を積み上げた外壁が寄り合い細くなるにつれ、円錐の内部が暗くなってきたからだ。そこで外壁の外側に目を引っ張って、鳥たちが集う塔の頂上部から伸びている小尖塔《ピナクル》へと下に向けていくと、目が錯覚をおこしたのか、小尖塔の先端の石と、青い盃状の大地の縁にある一点とを、思わず知らず照準してしまい、何かの動きを看取するとか、ことによると動きをでっちあげることまで視覚がやってしまう。そして手の方も、二本とも動いてくれない。ジョスリンはただただしゃがみこんで、自分の意志に、またどんな意志でもかまわず、その力にしがみついて、この冷たくぬめぬめした、初めての場所で、尖塔を、そして職人たちをも一緒に、持ちこたえさせようとした。

おそらくこんな状態だったせいで、彼は上へ登るのにとても困難を感じた。梯子段を登ると息が切れるし、現場に辿り着いても、心臓が落ち着くまで、せめていつもの状態に落ち着くまで、喘ぎながら、歩板《あゆみいた》の上で横になった。手と脚で這い上ってくると、天使のなぐさめを感じながらもその背中はますます曲がっていた。できるだけ工事の邪魔にならないようにしていたが、円錐が段々と細くなり狭まってきているだけに、それは簡単ではなかった。だが頂上部では誰ひとり彼を追い払おうとするものはなく、なぜ自分をここに置いてくれるのか、ジョスリンはいぶかったが、ある日ジェハンに尋ねると、あっさりこう答えた。

「あんたは俺たちに幸運を運んでくれるんですよ」

次に訪れた危機と離反のきっかけを作ったのは、他ならぬこのジェハンだった。ある日のこと、こわばった、きつい顔で登ってくると、親方から鉛の下げ振りと測り紐を借りた。他の者が外壁の風下で昼食をとり、親方自身は何も言わずにちびりちびり飲んでいる間、ジェハンは急いでまた尖塔を降りていった。

その後、みな黙りこくって食事をした。

ほどなくジェハンが登ってくると、親方に下げ振りとぐるぐる巻いた紐を返し、そしてジョスリンを見つめた。その顔つきを見て、直《じか》に顔を合わせ、知らねばと思った。ジョスリンは、いつもの甲高いクスクス笑いをしながらも、自分の声が嗄《しわが》れているのを耳にした。

「で、どうだね？　沈んででもいるのかな？」

重みがぐっとかかり、すっと軽くなり、止まる。

ジェハンは両唇を舐《な》めた。その唇の周りに汚い緑色の鉛のあとがある。声は出てきたが、嗄れていた。

「曲げがかかっています」

沈黙が訪れた。ただ、円錐の剥き出しになった端に吹きつける風のこする音だけが聞こえた。

次に聞こえた音はとても奇妙な音で、円錐に誰か新入りの人間、初めての生きものがいたのかと思えた。モォウー、と牛の啼くような音であった。それはロジャー・メイスンが発した声だった。外壁の風下側にうずくまり、向こうからまっすぐ風上を見ている。

「ロジャー！」

ぐっと重みがかかり、止まる。

「わが子よ！」

すっと軽くなって、止まる。

親方は板の上を這いながら蟹のように横ざまに進み、ごそごそと姿を消した。梯子を次から次へ降りていくのが聞こえる。皆を残して下へ低く沈んでいくにつれ、モォウーという音だけがいっそう高く響いてきて、それからついには石の歌のように悲鳴になり、歌声になった。その後は再び沈黙があった。

すると突然、職人たちは皆笑ったり、金切り声で叫んだり、吼えたりしながら、石材や木材を拳で叩いたので、手に血がにじんだ。闇が濃くなっていく円錐の中で、大きな愛の炎が燃えさかり、次々と全員に広がった。ジョスリンの唇も意志それ自体の力で開くと、いくつもの愛の炎に包まれながら、もっと賃金をはずんでやろうと約束した。すると、その意志の器である彼の痩せ細った体を、皆が抱き締めた。

その後ジョスリンは、これまで以上にたやすく地上のことを無視することができた。無視することがぜひとも必要になっていた。四本柱が曲がってきて、地上にいる人たちが口を出し、彼の邪魔をすることが多くなったからで、ジョスリンとしては、彼らを素通しにして尖塔にばかり目をやり、相手が去っていくまで待つしかなかった。このように意志に囚われていくなかで、彼の耳には、大聖堂での礼拝をやらなくなったために、街の人々が彼を罵っているのが聞こえてきた。不信心な者までも彼を呪った。連中は西側正面入口に立って、長い身廊に目を走らせ、四本柱を凝視した。ジョスリンが天使と悪鬼の闘いを耐え抜いて柱のところに姿を見せると、集まっていた人々は、公然と罵ることはしなかったが、ジョスリンの背後でぶつぶつ呟いた。四本柱の撓《たわ》みは自分でも見届けていたので、彼らが何を言っているかはわかった。ジェハンは、曲げがかかっていると言ったが、そのとおりで疑いの余地はない。堅固な石ならこうなるはずはない。だが、堅固な石が実際こうなっている。身廊を見通して東側の窓に目を移して見ると、注意深く時間をかけて見ていないとわからないが、交差部の手前の二本の柱がお互い相手の方に湾曲しているのが感知できた。この撓みにもたった一つ良いことがあった。柱の撓みが大きくなると、柱の歌が少なくなったのである。真夏になる頃には、四本柱は撓むことも歌うことも止めたように思えた。しかしジェハンが言うには、柱は秋の疾風を待っているだけで、そうなったら自分としてはどこか余所《よそ》にいられるように取り計らいたいもんだ、とまで口にした。その取り計らいなら、建築職人たちと、彼らに幸運を運んでくる人以外は、誰もがとっくに算段を済ませていた。

頂上部では、秋の疾風の気配を既に一人ひとりが頬に感じているみたいで、工事の速度が上がった。ジョスリンは、唖者からジェハンに至るまで、この職人たちのことが、自分の人生で出会ったどの人よりもよくわかっていた。自分はこの教会という船の乗組員の一員であった。外壁の風下にへばりつき、うずくまり、背にいつも天使を感じながら、木材と石材を扱い、ロープに手をかけ、鉄梃の端に体重をかけ、手伝いを始めていた。職人たちの方は彼を「親父さん」と呼んだが、子どもを相手にするようにふざけた扱いをした。*7 円錐形の外壁がさらに細く内へと寄って、テント内のような空間に笑いと怒号が交わされるようになると、ジョスリンは、光を反射して円錐内部へ光を採り込む金属板を扱うことを任された。なぜだかわからないが、涙が出るほど誇りに感じた。ジョスリンはうずくまって金属板をかまえ、大工頭は仰向けになって金槌で隅っこを打ちつけている。

「親父さん、もう少し左へ！」

「こんなでいいかな、わが子よ」

「もっと左。もっと。よし、そのまま！」

こうして、現場にかがみ込んで、一心に光の方向を定めるのであった。みんな善き男たちだ、とジョスリンは思った。罰当たりな口をきくし、呪いの言葉を発し、両の手を使って働く者たちではあるが、善き男たちだ。地面からほぼ四百フィートのここで、陽光を浴びながら、私はこの者たちの善さを味わっている。ちょうど私が選ばれた者であるのと同じように、たぶんこの者たちも選ばれているからだ。

こうして、ジョスリンは職人たちに自分の天使のことも話したが、彼らは驚くふうもなく、彼の背後の空間をじっと見据えると真剣にうなずいた。それからジョスリンは自分の目標についてさらに打ち明け、あの幻視《ヴィジョン》のことも話したが、それは彼らがこの尖塔建造の仕事に雇われるのにふさわしいと思えたからである。だが、この者たちには理解できなかった。結局、ジョスリンはあきらめ、かぶりを振りながら、苛立って呟いた。

「どこかにこの幻視《ヴィジョン》はすっかり書き記してある」

そのあとジョスリンは、尖塔が完成したおりに自分が執り行うつもりの説教のこと、そのために四本柱に築かれる説教壇のことを思い出し、祈った。しかし、それを耳にすると職人たちは陰鬱そうな顔をした。ジェハンは、これから先あの四本柱の下で何か仕事をしようなんて考える奴は、誰であれ愚か者で、もうたくさんだ、と言った。だが唖者《あしゃ》がジョスリンの方へやって来て、口の中でもごもご唸り、うなずき、胸を叩いてみせた。そこで、この仕事の厄介な説明をしなくて済んだ。

ある日、職人たちは全員仕事を早目に切り上げ、ジョスリンがどんなに頼んでも、続けてやろうとはしなかった。自分たちの環から彼を全く閉め出すと、去ってしまった。そこでジョスリンもしばらくすると下へ降りてきたが、地面には大聖堂勤務の人たちがいることで、頭の中に尖塔をまっすぐに屹立させ続けることが簡単ではなかった。撓んだ四本柱を見つめ、聖堂の中をうろうろしていたが、静まりかえっていたし、あの金色の足跡を思い出したので、梯子段へ戻っていった。再びその梯子段を登り、さらに八角枠の中に綱で結ばれた脆弱な梯子にも足をかけた。今は待つ以外何もすることがない、とわかっていたのでゆっくりと上へ進んだが、心臓が早足で動いているのに気づいた。それでもやっとてっぺんに着くと、そこでワタリガラスたちと一緒にうずくまった。太陽が大いなる静寂の

＊7　職人たちは、「神父さま」という呼びかけと同じFatherという言葉を使っている。ただし、口調はぐっとくだけた感じなので、「親父さん」と訳し分けた。ちなみに、イエス・キリストは大工の息子であったが、彼が神に対して「お父さん *Abba*」と、親しみを込めたアラム語の呼称で話しかけていることが、新約聖書マルコ伝福音書第一四章三六節に記されている。

なかで沈んでいく間、ずっとそこに坐り込んでいたが、頭の中には尖塔の全体像があった。

だが、太陽が姿を消してしまう前に、ジョスリンは自分が天使と二人だけではないことを知った。他の誰かが自分と顔を合わせている。この生きものは、真向かいの空を背にして置かれた金属板の中にいて、枠どりされている。一瞬、悪魔抜《ばら》いをしようと思ったが、片手を持ちあげたとき、その相手も同じように手をあげた。そこで手と膝を使って板の上を這って進むと、相手の姿もこちらに向かって這って来た。ジョスリンはひざまずくと、後光のように乱れた髪と、帯で体に巻いた汚い式服から突き出た、骨と皮ばかりの腕と脚とを、じっと凝視した。さらに近づいて凝視を続けると、息で自分自身の姿がぼやけてきたので、袖を使ってくもりを拭い取った。その後もひざまずいたまま、長いこと凝視していた。検分しているこの自分の眼《まなこ》は、皮膚が重そうに垂れた眼窩《がんか》に奥深くおさまり、皮膚は、さらに下に垂れて頬骨全体を被ったあと、吸い込まれたように落ち窪んでいる。嘴《くちばし》型の鼻も検査してみると、今はもう嘴と見まごうほどに尖っており、視線は顔に刻まれた溝や、歯の輝きへと移っていった。

ひざまずいた像《イメージ》のおかげで頭が鮮明になった。やあジョスリン、とひざまずいている像に向かって声をたてずに言葉をかけた。やあジョスリン、とうとうここまでやって来たね。君と二人して地面に叩き伏せられたときにすべて始まったんだよ、きっと。大地が多少とも揺らいだ、あのときさ。それから起きたことは思い出せるけど、それ以前に起きたことは、夢みたいなものだよね。幻視《ヴィジョン》だけは全くそうじゃないけどね。

それから彼は立ち上がると、落ち着かず、うろうろと動き始めた。盃状の丘陵の縁では、夕闇が緑色になっていた。やがてその縁は黒くなり、影が静かに盃を満たしてしまい、気づいたらすでに夜の帳《とばり》が落ち、かすかな星たちの明かりが空に出ていた。縁の上部あたりに火をみとめると、干し草の山が燃えているのか、と推測した。だが、尖塔円錐の縁を回って進むうち、いくつもの火が闇に包まれた世界の縁で燃えているのが目に入った。そのとき、恐怖に似た不安がジョスリンに襲いかかってきた、あれは夏至の儀式の火で、丘の上に来た悪魔崇拝者たちが灯したものだと悟ったからだ。あそこの、「宙吊り岩」の谷で、*8 巨大な炎が赫々《こうこう》と震えて燃え立っている。途端にジョスリンは大声で叫んだが、恐怖からでなく悲嘆からだった。あの、善き者たち、乗組員全員を思い出し、なぜあの者たちが仕事を打ち切って出かけてしまったのかわかったのである。怒りにまかせ、何者かに向かって大声で叫んだ。

「あの男たちは善き者たちなのだ！　間違いない！」

だがこれは一つの感情がただ表に出ただけのことであった。あの者たちの心の内では……ジョスリンは自分の頭がわかっていることを見極めていた。

「これもまた学びだ。この高さと引き替えに払うべき学びだ。これが神のご計画の一部だとは、誰に予見できただろう？　祈りを石で図式《ダイアグラム》に象《かたど》ったと思っていたこの建物が、こんな高所で十字架をかか

＊8　「宙吊り岩 Hanging Stones」とは、ソールズベリ平原にある先史時代の遺跡、環状巨石柱群ストーンヘンジ（Stonehenge）の原義である。ストーンヘンジは、キリスト教伝来以前に信仰されていたドルイド教（キリスト教にとっては邪教）の聖地の一つだとする俗説があった。

げて、悪魔の火と睨み合って闘うなんて、誰にだってとても見極めたりできるものか」

すると職人たちが頭の中に戻ってくる、足跡で金色の文様《パターン》を刻んだ女も一緒だった。ジョスリンは激しく泣いたが、世の中の罪を思ってのことなのか、そうでないとしたらなぜ泣いているのか、自分でもわからなかった。しばらくして、涙がかわくと、みじめな思いで、悪魔の炎が跳びはねていた縁のあたりを見回していた。

ゆっくりと彼の頭は本来の働きを取り戻してきた。ダヴィデ王は、バテシバを手に入れようとして血で手を汚したため、*9 社《やしろ》を建てることはかなわなかったが、だとしたら私たちには、私については何をか言わんやだ。すると、あの恐るべき赤子の洗礼がわっと目の前に飛び込んできて、彼は叫び声を発した。それから再びその思い出を払いのけたとき、いろんな思い出の群れが一斉に飛びかかってきた。その群れが互いに重なり合ってくると、もう止める気力もなく、見つめているしかない。思い出は、一つの物語から取り出されたきれぎれの文章みたいなもので、大きな間隙をいくつも残しはするが、それでも話は十分に通じる。物語はあの娘とロジャーとレイチェルとパンガルと職人たちとが登場する話だ。ジョスリンは下の方を凝視していた——梯子段を過ぎて、木を張ったいくつもの床、アーチ型天井、さらにずっと下の方、交差部に掘られた、誰か名士を待ちうけている墓のような竪坑へ向かって目が滑っていく。目を離した後も、かがり火はいくつも地平線で揺れ動いていたが、彼の肌には氷がはりついていた。あの下の床を見つめたときのことを思い出している——埃と瓦礫に交じって、褐色のいやらしい実のついた小枝が足もとに転がっていた。

上層の暗い大気のなかでその言葉を呟いた。

「寄生樹《やどりぎ》だ！」＊10

そこでやっとまた祈ろうとした。だがあの娘が、頭を垂れ、服を波打たせながら、あの金色の迷路を歩いて近づいてきて、二人を囲むかがり火が揺れた。ジョスリンは恐怖で呻き声を発した。

「私は魔術をかけられている」

よろめきながら梯子を降りていくが、梯子段を見てはいなかった。あの物語が、ばらばらに分裂したいくつもの文章と一緒に、目の前で燃えている。交差部に降りて、元に戻された舗床の石を踏むと、地獄の業火で足が焼けるように熱かった。

＊9　旧約聖書サムエル記下第一一～一二章によれば、紀元前九九四年イスラエル全土の王となったダヴィデは、人妻バテシバに横恋慕し宮中に召し入れるが、その夫で家臣のウリヤを亡き者にするため、激戦地へ送り込んだ。

＊10　林檎の木やオークの木に生息するこの常緑樹は、再生・豊饒を表す吉兆延寿の木である。ドルイド教では夏至の日にこの枝を切りとり、生け贄儀式に使用した。

第九章

その後の彼は、もはや職人たちとともに笑うことはなくなり、その代わりにやたらとせき立てるようになった。職人たちは、ジョスリンの天使を感じることも見ることもできないのに、それでも天使から何らかのなぐさめを引き出しているのだと、ジョスリンは知った。そしてそんなふうにして、八月がやって来ては過ぎ去り、そして尖塔《スパイア》も終わりへと近づいた。この頃は、確かに職人にもジョスリンの天使のなぐさめが必要な時期だった、というのは、風が立ち始めたからだ。一度など、南西から八月の疾風が吹きつけて、尖塔は船のマストのようにぐらぐらと揺れたものだ。だが四本柱は、曲がりはしたものの、壊れはしなかった。まさにその疾風の吹きすさぶなかで、ジョスリンはアダム神父から、アリスン令夫人はもう手紙を書くのは止めにするそうで、近々直接会いに来るつもりらしい、と聞かされた。

疾風は跡を濁さずに去ることはしなかった。あとには荒天が残され、まず雨が降り、晴天を一日はさんでまた雨が降った。九月になって、一週間くらいは好天続きになってくれるだろう、その間に作業を終えられる、と思っていたら、それどころか空は恐ろしく高くなり、まもなくやって来る嵐の規模をあからさまに予告するかのようだった。それで職人たちは冠石と格闘しては盛んに毒づき、そんな彼らを風がむしり取っていこうとした。ジョスリンは、早く聖釘を一目見たいと、海の方角へ視線を向けて川のよどんだ流れを見渡した。ジョスリンの頭の中で聖釘は、まだ司教さまがいらっしゃるローマの光輝をそのままにまとって、輝きながら霊験あらたかに進んでくるのだった。きっと天気も、この到来のことをうすうす知っていて、それで急いでいるのだろう、とジョスリンは思ったが、それは空が暴雨を絞り出してはまるで投石機のように宙に発射し始めたからで、職人たちはずぶぬれになったものの、雨に勢いよく突き刺され叩かれて、体は暖かく感じられるほどだった。このような天候のなか、風でチュニカ上着を頭まで吹きあおられながら、彼らは冠石を据え付けたのである。それから二日間、尖塔は振動し続けたが、職人たちは足場を取り払い、残ったのは、最後の仕上げに十字架とその足下に箱に入った聖釘とを据え付けるための、わずかな足場部材だけだった。その一日目にジョスリンは、十五マイル彼方を行く聖釘を見た——村から村へと、ばらけて進む長い行列だった。しかし、日が暮れる前に雲が低く眼下に垂れこめていったので、行列も使者の姿も見えなくなってしまった。剥き出しにした脚を雨に洗われ、風に押されながら、ジョスリンは職人をせついた。すべての仕事が済んだとき、みんなは暖かい建物内部へと駆け下り、震える梯子を伝って、塔の最上部にある壁で囲まれた床の上へと急いだ。ジェハンが職人一人ひとりに大木槌を与え、配置につかせた。それから、長いこと押し黙ったまま、大木槌をもった男たちは楔《くさび》の横に立ち、ジェハンはからくり全体を見回していた。

ようやくジェハンはジョスリンの方を向いた。

「本当は、もっと人手が要るんですがね」

「では、人を集めるがよかろう」

「どこから？」

そしてまた沈黙の時間があった。唖者《あしゃ》が、言葉の出ない口から唸り声を静かに発した。ジェハンは巻き上げ機を見つめた。

「今やらなきゃあ、手遅れになるだろう」

ジェハンは巻き上げ機に近づくと、留めロープを解き、バーを半回転だけ回すと手を止め、頭上の尖塔内にある高さ百五十フィートもの円錐形をした木製の落第帽に向けて、耳をそばだてた。締め綱はまだ鉄のように堅く八角形枠組を締め上げており、八角枠の全重量に抗って、楔を束ねていた。

「楔を叩くんだ。そっとな！」

コツコツと楔を叩く音以外、新しい物音は何もしなかった。また半回転だけ、バーを回す。

「もういっぺん叩け」

ジェハンは、両手をぴしゃぴしゃ打ちつけながら、あたりを歩き回る。

「俺じゃあ加減がわからない。わからないんだよ。あのものぐさの、ど畜生め、あいつが今ここにいなくってどうするってんだ！」

バーが唸り、締め綱が弾け飛んだ。木の円錐が木っ端微塵になったような軋《きし》み音を発し、それはすぐさま金切り声に変わった。八角枠が下りてきて、楔は、まるで親指と人差し指にはさんだプラムが種を吹き出すみたいに、横ざまに吹っ飛ぶ。八角形枠組が受け木に衝突する轟音は雷鳴をもしのぎ、なにか固体が鼓膜にぶつかってきたかのようだった。足の下では塔全体が勢いで弾んだ。ジョスリンは両膝をつき、木材がそれぞれの位置を変えていく騒音のなかに、悲鳴が塔を下っていくのや、他の者たちも先を争って梯子を下りようとする喧噪を聞き取った。円錐は激しく身震いし、木っ端や埃や石片が板切れの上で踊った。ジョスリンの頭上では、円錐が苦悶してゆがみ、裂け、割れた。ジョスリンはその場にひざまずき、円錐がどうやら呻《うめ》き声程度にまで落ち着いて、あとは木の悲鳴がときおりあがるだけになるまで、自分の体をかき抱いていた。やがて、聞こえるのは風の音ばかりになった。だが、今や風は新しい楽器を手にしたというわけで、さっそく弾き心地を試しているらしい。尖塔が動くたびに新しい楽器が鳴り響くのだが、奏でるのは不協和音だった。

ようやくのことで、ジョスリンはひざまずいたまま体をまっすぐに起こした。もうあと少しだ、そうしたら心の安らぎが訪れる、と考えた。聖釘を取りに行かなくては。

そこで梯子の方へ向かい、しがみつくようにしてゆっくりと下っていった。

しかし、螺旋階段を下りきったところにも、安らぎはなかった。あの締め綱をゆるめたことが、どこかで別の綱が締めつけられることにつながっていたみたいだ。この締め綱は、ジョスリンの胸の周りに巻きついていた。ジョスリンは思った——わかっているぞ、これが何なのか。今や私と悪魔との競争になったのだ。ゴールを目指して、二者ともどんどん速度を上げている。だが、最後に勝つのは私だ。

交差部の舗床に立った。しばらく聞き耳を立てていると、あの獣が中へ入ろうとして、高窓層《クリアストーリー》の窓を前足でひっかいているのが聞こえたので、締め綱がぎゅうっと引き絞られた。一匹だけではない。軍団をなして迫っていた。外側の至るところにいて、扉や窓に取りつき、最後の総攻撃計画に備えて集結しているようだった。獣どもが焦っている理由がわかったので、ジョスリンは回廊へ急いだ。しかし回廊には参事会員たちが集まっていて、わいわいがやがやわめきながら、秩序もなくただ詰め寄ってきた。

「あれはどこだ？」

しかし参事会はジョスリンに聖釘を渡しもせず、彼を取り囲んで、わけのわからないことを言ったり、ある者は叫んだりさえしながら、体に手をかけてきた。まくっていた僧衣の背の裾を誰かが引っ張って戻したので、以前みたいに僧衣が足首まで垂れた。誰かの手で髪が撫でつけられたのを感じ、ジョスリンはこの者たちが何を求めているのか理解した。そこでジョスリンは参事会に向かって大声で言い返した。

「あれを渡してくれるまでは、これ以上一言も口をきくつもりはない！」

すると話し声はやや低くなり、回廊の逆の側から聞こえる聖歌隊の少年たちの話し声が響くばかりになったので、参事会の主要会員たちや、聖歌代行隊員、会長補佐の面々を見回す余裕もできた。こいつらは職人軍勢と同じくらい邪《よこしま》な連中だ、とジョスリンは思った。ただ、こいつらのなかには、職人たちほどの勇気を持った男がいないというだけの違いだ。

大杉の高い大枝にとまった悪鬼どもが、何ごとかささやいた。

それから名無し神父が、銀の箱に収められた聖釘をジョスリンに差し出し、ジョスリンがひざまずいてそれを受けたので、周りの者たちもひざまずいた。しかしジョスリンは、胸に巻きついた締め綱にしっかりと箱を押しつけるようにして抱き、聖歌隊席へ駆け込んで、聖釘を主祭壇に捧げると、それは箱に入ったまま煌々《こうこう》と輝き、その周りを歌が包んだ。ただし、その歌詞はジョスリンには聞こえなかった。ジョスリンは聖釘に向かって「ああ、お急ぎください！」と言った、それは、釘が打ち込まれたときになって初めて安らぎを手にすることができるとわかっていたからだ。そこで、他の者たちが待つ場所へと戻っていった。締め綱越しに参事会員たちを眺め回していると、新しい顔ぶれがたくさん加わっていることに気づいた。というか、昔馴染みの顔が新しい光に照らされて、違って見えているのだ。昨年一年間、彼らは地上にへばりついて仕事に勤しんでいた。今では新しい二人組や三人組に収まっている。私のように（悪鬼どもはぐずっていた）頭の中に複雑な問題を抱え込んでいるわけではなく、せいぜいちっぽけな些事が詰まっているだけで、だから生きることも連中にとっては楽なものだ。そもそも、連中自身がちっぽけだ、こうして眺めている間にも、どんどん小さくなっていく。

アンセルムの静かな声が聞こえた。

「今のままの姿で会わせて、なんの不都合があるのかね？」

それから一瞬話し声が途絶え、彼らは聖歌隊の最年少の少年よりもさらに小さく縮んでいった。やがてこの子どもたちは配置を変え始めた。引きずるような足音が両わきへと退いていったが、まるでジョスリンの頭の中を見通したがっているみたいに、顔はこちらを見つめている。彼らはジョスリンを起点にした二列となり、間にジョスリンを通す道を作った。終点は聖堂参事会室に続く大扉である。ジョスリンは扉をじっと見た。自分に言い聞かせる。使者さまなら、私は職人に、石工に、大工になってしまったが、それもそうなることが必要だったからだ、と理解してくださるだろう。

ジョスリンのために大扉の片葉が開けられ、ジョスリンは扉をくぐった。参事会室の中に立ち、見上げると、悪鬼どもが窓をひっかいているのが見えた。しかし、悪鬼がもしここへ入り込んだとしても、そのことは重要でないのはわかっていた。そこでジョスリンは気を楽にもって視線を落とすことができた。文書が満載された長机の向こうには、威風堂々たる七人の男がずらりと並んで、委員団を作っていた。そこでジョスリンは前に歩み出ると、証人席として置かれた椅子のわきにひざまずき、自分の名を告げた。

「ジョスリンでございます。聖母大聖堂教会の参事会長を務めております」

七人の男がそろってジョスリンを見つめていた。二名の書記が書きものの手を止め、鵞ペンを手から寝かせて目を上げた。使者その人もまた椅子から立ち上がりかけていた恰好で、両手を机について身を乗り出していた。肌の浅黒い顔には皺《しわ》が深く刻まれ、もじゃもじゃの眉の下の目は、ぐっと落ち窪んでいた。黒と白の式服はゆったりと体を包み、垂れ下がっている。しばらくジョスリンをまじまじと見つめたあと、丁重な手振りで椅子を指し示した。ジョスリンは立ち上がってお辞儀をした。すると七人の委員団も波頭のように立ち上がってお辞儀を返した。ジョスリンが椅子に腰掛けると、七人も着座した。ジョスリンは何も言わず、彼らの頭がうなずいたり何やひそひそ言い合ったりするさまを見つめた。

ようやく使者がジョスリンの方へ向き直った。

「これは正式な手続きを踏んだものではないのだがね、参事会長殿。だがおそらく、あなたも――」

「何なりとお訊きくださいませ。お答え申し上げますゆえ」

「なるほど」

突然、使者は微笑んだ。理解していただけた、と締め綱の中でジョスリンは思った。使者さまは私の味方だ、それに、体だって縮んでおらず、ちゃんと大人の背丈をしていらっしゃる。

しかし、使者はまた口を開いていた。

「おっしゃるとおり、まず質疑応答から始めれば、おそらく事態を簡単にできるでしょうな」

簡単にする、というのか。そうしたいと言うのであれば、私の方からお手伝いもできる。

「ここの者たちは、私が狂ったと思っておるのです」

それからまた沈黙が続き、その間ジョスリンは、使者の心中を推し量ろうとしたが、ついにあきらめた。ジョスリンは重々しく使者に向かってうなずいてみせた。

「おそらく、私は狂っているのでしょう」

委員団の頭が再び寄り集まった。結局、事態を簡単にしたのではなかった、私はかえって複雑にしてしまったのだ。ジョスリンは呻き、片手を頭にやると、髪になにかが引っかかっているのに気づいた。引っ張り出してみると、くるりと巻いた鉋屑《かんなくず》で、指で曲げてまっすぐ伸ばしたら、ぱちんと折れてしまい、ジョスリンはその木片を投げ捨てた。書記の一人がうなずいて立ち上がり、ひそひそ声から身を離すと、さっと一礼して足早に立ち去った。

使者はまた、今度はやさしい口調で話しかけた。

「例の陳情書やら供述録取書から、質問のリストを作成したのだがね」

「陳情書？　供述録取書ですって？」

「だが、ご存じのはずではないのかな？　文書のなかには、二年も前の日付のものも交じっているのだよ！」

ジョスリンはその二年間を振り返ってみた。

「他のことで頭がいっぱいだったものですから」

使者の微笑みはあからさまになった。

「質問のいくつかは、現状には関係のないものも含まれているようだ。例えば、蝋燭の件などはそれだな」

「何の蝋燭のことでしょう？」

使者は手渡された文書を調べていた。使者の声には奇妙な調子があった。

「この主要参事会員は、聖堂の身廊で篤信の者が蝋燭を燃やす営みを二年のあいだ怠ってきたせいで、聖なる教会が致命傷を受けた、と信じ込んでいるらしいな」

「アンセルムだ！」

「この者は、ここの聖具保管役だったね？　どうやら彼は、個人的収入のうちかなりの分を蝋燭の販売から得ていたようだ。もちろん、蝋燭の件に関する彼の異議申し立ては、もっと崇高にして、霊的な動機に基づくものだが。そう、アンセルム神父だ、参事会の主要会員にして、聖母大聖堂教会の聖具保管役殿でもある。自分専用の印章も持っておる者だな」

「アンセルム！」

（姿が小さくなって、遠ざかり、長いトンネルの向こうへと消えていく——）

「参事会長殿。あなたが、この——告発の全般的内容について、同意するか不同意するかしてくれれば、これからの道筋ももっとはっきりつけられるのだが」

「何なりとお訊きくださいと申し上げました」

「確かに、ではそうしよう、参事会長殿」

使者は文書をがさごそとそろえた。ジョスリンは両手を胸の前で組み合わせ、質問を待ちながら、長机の下に並んだサンダルの列を眺めた。やがて使者が目を上げた。

「あなたは、その、ここに書かれている『絶え間ない礼賛の織りなす豊かな緞子《どんす》』なるものが、必要もないのに中断されてきた、という指摘に、同意しますか？」

ジョスリンは、勢い込んでうなずいた。

「そのとおりです。まさにそのとおり！　そのとおりですとも！」

「では、ご説明を」

「建築を始める前に、東端はできるだけ密封し、目張りもしまして、礼拝は聖母礼拝堂で行ったのです」

「通例に沿ってなさったわけですな」

「それで、そのときは、礼拝は続いておりました。しかし、しばらくすると、皆が何か危険を感じるようになったのです。四本柱が歌い始め、それから曲がり始めると、参事会員の誰も、平信徒の誰も、そこで礼拝をする度胸をなくしてしまいました」

「では事実として、教会の礼拝は止まってしまったと？」

ジョスリンはさっと顔を上げると、両手を広げた。

「違います。この——複雑な事情を了解してもらえるなら、そうではないとおわかりいただけるのでしょうが。私は、片時もその場を離れなかった。それが一種の礼拝だったのです。私はそこにいました、そして彼らもそこにいて、神の家に更なる栄光を加えておったのです」

「彼らとは？」

「職人たちです。確かに、人数はだんだん減っていきました。しかし、最後まで踏みとどまった者も数名いるのです」

使者は何も言わなかった。しかしジョスリンは、理解されていると感じたので、矢継ぎ早に言葉を続けた。

「あなたがそこにお持ちの文書に、誰の名前と印章が付してあるのか、一名を除いて、私には皆目わかりませんし、苦情の内容も、大まかなこと以外はわかりません。私にわかっていることといえば、信仰者にそばにいてほしいと私の周りを見回したとき、誰も見つからなかった、ということだけです」

使者はこれを、予想していなかった正当な返答だと思ったらしい、とジョスリンは見てとった。味方の顔を前にして、出し抜けにジョスリンは、すべてを説明したいという熱情に駆られた。

「三種類の人間がいたのです。おわかりでしょう。逃げ去った者たち、踏みとどまった者たち、そして建物の中に組み込まれた者たちです。パンガルは——」

「ああ、そうだ。そのパンガル」

「彼女は、建物じゅう至るところに織り込まれているのです。死んだのですが、私の頭の中で生き返ったのです。今もそこにおります。ことあるごとに、私の前に立ち現れるのです。以前は生きていなかった、今みたいな形では生きていなかったのですが。それから、あの男のことも、私には前からわかっていたはずでした、おわかりのように、地下納体堂で、私の心の地下室で、私にはきっとわかっていたのです。でも、もちろんすべて必要なことでした。資金調達と同じように」

「金のことについて、今ここで少し質問したいのだが。これはあなたの印章ですね？　これも？」

「そのはずです。そうです」

「あなたは裕福なのですか？」

「いえ」

「では、これだけの支払いは、どうするおつもりだったのです？」

「神が四本柱を支え給い、聖釘を備え給うたのと、同じやり方で解決されるのです」

そこへまたあの歌ならぬ歌が、記憶の不在の音が、すべてを圧倒する音が聞こえ始めた――。ジョスリンは、書記が忍び足で席に戻るのを何の関心も持たず眺め、名無し神父が証人席の椅子のやや斜め後ろに立っているのを知った。悪鬼どもが窓をひっかいてガタガタいわせているのが聞こえる。ジョスリンは、奴らよりも先に尖塔へ着かねばと、心の中で走った。

「使者さま、こうして話を続けている最中にも、尖塔は倒れてしまうかもしれません。どうか聖釘を私にお与えください、それを打ち込まねばならんのです！」

太い眉の下から、使者はジョスリンを凝視していた。

「あなたは本当に、釘が一本ないせいで、尖塔が倒れると――」

ジョスリンはさっと片手をあげて、使者を制した。顔をしかめながらジョスリンは、記憶の縁まで迫り来たあの歌を聴き取ろうと身悶えした。しかしそれは、アンセルムが消えていったのと同じように、霧散してしまった。顔を上げると、使者が椅子の背にもたれかかり、奇妙な微笑みを浮かべているのが見えた。

「参事会長殿。あなたの信仰の篤さには、敬意を表するより他ありませんな」

「私の?」

「あなたは誰か女性のことを口にしましたね。誰です? われらの聖母のことですか?」

「いいえ! とんでもない! 滅相もない。あの者の妻のことです、パンガルの。おわかりでしょう、あの寄生樹《やどりぎ》の実を見つけてからというもの――」

「それはいつかね?」

質問は、石材の縁のように固く鋭かった。七人の男たちもぴたりと動きを止め、こちらをじっと、真剣に見つめているのにジョスリンは気づいた、まるで裁判のようだ。

そうだったのか、とジョスリンは思った。なぜもっと前に思いつかなかったのだろう。私は裁判を受けているのだ。

「わかりません。思い出せないのです。ずっと以前のことです」

「人が『建物の中に組み込まれた』というのは、どういう意味か?」

ジョスリンは両手で頭を抱え、目を閉じて体を左右に揺らした。

「わかりません。答えるに足るだけの言葉がないのです。複雑な事情が――」

それから長い沈黙が訪れた。ようやく目を開いてみると、使者はまた態度を和らげ、味方のようなやさしい微笑みを浮かべていた。

「話を続けねばなりませんな、参事会長殿。最後まであなたとともに踏みとどまったという、その職人たちのことだが。それは善き者たちなのですか？」

「ええ、そうですとも！」

「まことに善き者たちであるか？」

「まことに、この上なく善き者たちでございます！」

だが長机の上でがさごそと、文書がやりとりされていた。そのうち一枚を手に取ると、使者はその内容を、無感情な声で読み上げた。

「『人殺し、凶漢、荒くれ者、ごろつき、強姦者、名うての密通者、男色家、無神論者、もしくはそれ以下の者たち』とある」

「私は……いえ、何でも」

使者は文書越しにジョスリンを見つめていた。

「善き者たちか？」

ジョスリンは右の拳を左の手のひらに打ちつけた。

「あの男たちは、勇ましき者たちでございます！」

使者は突然の憤怒を込めて息を吐き出した。持っていた一枚を、他の文書の山へと投げ出した。

「参事会長殿。この問題の根底には、いったい何があるのだ?」

ジョスリンは、平明な形で問われたことをありがたく思い、使者の質問を胸に押し抱いた。

「はじめは、至極単純だったのです。もちろん、純粋に人間的な次元での話ですが、これは恥辱と愚かな酔狂の物語に過ぎません——ジョスリンの酔狂とも呼ばれております。おわかりでしょうか、私は幻視《ヴィジョン》を見たのです、はっきりとした、まごうことなき幻視《ヴィジョン》を。至極単純なことだったのです! これこそが私の務めとなるはずでした。私はそのために選ばれたのです。でもやがて複雑になって、事態がこんがらがり始めました。初めは、緑の若芽がたった一本、それが絡みつく巻きひげとなり、いくつも枝を伸ばし、そして終いには蔓延《はびこ》り茂る混乱へと育っていき——私はわが身を献げましたが、そうしてからも私に何が求められているのか、わかっておりませんでした。それから、彼と彼女が——」

「幻視《ヴィジョン》のことに話を戻しなさい」

「そのことを書いた帳面が、私の収納箱の底、左隅に入れてあります。それが何かの役に立つとお思いでしたら、どうぞお読みなさいませ。まもなく私は説教を致します——交差部に新しい説教壇を作らせますので。そうすれば皆が——」

「そうすると、あなたは、その幻視《ヴィジョン》ゆえに、尖塔建設こそが何をさしおいてもせねばならぬことだと思うに至ったというのか?」

「まさにそのとおりです」

「そして、すべてはこの幻視《ヴィジョン》から、いや、黙示から——どちらと呼ぶべきと考えるね?」

「私は学びの足らぬ人間です。[*1]どうぞご容赦願います」

「あなたのいう、この幻視《ヴィジョン》から、他のありとあらゆる事態が生じたというのか？」

「然り、まさにそうです」

「このことを誰に打ち明けたのか？」

「もちろん、私の聴罪司祭に、です」

窓の外では、悪鬼どもの姿がもうほとんど露わになりつつあった。ジョスリンはじりじりして使者の方を向いた。

「使者さま。こうして私たちが坐っている間にも――」

しかし、使者は片手をあげた。書記が長机の左端から発言している最中だったのだ。

「アンセルムのことでございます、使者さま。聖具保管役の」

「あの、蝋燭のことにばかり拘泥している男か？　その者があなたの聴罪司祭なのかね？」

「以前はそうでした。あの女の聴罪司祭でもありました。知っているのに同時に知らぬという苦痛を、わかってくださるといいのですが！」

「では、聴罪司祭を替えたのか？　いつのことだね？」

＊1　旧約聖書イザヤ書第二九章一一～一二節には、神をないがしろにして酔い痴れる民や指導者への警告が書かれている。そういう者たちにとっては、神から黙示が送られたとしても、それは封じられた書物のようなものでしかなく、学識ある者からは「封じられているから読めない」と、学びの足りない者からは「字が読めないからわからない」という空しい答えが返るばかりだ、という。

「私が……いえ、手続きはしておりません、使者さま」

「では、あなたに聴罪司祭がいるとすれば、まだそのアンセルムだというわけだな」

「そうなのでしょう。そうです」

「参事会長殿。あなたが最後に告解をしたのは、いつか？」

「思い出せません」

「一ヶ月前かね？　一年？　二年前か？」

「思い出せぬと申し上げました！」

質問がジョスリンに押し寄せ、ジョスリンをまた椅子へと追い込んだ、不公平で返答不能な質問が。

「そしてその間ずっと、あなたは霊における同胞を遠ざけ、職人どもと交わっていたわけだ、それも聞くところによれば、単に悪しき者たちと呼ぶだけでは済まされぬような者たちと、だ」

この質問はジョスリンめがけてのしかかり、広がって一つの山となった。それに返答するには、どれほどの高さにまで、梯子から梯子へと伝って登りつめねばならないか、ジョスリンは見てとったので、再び登る準備をした。立ち上がり、右手を下に伸ばし、僧衣の裾を両膝の間から引っ張り上げてひねると、腰紐にたくし込んだ。

七人の男たちも立ち上がっていた。ステンドグラスの窓の中で弾んだり揺れたりしている聖人たちよりも、彼らは静かで、微動だにしなかった。

使者はゆっくりと席に腰を沈めた。その微笑みは、また愛想の良い表情に戻っていた。

「ずいぶんの骨折りで、さぞお疲れでしょう、参事会長殿。話の続きは明日にしよう」

「しかし、ここで時間を無駄にしているさなかにも、あの者どもが、そこに、窓の外で——」

「この印章の権限をもって、あなたが役宅へお戻りになることを命じます」

優しく慇懃《いんぎん》な口調ではあった。しかし、その印章をまじまじと見つめた後、ジョスリンはついに答えるべき言葉がないことを知った。ジョスリンは退席しようと踵《きびす》を返し、七人の男たちは黙礼した。だがジョスリンは、もう黙礼を交わすような段階など、とうに過ぎてしまっただろうに！　と内心思った。カツンカツンと靴音を響かせながら、ジョスリンは文様《パターン》を湛えた舗床を進み、肩口には名無し神父がぴったり張りついていた。ジョスリンの背後で扉が閉まった。回廊には霊におけるジョスリンの同胞たちがずらりと並んでいた。先ほどよりも体は若干大きくなってはいたが、それでも大した大きさではない。だから彼は、居並ぶ眼《まなこ》の列の間をそのまま歩いていき、心から同胞たちを追い払った。

西の扉のわきで、ジョスリンは片耳と片目をぴくりと上に向け、悪鬼どもが暴風雨に手出ししてどう変えようとしているのか見やった。奴らはもう解き放たれてしまった、いや、自由の身になろうとしている最中だ。すでに十二分に好き放題やり始めている。嵐の方向は南東から東へと変わっており、だから大聖堂西側正面のこのあたりには、風の当たらない場所ができている。流れ落ちる雨水もここでは吹き飛ばされることなく、壁や屋根の何十もの溝《みぞ》から滝のように正面を洗い、石造りの口から噴き出された水は、階段の前の砂利道を、一枚の布のようになって絶えず浸している。これだけの水を吐き出しておきながら、空は明るく高く、縦糸横糸となって綾をなす幾条もの雲が見えるばかりだった。雨は、目に見える雲から降っているのではなさそうだ。まさに他ならぬ空気がそのまま雨を生み出し――まるで空気がスポンジと化し、あちこちに水を噴き出しては、半端に雨粒を落としているみたいだった。

だが、名無し神父が相変わらずそばに立っている。

「さあ、参事会長殿」

外套がジョスリンの肩に被さった。

「頭被りを。では」

そっと静かに、肘が押さえられるのがわかる。

「こちらです、参事会長殿。ここを渡りましょう。今です」

風の当たる場所へ出ると、二人は風に殴られながら、押されるようにして参事会長役宅へと急いだ。寝床のある二階の部屋に着くと、ジョスリンは外套を肩からするりと落として礼拝堂付き司祭に渡し、床を見つめながら立ちつくした。胸にはまだ締め綱が巻きついている。

「完遂のときまで、眠ったりするものか」

窓の方を向き、バケツでぶちまけたような雨が打ちつけるのを見守った。背中で天使と悪鬼が争っているのが感じられた。

「皆のところへ戻りなさい、今すぐ戻るのだ。行って伝えろ、聖釘を今打ち込まねば、手遅れになってしまうと。これは競争なのだ」

ジョスリンは目を閉じたが、すぐさま、祈りが不可能であることを思い出した。そこで再び目を開き、名無し神父がまだその辺でぐずぐずしているのを見た。

苛立ったジョスリンは彼に命じた。

「まだ上長たる私に服従する義務があるはずだ。行け！」

次に目をやったときには、あの小柄な男はいなくなっていた。

ジョスリンは部屋の中を行ったり来たり歩き始めた。あれが打ち込まれさえすれば、尖塔とあの魔女が私をしつこくさいなむこともなくなるだろう、と思った。おそらくいつの日か、あれが悪しき女だったと知れる日が、いかほどに悪しき女であったかが私にもはっきりわかる日が来るだろう。だが今は、尖塔に専心するのだ。そして聖釘に。

しばらくのち、彼は窓のすぐそばに立った。しかし、窓では雨粒が震えたり、あてどなくさ迷ったり、かっさらわれたみたいに消滅したりしているせいで、何もはっきりとは見えなかった。何らかの音信《おとずれ》を待ったが、何も来なかった。私は自分が愚かだと言ったが、あれは私が思っていた以上に真実の言葉だな、とジョスリンは思った。皆のところへ自分で足を運ぶべきだった――私はここで一体何をしているのだ？　しかしそれでもジョスリンはその場に立ち続け、窓に差す光が徐々に消え風がとどろき続けるのをよそに、両手を握りしめては、唇を結んだりゆるめたりしていた。窓がただのくすんだ長方形のようになったところで、立ち続けるのにも倦み疲れたことに気づいた。そこで寝床へ足を運び、服をすべて着たまま横になって待った。一度、何かが砕ける音がして、役宅の屋根のどこかがガチャガチャいうのが聞こえ、ジョスリンははっと身を起こした。その後はもう横になっていられず、深い暗がりのなか、片肘をついて耳を澄ませていた。尖塔が倒れるのを百回も目にし――百回も耳にしたので、しまいには疾風がジョスリンの頭の中で吹きすさぶのだった。少しまどろんでみようとしたが、寝ても覚めても同じ悪夢の中なので、眠っているのか起きているのかわからなくなった。他のことを考えようとしても、尖塔が頭の中にしっかり根を下ろしているものだから、他に考えることなど存在しなかった。ときには風が少し止むことがあって、彼の心臓も弾けたように鼓動を始める。しかし風は必ず舞い戻り、鞭の勢いで窓を一撃すると、やがて絶え間ない咆吼となるのだった。

そういうわけでジョスリンは、まどろむか目覚めているのかしながら、横になっていた。夜のある時点に、窓が一気にまばゆい光に輝き、そのせいで寝床の上のジョスリンの体はぎゅっと縮んだが、その雷鳴も風の轟音を貫いて耳に届くことはなかった。それから屋根葺《ふ》き材がまたいくつか砕ける音がして、板瓦が何枚も滑るように飛んでいった。そのときジョスリンは、窓のところで見張っていたら、稲妻の光に照らされて、建物が今どうなっているか確認できるかもしれないと思い至り、のろのろと寝床を離れると、窓辺に立って雷光を待った。次に稲妻が走ったとき何も見えなかったのだけれども、それは窓の方角が悪かったのだった。そこでジョスリンはわずかに体の向きを変え、かすんだ回廊中庭をどうやら探し当てた。近づき、顔を押し当て、打ちつける雨音を聞いていると、次の稲妻が光った。一瞬見えた、とさえ言えぬほどの短時間であった。目に痛く、両手を両目にかぶせた後も光は緑色になって残った。光のなかに瞥見《べっけん》された巨体が、塔《タワー》なのだとはわかったものの、どういう形なのかははっきり判別できず、傾いていたのか、上に尖塔が取り付けてあるのかどうかも定かではなかった。よろよろと寝床に戻り、横たわった。うつ伏せになって、何をさしおいてもまずは、昔の幸福だった頃のことを考えようとした。アンセルム神父といっしょだった、あの頃アンセルムは修練士を教える師だった、いや彼自身まだ修練士だったたっけ、海にほど近い、陽光の当たる土地でのことだ。それからまたジョスリンは起き上がり、窓辺に立った。しかし次の雷光は大聖堂の遙か向こうの遠くで光ったので、不格好な黒い巨体がこちらへ向かって驀進してくると見えたように感じられた。それから彼はまた身を横たえたが、その後うとうとしてしまったのか、それともまるっきり失神してしまったのか、自分でもわからなかった。

ジョスリンは深い井戸から這い上がった。てっぺんではまるで蓋のように平板な音が響いていた。だが、この音がジョスリンを上へと引きつけたのではなかった。他の物音がしたのだ、鳥の鳴き声と聞き紛うような、かぼそい悲鳴が。突然ジョスリンはかっと覚醒し、極度にかすんだ灰色の光に包まれて、自分がどこにいるのか、はっきりと知った。階段を上がってくるその喧噪も聞き取れた。

寝床から転がり出ると、足早に扉へ向かった。

「私はここにいるぞ。わが子らよ、勇気をもつのだ！」

しかし、扉の向こうの声は金切り声で、すすり泣いていた。

「――しかも、よりによってこんな時分に――」

「――神父さま！」

階段に向かってジョスリンは叫んだ。

「おまえたちに、いささかの害も及ぶことはない！」

ジョスリンの足下に手が伸びてきて、僧衣を引っ張っていた。

「街が壊されているのです！」

「家の屋根が丸ごと一つ、墓場まで吹き飛ばされて、粉々になって――」

ジョスリンはその手に向かって叫んだ。

手がジョスリンの体を伝い登り、髭の生えた顎がジョスリンの顔に向かって突き出る。

「尖塔はどうなった?」

「尖塔は倒れかけています、師なる神父さま。暗くなる前から、もう石がいくつも欄干から落ち始めていて……」

ジョスリンは手から身を引き剥がすと、窓辺へ急ぎ、愚かにも指でこすればかすんだ灰色を拭《ぬぐ》い落とせるとでも思ったかのように、窓をこすった。それから急いで階段のところへとって返した。

「悪魔《サタン》が解き放たれてしまった。だが、いささかの害も来させるものか。誓って言うぞ」

「お助けください、師なる神父さま! わたしらのために祈ってください!」

そのとき、微かな光のなか、人の手やら風の轟音やらの向こうに、ジョスリンは自分のやるべきことを見据えた。ジョスリンは歩み出ると、手や風音をわきに押しのけ、僧衣の裾をその手から引き剥がし、肘をつかむ手をふりほどいた。それからは邪魔されることもなく、一歩踏み出すごとに、足下に石段を感じた。玄関広間と、掛け金の付いた扉を見つけた。もどかしげに掛け金をはずすと、扉が猛烈な勢いで内側に開いたので、ジョスリンは吹っ飛ばされて広間を突っ切った。風を回り込むように這いずり、そして向かい風を押し分けながら戸口を抜ける。また風にあおられて壁に叩きつけられ、ジョスリンはハアハア言いながらしばらく壁に張りついていた。やがて風の顎《あぎと》が銜《くわ》えていたジョスリンを放したので、ジョスリンの体は砂利道の上に落ちた。よろよろ進みかけたとたん、また風が彼を捉え、再びジョスリンは投げ出され、四つん這いになった。すでに体は、川に落ちたみたいにずぶ濡れだ。ついに私も、他の男たちと同じく、体を使った仕事をするようになったんだな、そんな混乱した考えを抱きつつ、ジョスリンは風をかいくぐるようにして小道を渡り、墓場へ向かった。両手ひと抱え分もある何かが顔にぶちあたり、イラクサのようなものに刺された感覚が残った。木でできた十字架が立つ盛り土の陰の、風が当たらないところへ転がり込んだが、僧衣の裾がぴしぴしと脚に打ちつけてくるので、たくし上げて腰紐にはさむことにした。どこからか飛んできた一枚の木摺《きずり》が、ジョスリンの太股に痛々しいミミズ腫れを作った。

少し頭を上げ、目を細めて、風除けになってくれる墓の向こう、灰色の光のなかを覗き込んでみた。まさにそのとき、悪魔《サタン》が広大無辺な山猫の姿と化して、北東の地平線から四つ足で跳ね上がり、わめきながらジョスリンとジョスリンの酔狂に向けて飛び降りてきた。ジョスリンの喉のあたりで外套が弾け、黒い鴉のようにはためきながらどこかへ飛び去ったが、ジョスリンの手はまだしっかり木製の十字架にしがみついていた。狡知を働かせ、ジョスリンは山猫が若干疲れをみせるまで、その場に身を伏せていた。それから、墓から墓へと、木の十字架をつかんではいちいち風下に入りながら、ようやく大聖堂の西側正面扉わきにある一番広い風除けにもぐり込み、扉を通り抜けると、背中で扉にもたれかかったまま息も絶え絶えに喘《あえ》いだ。扉にもたれていた一瞬の間、大聖堂には満杯の会衆が集まっているのかと思った。だが、光が泳いでいるのは自分の頭の中のことであり、今聞こえている歌声も実は、地獄を這い出してきた悪鬼どもの声なのだ、とジョスリンは悟った。薄暗い高みに奴らは群れ飛び、憤怒をふんだんに示しながら数々の窓を叩き、揺さぶり、打ち砕こうとしており、西側正面の大窓をまるで船の帆みたいに野太い音で鳴らしている。だがジョスリンは、連中がこちらめがけてすうっと飛び降りてきても、小鳥ほどにも気に留めなかった、なぜならジョスリンは自分の体の外に出てしまっていて、手を引かれて歩を進める男さながら、目覚めているのと同時に眠っているようなものだったからだ。ワア！　ワア！　と悪鬼は叫び、ヤア！　ヤア！　と叫び、鱗に覆われた翼でジョスリンに打ちかかったかと思うと、次には歌う柱や窓や震えるアーチ型天井へ飛び移り、破壊を試みる。ジョスリンは身をかがめ、半ば暗闇に包まれた身廊を走ったが、その間誰かの声を聞いた、たぶん彼自身の声なのかも知れないが、悪鬼のわめきを真似ていた。列拱《アーケード》が石の肩をこわばらせながら呻くのが聞こえる。ジョスリンが目の前に人けのない主祭壇を見据えたとき、悪鬼どもは中央の迫持《せりもち》から怒り狂って飛び立ち、弧を描いて旋回した。ジョスリンはおぼつかない手つきで祭壇をまさぐり、銀の箱を、まるでただの釘しか入っていないかのように、乱暴にひったくった。南袖廊から何かの割れる音がして、石が粉々に砕けたらしかった。北袖廊からは、野太い轟音と、氷のようなガラスがかすめ飛んでくる。螺旋階段へ続く入り口で悪鬼どもと格闘になったが、ジョスリンは聖釘の力で退散させた。階段を登るにつれて、心臓の鼓動は喉元までせり上がり、下層の楼室に辿り着いたときには、きらきら舞い踊る光に四方を囲まれて目が見えないほどだった。もはや耳も音を受けつけなくなっている。それまで尖塔はささやくような諫言を発するだけだったのに、今では、解き放たれた悪魔《サタン》の咆吼を、いわばどこまでも続く黒い背景音として、怒号と悲鳴をとどろかせているせいだ。木材も石も、もはやわずかに揺れる程度では済まなくなっている。急にぐっと傾ぐものだから、ジョスリンは横ざまに投げ出されそうになったり、海行く船のマストを登っているみたいに梯子にしがみついたりするのだった。咆吼とどろく視界の片側には、絶え間ない破壊と落下が見える。塔のてっぺんにあるテント状に組まれた木材の中では、割れた石や木っ端で床が埋め尽くされ、ジョスリンはその中をひっかき回すようにして、尖塔にかかった第一の梯子の脚をまさぐって探した。見れば、すぐ左横に悪鬼が一匹、ゆっくりと灰色の日光の口を開けたり閉じたりしている。その後は、梯子また次の梯子と登って、暗闇目指してジグザグに進む――ある梯子はつい先ほど脚が床から離れてしまってぶらぶらしており、また別の梯子は、楽器の調弦みたいに弓なりに撓《たわ》んではブーンと唸っていた。暗闇のなかは木の裂片だらけで、梯子をよじ登るジョスリンをひっかき突き刺してきたが、背中で燃える天使に押し上げられるようにして、箱は服の裾を持ち上げた中にねじ込んだまま、彼はひたすら上に向かい、やがてまるで煙突に入っているみたいに外壁に取り囲まれた窮屈なところまで進み、石の薄壁と木材との揺れ方の違いも肌で感じられるほどになって、それからとうとう身を置くぎりぎりの空間しかないところに縮こまると、彼は箱の蓋をおぼつかない手つきで開け、包み布を捨て、聖釘を職人のようにむんずとつかむと、片脚と片肘だけで体重を支えながら、柔らかい銀製の箱を使ってガンガンと聖釘を木に打ち込み、おぼつかない手で手探りしては、また打ちつけて――

尖塔がたてる音も、尖塔自体さえも、ジョスリンの頭から消えた。箱を手から離すと、箱は落ちながら不規則な音をたてたが、それも耳に入らなかった。ジョスリンは梯子を一段また一段と下り始めた。梯子段をつかむ手が、どうしようもなく震えだすのを感じたので、体全体で梯子にしがみついた。螺旋階段まで辿り着いた頃には、四つん這いでしか進めなくなっていた。

尖塔は安全になったが、身廊はまだ悪鬼どもの手中にあった。そして、ジョスリン自身も、悪鬼の魔手から安全ではなくなっていたのだ。彼の天使は去り、あの甘美な悪鬼が、熱い手のように背中にのしかかっている。まどろみの水位が上がってきて、それを押しとどめるすべはなかった。階段から這いずり出て、灰色の周歩廊に入り込み、砕けた石の間にうつ伏せに身を横たえてみると、あたかもあらゆる物質実体がそっと開花していくかのように思われた。悪鬼どもは金切り声をやめ、今は歌っている。そっと、無慈悲に歌っている。悪鬼たちは姿を変え、人間のふりをしてジョスリンの頭の中に現れた。

ジョスリンは砕けた石に向かって話しかけた。

「聖釘を打ち込んだよ。その釘がないせいで、おまえは倒れてしまうところだったんだよ!」

しかし悪鬼どもは、ゆるやかにジョスリンを縛りあげ、近づいてくる幻視《ヴィジョン》を彼に示した。たちまちにしてジョスリンは、陽の当たる境内を突っ切った向こうの、咲き乱れる雛菊に楡の木が影を落としている場所を見つめているのだった。そこでは悪鬼たちが三匹、小柄で甘美な姿をして、踊っている。ジョスリンは、木影の長い線を伝って近づいた。三匹は踊りながら手拍子を打って、歌っている。

「お釘がないと、蹄鉄《かなぐつ》うせる。
蹄鉄ないと、おうまがうせる。
おうまがないと、のりてがうせる。
のりてがないと、王さまのお国ゃうせる——」＊2

ジョスリンは、今より若返った自分が笑いながら、続きを引き取って歌ってやるのを聞いた——

「蹄鉄のお釘がなかったせいでよ！　さあ、お嬢ちゃん、こちらへ来なさい」

　するとその悪鬼は、他の二匹が走り去った後に、草の上を歩いて近づいてきて、ジョスリンは、その無垢と美しさを愛おしむように見下ろしながら立っていた。ジョスリンがやさしい言葉で詮索すると、少女はもじもじし始め、両手を背中で組んで、赤髪の頭を左右に揺らし、ほっそりした足をもう一方の足にこすりつける、そのさまをジョスリンはじっと見ていた。まったく意味がわかっていないまま少女がこう返事するのが聞こえた――

「でも、ただのおふざけの遊び歌だったんです、神父さま！」

　このかりそめの国には、青空と光が満ち、合意があって罪は少しもなかった。少女は赤い髪以外は一糸まとわぬ裸体となって彼に近づいてきた。微笑みを浮かべ、言葉の出ない口からもごもご唸り声をあげていた。その音がすべてを説明してくれた、とジョスリンは知った、その音があらゆる苦痛と隠匿を取り払ってくれたのだ、そうなるのが、このかりそめ国では当然の流れなのだから。この悪鬼の顔を見ることはできなかった、それもかりそめ国の常道だったから。だが、彼女がそこにいて、彼の方に近づいてきていることは、今彼が彼女の方へ近づいているという事実と同じくらい、確かにわかっていた。それから、口にするのがはばかられる善き甘美さの波が一つ、また一つと打ち寄せてきて、そして贖罪が訪れた。

　その後、すべてが空《くう》と化した。

＊2　英国伝承童謡マザー・グースの歌詞より。和訳は北原白秋のものに少し手を加えた。

第十章

意識はきわめてゆっくりと戻ってきた。頬は砕けた石に張りついており、日光は避けがたくそこにあった。目が開いてからも、ずいぶん長い間、目以外の部位は動かなかった。視線を長い通廊の先へと伸ばすと、見慣れた記念像が見えた。その像へ自分をしっかりと繋《つな》ぎ留めるようにして、一インチ刻みに像をじっくり検分したが、それは、こうして時間を埋めていれば、他のもっと良くないものが忍び込んでくるのを避けられそうだったからだ。しかしその像は助けになってはくれず、それを言うなら他の何ものも助けになってくれることはないのだった。ついにジョスリンはなすすべもなく、新たにわかったあの事実に首根っこをつかまれたまま、逃れられなくなった。

彼がようやく言葉を発したのは、このときであった。

「当然じゃないか。知っておくべきことだったのだ。理解していなければならなかったのだ」

教会の中に物音が響き、どうやら遠くの扉が閉まる音と、人の声らしかった。ジョスリンは立ち上がると、足を引きずってゆっくり交差部へ向かった。交差部へ歩み出たとき、叫び声が起こった。召使いが二人駆け寄ってきたが、その後ろにはアダム神父の姿もあった。ジョスリンは礼拝堂付き司祭が近づくのを、頭も両手もだらりと下げたまま待った。

「私に何をしろというのだ？」

「私と一緒においでなさい。あの女が待っています」

「女？」

しかし、こう問い返しているさなかにも、あの娘《こ》は死んでしまったのだと思い出していた。この女というのはアリスン、居心地のよい墓を用意してもらいたがっているあの女のことだ。

「わかった、会おう。あの女なら何か知っているかもしれぬからな。つまるところ、あれの全人生そのものなのだし」

そこで二人は、召使い二人を従えて、いっしょに身廊を進んだ。あの娘がよく姿を見せていた一角に人影があったので、ジョスリンの心臓がびくりと動いた。だが見ると、その人影はあの若い唖者《あしゃ》で、唸り声さえ発していなかった。ジョスリンは、恥辱がこの若者までも取り込んでしまったことを知って、目を背《そむ》け、導かれるままに扉をくぐった。

参事会長役宅の前庭で、ジョスリンは足を止めた。

「私はまだここに立ち入ることができるのか？」

「そのように決定されました。当座だけの許可ですが」

ジョスリンはうなずき、見慣れた石を踏み越えて中へ入った。他にも多くのものが変わってしまったが、役宅の玄関広間も変貌していた。丸太が燃える暖炉、蜜蝋の蝋燭が、祭壇もかくやとばかりに至るところで灯されており、暖炉と二脚の椅子の前には絨毯まで敷かれている。蝋燭があまりにまぶしいものだから、椅子はほとんど見えないほどで、その蝋燭は、ときおり自分の目の前で揺らめく光沢のかけらに酷似している、とジョスリンは思った。しかし、部屋の変貌ぶりをそれ以上調べる時間の余裕はなく、例の女は背後に別の女たちを従えて、暖炉をはさんだ向こう側の椅子にもう腰掛けていたのだった。ジョスリンが絨毯の縁まで近づくと、女は立ち上がり、両膝をついてジョスリンの手を取り、キスをして呟いた。

「師なる神父さま。まあ、ジョスリン！」

それでも表情を変えぬまま、女は立ち上がり、他の者たちのほうへ半ば振り向きながら言った。

「お湯と、タオル、それから櫛も要るわね、それに……」

ジョスリンは片手をあげて、叔母を制した。

「かまわないで」

沈黙と静止が続いた後、ジョスリンはお付きの女たちを眺めた。

「この者たちは、皆下がらせてほしいのですが」

女たちの影が退《しりぞ》いた。皆出ていった後、アリスンはジョスリンの手をとり、そっと押さえるようにして、それからジョスリンを椅子に坐らせた。ジョスリンは体の左側に、暖炉の柔らかな暖かさを感じた。叔母の体がとても小さくて、子どもとそう変わらないくらいでしかないとジョスリンは見てとった、向こうは立ったままなのに、叔母の顔は、こうして坐っている自分の目と、高さがほんの少ししか違わないのだ。彼女はジョスリンの肩越しに向こうを見た。

「甥っ子ちゃん、あの礼拝堂付き司祭も、下がらせてもらえないかしら？」

「ここにいなければならんのです。私はこの者の監督下に置かれているのですから。それに、そうでなくとも、私とあなたが二人きりになるのは、好ましくない」

　これを聞いたとたん彼女は笑い出した。

「あらあらお世辞だこと、礼を言うわ」

　ジョスリンには彼女の言っていることが理解できなかったが、理解しようと努力する気もなかった。

　そんなジョスリンの気持ちを見透かして理解したように、アリスンはまじめな顔になってうなずいた。

「おまえって人が、どれほど偏狭な態度をとる人間だか、忘れてたわ」

「私が？」

　偏狭。偏りと狭さ。物事の中心からはずれていて、度量や視野《ヴィジョン》が狭いこと。

「そのとおりかもしれません」

　しかし彼女の顔はほんの一ヤード先にあって、いくらでも見つめることができる、その顔は愛想そのもので、色の白さは、かぶっている黒い頭巾の縁取りにあしらってある真珠にも見劣りしないほどだ。頭巾を脱げば、黒髪が現れるはず——いや、元は黒かった髪、というべきか。ジョスリンは、細く弓なりになった眉を見つめ、目の黒い瞳を覗き込んだ。アリスンは笑い出したが、ジョスリンは気むずかしげにそれを制した。

「静かになさい、女よ！」

　それでアリスンは、微笑みながらも言いつけられたとおりにじっと立っていた。

　黒い服、それも盛装だ。首元にも真珠が飾られている。手は——彼の望みを理解したかのように、彼女はそこで手を差し上げた——手はふっくらとして色白。この手の向こうにある顔は——またもや気持ちを理解したかのように、あげた手を横にずらし——笑みを湛えた顔は、手と同じくふっくらとして、ほんのわずかだけ肥満の側に傾いているかなという程度。ちっちゃな口、つんとした鼻。瞼は暗い色できらきらして、たぶん何か塗っているのだろう、それに長くて密な睫《まつげ》。見ると、下の睫には滴《しずく》がひっかかっている。

「あの母の妹が、あなたのような女だとは」

笑みはしかめ面に変わり、滴は下に落ちた。それでもなお、彼女の声は軽やかで楽しげな調子のままだった。

「二人姉妹のうち、おいたが過ぎる方、って呼ばれたものよ」

出し抜けにアリスンはすばやい動きになり、片手になにやら白い切れ端を握っていた。

「せめてこれだけでもさせてちょうだい」

アリスンがこちらに身をかがめたので、ジョスリンは唐突に春の息吹につかまえられ、頭がくらくらしてしまい、思わず目を閉じた。いくつもの記憶がひしめくなか、ジョスリンは叔母の手にある白いものが頬に触れ、拭ってくれるのを感じ、別の手が髪に触れるのも感じた。叔母がまた呟くのが聞こえた。

「いくら戒律だ何だって言ってもねえ……」

香水に包まれながらジョスリンが目を開けると、叔母はまだせっせとジョスリンの身繕いをしていた。ほんの数インチしか離れていないところから、ジョスリンは叔母の顔をまじまじと見た。その容色を保つのに、どれほどの入念な手入れが施されているのかが見てとれた。なめらかな肌にも、実は編み目のような線が走っているのだが、一本一本が細すぎて離れたところからは見えないだけだった。目尻や愛想たっぷりのおでこにはもっと深い線があるのに、それが皺《しわ》にならずに済んでいるのがいい例で、顔全体は脂肪の付き過ぎた箇所と脂肪の不足部分とが、うまく折り合いをつけて成り立っているのだった。この顔は、ある表情から次の表情へと舞い飛ぶようにくるくる変わることで、わが身を護っており、表情が一つにとどまった日にはだらりとたるんでしまう、そういう顔だ。ただ、目と、おちょぼ口と、鼻とが、防衛の必要がない堅牢な稜堡《りょうほ》よろしく、持ちこたえている。ジョスリンはその顔に対して、距離を置いた憐れみのような感情をおぼえたが、どう表現したらいいかわからなかったので、代わりにぼそぼそと言った。

「ありがとう、ありがとう」

アリスンはようやくジョスリンの顔をいじるのをやめ、絨毯の向こうへと春を連れ去り、くるりと振り向くとジョスリンの正面に腰掛けた。

「さて甥っ子ちゃん、それで？」

そこでジョスリンは、彼女が来たのは質問に答えるためではなく、彼から何かを手に入れるためなのだと思い出した。ジョスリンは頭の横側を撫でた。

「私に送って寄こした手紙の件と、あなたのお墓のことだったら――」

アリスンは両手をあげて大声を出した。

「全くもって、そんなことではないのよ！　そんなこと考えないでちょうだい！」

しかしジョスリンは注意をそのことに集中していた。

「たぶん、もはや私に決定権はないと思うのです、はっきりしたことは知らないが。アダム神父なら——」

ジョスリンは声を高くした。

「アダム神父？」

「お呼びでしたか？　よく聞こえないのです。もっと近づいた方がよろしいですか？」

アダムに何を尋ねるつもりだったっけ？　叔母に何を？

「いや、大したことではない」

火がジョスリンの目の中で跳ね飛んでいた。

「違うわ、ジョスリン！　私が来たのはおまえのためです——おまえの具合を案じてのことですよ。疑ってはなりません！」

「私の身を心配しているというのですか？　この、偏狭者の私を？」

「おまえの噂は国じゅうに知れ渡っているんだよ。世界じゅうに、と言ってもいいくらいよ」

「ある意味では、あなたというお人の体こそが、私の噂を——失礼ながらあえて申し上げると——貶めるのではないかな」

次の瞬間ジョスリンは、叔母がどれほど短気で癇癪持ちだか知った。

「おまえは自分で自分の噂を貶めてないとでも言うの？　あんな職人どもを引き込んで？　教会は空っぽにしちゃって？[*1]　あんなところにあんな石槌をぶら下げたりして、打ち下ろされるのをぼけっと待っているつもり？」

ジョスリンは火の中を覗き込み、辛抱強くアリスンに向かって答えた。

「女の身には理解の難しいことです。私は選ばれたのですよ。その後は、なすべき仕事が何か突きとめることと、それからその仕事を果たすことに、私の全生涯を費やしてきた。私はわが身を献げた。だから更に、更にいっそう慎みを怠ってはならないのです」

「選ばれた、だって？」

「あなたの墓をそこに建てる許可なら、他の者たちが出してくれるでしょう、間違いなく。だが、私だったらそういう気持ちになるかどうか――それは怪しいものですが」

「選ばれた？」

「そう、神によって。何と言っても、神は時として人をお選びになるものです。それから私はロジャー・メイスンを選んだのだ。この仕事を他にやるべき者が――やれる者がいなかったから。それから、後のあらゆることは、その結果として起こったのです」

アリスンの笑い声にびくっとして、ジョスリンは顔を上げた。

「お聞き、甥っ子ちゃん。おまえを選んだのは、この私ですよ。黙って。お聞きなさい、教えてあげるから。ウィンザー城ではなくって、どこか狩猟小屋でのことよ[*2]。二人して、長椅子に寝そべってい

＊1　アリスンは、剣呑な造りの尖塔を石の槌に喩えている。旧約聖書エレミア記第二三章二九節で、神は自らの言葉を火に、自分の力を岩をも打ち砕く槌に喩えるが、それが意識されているのかもしれない。

＊2　ウィンザー城は、十二世紀初頭に城砦を王宮として改築したもので、以来歴代英国国王の居城。現在はエリザベス女王の離宮。『尖塔』のモデルであるソールズベリの尖塔は、一二八五年から一三一五年くらいまでの短期間の工事で完成したということである。とすれば、建築前のアリスンと国王の「取り決め」は一二八五年よりかなり前、ヘンリー三世の治世かと算定できそうだが、ゴールディングは史実に従うよりも自由な空想を好んだようだ。

たのよ――」

「そんなこと、私と何の関係がある？」

「私が満足させてくれたからって、あの人、何か贈り物をしたいなんて言い出してね、でも私のところには欲しいものはそれこそ何でもそろっていたからね――」

「聞きたくない」

「でもね、そこで思いついたんだよ、だってそのときは私も幸福だったし、他の人にも幸せを分けてやりたい気分だったからね。だからこう答えたのよ――『私には姉がいて、姉には息子が一人おりますの』って」

アリスンは再び微笑みを浮かべていたが、今度は痛ましげな笑顔だった。

「いいかい、それが幸せのお裾分けっていう気持ちだけじゃなかったことは、ちゃんと認めるよ。おまえの母さんは、そりゃもう、とんでもなく信心ぶってて、こっちが憂鬱になるくらいで、おまけに、何かっていうと――だからね、お裾分けの気持ちも半分はあった、そういうことにしとこうじゃないの。なぜって、姉さんはある意味ちょうどおまえとそっくりだったんだよ、頑固で、人を小馬鹿にして無礼千万でさ――」

「女よ――そのとき国王は何とご返事なすったのだ？」

「あら、坐ってちょうだいよ、ジョスリン！　そんな、ばかでかい鳥が雨の中でうずくまってるみたいな恰好で突っ立ってられたら、こっちは落ち着かないじゃないの。思うに、あのときの私は、ちょっとばかりほくそ笑んでいたのかもしれないわねえ？」

「何とご返事なすったのだ？」

「ご返事はこうよ――『そちの甥の口の中へ、棚からぼた餅よろしく、おいしい役職をほうり込んでやろうぞ』って。こんな口調でね。[＊3] ざっくばらんなものよ。それから私が『たしか甥は今、どこかの修道院で、修練士をしているはずですわ』って言ったのよ。私がクスクス笑い始めると、あの人も大声で笑い出して、それから二人抱き合ってごろごろ転がったりしてね――だって、わかるだろ、この一件には滑稽なところもあるじゃないか。二人ともまだ若かったしね。ちょうどツボを突いた感じで、面白かったんだよ。ジョスリン――？」

アリスンがひざまずいて身を寄せてくるのがわかった。

「ねえジョスリン？　それほど大したことじゃないわ。人生なんてそんなものよ」

ジョスリンは嗄《しわが》れた声で叔母に答えた。

「私のやってきたことは」

ややあって、彼は言葉を継いだ。

「ずっと、あの仕事のために、私の人生を犠牲として捧げていたつもりだった。きっと今私が味わっている思いも、犠牲を捧げるための言い得ざる形なのでしょう。それに、何と言っても、あの釘があ

＊3　この部分の英語“drop a plum in his mouth”の“plum”は「望ましい役職」の意だが、“a plum in one's mouth”は「上流階級ふうのしゃべり方」を意味する。さらに“plum”は陰茎先端部も連想させる。女人禁制の修道院における男色の噂は珍しくなかった。

るのだから……」

「釘って、何のこと？　おまえ、ずいぶん頭が混乱しているよ！」

「ローマにおられるウォルター司教さまが――」

「ローマならわかります。ウォルターのことも知っているわ」

「だったら、もうわかったでしょう。私の一身がどうなろうと、全く大したことではない。あれだけが重要なのだ、なぜなら、なぜならば……」

「なぜなら、何だと言うの？」

「あなたには理解できぬ段階の話なのです。司教さまは、あれを天に釘で打ちつけてくださった。私は資金をお願いしたのだ、愚かにして盲目《めしい》なる私は。*4司教さまはもっとよい方策を授けてくださったのです」

これで済んだ、と彼は思った。話は終わりだ。だが終わっていなかった、叔母はまた口を開いて、息切れしたような声で話し始めていた。

「おまえが金をくれといったら――司教は釘一本よこしたっていうわけね？」

「そう言ったでしょう」

「ひぃ、ひぃ、ひぃ、ひぃ、ウォルターったら！」

アリスンは笑い出し、ひとしきり笑い終えるとまた噴き出すといった調子で、笑い声もその都度だんだん高くつのって、ついには息がつけなくなってしまい、その静寂のなか、ジョスリンの耳には柱の歌がまた聞こえ始めた。何かを理解したわけでもなく、頭のなかで論理を積み上げて何かを解決したのでもなかった。ただ、嘔吐感が激しく突っ込んできて体内にもぐり込み、爪の先まで体じゅうが戦慄するばかりだった。やがて嘔吐感の波が彼を呑み込んだ。

しかし、叔母が彼の両手を引っ張るのが感じられた。

「ジョスリン！　ジョスリン！　そんなに大したことなんてないのよ！」

彼は目を開けた。

「信じることよ、ジョスリン！」

「信じる？」

「そう、そうよ。おまえの——天命を——信じて、それから、釘の力も信じることよ——」

叔母は彼の両肩をつかんで、揺さぶっていた。

「お聞き。お聞きなさいったら！　あんなことをおまえに言うつもりじゃなかったのよ、ただおまえがあんまり——」

「大したことではありません」

「私に何か聞きたいことがあったんだろう？　思い出してごらん、そのことに考えを集中して。聞きたいことって何だったの？」

ジョスリンが叔母の目を見ると、叔母がどれほど怯えているかが見てとれた。

＊4　新約聖書マタイ伝福音書第二三章一九節に、「愚かにして盲目なる者よ」という呼びかけで始まる、「供え物と、供え物を清くする祭壇と、どちらが尊いか」というイエスの問いかけがある。

「あれって、何だろうか――」

まるで子どものあてっこ遊びみたいになったので、言葉の終わりに思わず甲高い笑い声をあげてしまった。

「思い出した。人の気持ちが一つのことにばかり向いて、それも正しきことや定められしことではなくて、為《す》まじきことにばかり向いてしまうというのは、一体なんだろうということだ。あてどなく思いを巡らせ、半ば喜びとともに、そしてまた半ば隠微な責め苦とともに思い出すのは――」

「何を思い出すというの？」

「そして人が死んだときも。死んでしまえば、それでもう死んだはずなのだから。その後にも、あの娘の身に起こりもしなかった光景を、よみがえらせてしまうなんて――」

「あの娘って？」

「かりそめの国の空《そら》を背にしたあの娘の姿かたちを、ありありとくまなく見てしまう――実際、他のものが何も目に入らなくなってしまう――こういうことが、過去に起こったあらゆるものの論理的な帰結だと思い知る、これは一体――」

彼のすぐそばまで来て、彼女はささやいていた。

「そんなことがおまえの身に起こったのかい？」

「まるで取り憑かれたみたいだ。どれもこれも、それぞれ互いの一部なんだ」

ジョスリンは彼女を真剣に見据え、瞳に向かって話しかけた。

「あなたならもちろん知っているはずです。ただ、おまえの考えているとおりだと言ってください。

それだけでいいのです。これは魔女の妖術だ、そうでしょう？　絶対に、これは魔術のはずだ！」

しかし、彼女はジョスリンから遠ざかり始めていて、身を反《そ》らすように立ち上がると、絨毯を横切って後ろ向きに歩いていった。後にはぞっとするようなささやきが残った。

「そうね。魔術。魔術よ」

それから彼女はどこかへ姿を消し、残された彼は厳かに火に向かってうなずき続けた。

「この過程には一つの様式《パターン》があるのだ。さらなる破壊がやってくるのだ。きっとやってくる」

ジョスリンは、物陰にいるアダム神父のことを思い出した。

「どう思うかね？」

「あの女の足はまっすぐ隠府《よみ》に下っておりますな」＊5

ジョスリンがアリスンのことを心中から追い出すと、彼女はまるで川に落ちた一粒の雨みたいに彼の人生から消滅した。

「至るところ混乱だらけだ」

しばらくして、アダム神父がまた口を開いた。

「眠った方がいいですよ」

「二度と眠れそうもない」

「そんなことをおっしゃらずに、さあ」

＊5　旧約聖書箴言第五章五節にある「（娼妓《あそびめ》の）足は死に下り　その歩は隠府に赴く」を承けたもの。

「ここで坐ったまま待つつもりだ。様式《パターン》があって、それはまだ完結しておらんのだからな」

そこでジョスリンは腰を下ろし、火の中でさ迷い飛ぶ火花の軍勢を見つめた。ときには言葉を発することもあったが、アダム神父に向けたものではなかった。

「だが、まだあれは立っている」

それからジョスリンは呻《うめ》き、体を揺さぶった。一度、ずいぶん時間が経ってから、彼はがばっと立ち上がると大声をあげた——

「冒瀆だ！」

数時間後、火が燃えさしばかりになってしまった頃、ジョスリンはまた口を開いた。

「消えゆく火のそばにすわり、生きてきたわが身の命の価値をその火になぞらえて測ったことのある男たちは、気質が似通ってくるものだ」

日光が窓から射し込んでいたが、蝋燭が燃え尽きた蝋の跡あたりまで届くころには、光の勢いも薄れていた。暖炉の火から上がった最後の火花が、玄関広間で消えると、使者がやってきた。それは信義に篤いあの男で、もごもごと唸りながらしきりに指で何かを指し示していた。ジョスリンは椅子から立ち上がった。

「アダム神父、この男と二人で行ってもいいという許可はいただけるのかな？」

監視人は、それはだめだという微かな身振りを示した。

「三人一緒に参りましょう」

そこでジョスリンは頭を垂れ、垂れたままにして、かき乱された空気が収まる間際のはためきのなかを、西側正面扉を目指して進んだ。身廊には何も変わったことは見あたらなかったので、ジョスリンは傍らを歩く唖者に話しかけたが、面と向かうのがためらわれたので、顔の向きは変えなかった。

「わが子よ、私に見せたいというものを教えてくれ」

そこで若者は忍び足で二人を南東の柱まで連れて行き、柱の石材に鑿《のみ》を打ち込んである小さな穴を示し、それからまた忍び足で退いていった。ジョスリンは何をしなければならないのか理解した。まくれてばりの出た鑿の頭部をつかんで穴から引き出すと、鉄の探り針を手にとって、穴へ差し込んでみた。探り針はぐんぐん中へ、中へと入り込み、石材の表面を通り抜けると、軋《きし》り音を立てながら中の瓦礫部分に到達したが、それこそが、かの昔地上におられた偉大なる巨匠たちがこの柱の芯に詰めておいたものだったのだ。

次の瞬間、あらゆることが一つに交わった。ジョスリンの魂は心の内の深淵に身投げし、下方へ向かって、抛擲《ほうてき》、献げるのだ、破壊し尽くして、その残りといっしょに私を建物の中に組み込むがいい、そしてこうしながらジョスリンは、現実の肉体をも投げ出しており、両膝、顔、胸が石の床を強打した。

すると彼の天使が、割れた蹄《ひづめ》の生えた足に二枚の羽を畳《たた》み込み、*6 ジョスリンの尻から頭までを、白熱する殻竿で打ちすえた。ジョスリンの背骨じゅうに病んだ火が走り、彼には耐えられないがそれで

*6　第一章註13（二三頁）で見たように、熾天使は六翼で、そのうち二枚は足から生えている。だが、割れた蹄は、悪魔の足を暗示する。

も耐えねばならない火だとわかっていたので、ジョスリンは悲鳴をあげた。ある時点で、おずおずと差し出された手がぎこちなく彼を起き上がらせようとした。だが、まるで打ち砕かれた蛇のようにわが身を交差部に放り出してしまったため、この手たちに殻竿のことを伝えるのは無理だった。それゆえ、肉体は悲鳴をあげ続け、人の手は彼と格闘し、積み重なる人体の下になってしまうと、ジョスリンには、善き祈りがついに一つだけは聞き入れられたのだとわかった。

痛みが引き潮のように退いたときジョスリンは、自分の体が慎重な手で運ばれて、犠牲を捧げた現場から役宅へと連れ去られているのを悟った。ジョスリンはどこに消えたかわからぬ背中を下に仰向けに横たわり、そして待った。殻竿を持ったあの天使にできるのはここまで。つまり、頭ではもっと耐えられると思っていても、肉体が耐えられるちょうど限度のところで止めてくださるのだ。その後は、背中には何もなくなって、感覚すらも消えるのだろう。

彼が寝かされたのは二階の部屋で、そこでジョスリンはアーチ型天井の石の肋材と向き合った。ときには天使が飛び去ることがあって、そういうときにはものを考えることができた。

私はあれに背中を捧げたのだ。

あの男を。

あの女を。

御身が。

ときにジョスリンは不機嫌にささやいた。

「もう倒れたのか?」

そのたびに物干しはさみ男は、静かにこう答えるのだった。

「まだです」

ある日、頭が比較的はっきりしていたときに、一つ考えついた。

「損傷はひどいのかね？」

「私が体を持ち上げますので、起き上がれば、窓から見えましょう、神父さま」

この返事を聞いて、彼の頭は枕の上で左右に揺れた。

「私があれを見ることは、二度とないのだ」

すると、射し込む光が減ったので、アダム神父が窓際まで行ったのだ、とわかった。

「ちらりと見ただけでは、損傷がないようにも見えましょう。でも、尖塔《スパイア》は少しばかり傾いていて、回廊にのしかからんばかりです。尖塔は、塔《タワー》の屋上の欄干にのめり込んでおります。砕けた石がそこらじゅうに見えます」

しばらくジョスリンは黙ったまま横たわっていた。そして呟いた。

「次に風が吹いたら。次の風のときには」

物干しはさみ男が近づいてきて、ジョスリンの方に身をかがめてそっと話しかけた。ここまで近づけば、この男にも何かしらの顔があることが認められる。

「あまり大騒ぎばかりなさってはいけません、神父さま。たしかに、大変な損傷ではありますが、でも信仰に基づいてお建てになった尖塔でしょう。ずいぶんと間違った信仰ではありましたが。しかし、罪としては小さなものですよ。そもそも人生というもの自体が、ぐらぐらと頼りない建物なのですからね」

するとジョスリンはまた頭を左右に振り始めた。

「あなたに何がわかるというのかね、名無し神父？　物事の外側しか見ていないのに。十分の一すらもわかっていないのだ」

天使が、まるでアダム神父の側に立って罪を咎めているかのように、またジョスリンを打った。次にジョスリンが意識を取り戻したとき、アダム神父はまだそこにいて、二人の間に第三者の介入など全くなかったかのように、話を続けていた。

「あなたの信仰を思い起こすのです、わが子よ」

私の信仰だと、とジョスリンは思った、何の信仰のことだ？　しかし頭上の顔に向かってその言葉を口にすることはしなかった、この顔も、いつかは焦点が合って見えるようになるのだろうか。言葉の代わりにジョスリンは喘《あえ》ぎ、そして笑った。

「私の信仰心を見たいのかね？　それならそこにあるよ、その古い収納箱の中だ。左隅の、小さな帳面があるだろう」

ほんの少し彼は言葉を切って息をつくと、また笑った。

「取りなさい。読みなさい」*7

体を動かす衣擦れの音がして、それから蓋が軋《きし》む音が聞こえた。窓の光のなかから、アダム神父が言った。

「声に出して読むのですか？」

「そう、声に出して」

インクは茶色になっていることだろう、と彼は思った。アンセルムはまだ若者で、ロジャー・メイスンなどまだほんの子どもだった頃。あの娘の年は……。そして私も若かった、少なくとも今より若かった頃。

アダム神父が、夕暮れ時の空気に声をひっかき刻みつけた。

「『この地位をいただいてからすでに三年経った頃のある夕べ、私は祈禱室でひざまずいて、私の地位がもたらす傲慢を私から取り去り給えと、私に宿るわずかばかりの力を注いで祈っていました。私は年若く、このわが大いなる家に途方もない誇りと傲《おご》りを抱いていたのです。実際、私は傲慢そのものでした――』」

「然り、そのとおりだった」

「『限りない慈愛が私の味方についていてくれたに違いありません。大望に向かって私は、自分の力能にふさわしく、ごく小さな一歩一歩を踏み出していきました。私は懸命に大聖堂を、まず物として、私の行く手に聳《そび》える物体として、見るよう努めました。これは容易なことでした、実際まさにその壁が窓から見えていたのですから――』」

しかし、またもや、ジョスリンは頭を左右に振っていた。彼は思った――これは何の説明になると

＊7　聖人アウグスティヌスの回想録『告白』（三九七～四〇〇年）に書かれた回心のエピソードを思わせる。信仰の薄れていたアウグスティヌスは、あるとき子どもが歌う「手にとって読め」という言葉を聞き、それに押されるようにして聖書に手を伸ばして新約のロマ書の聖句を読み、それを機に一気に回心するのである。

いうのだ？　何の説明にもならない！　ただの空《くう》だ！

では、あれは無だったのか？

「『私は屋根の輪郭を目で追い、壁を伝わせ、突き出した袖廊を眺め、欄干に間隔を置いて並ぶ小尖塔《ピナクル》を見やりました――』」

「あれは空《くう》だったのだろうか、アダム神父？」

「『私の凝視する視線が、なぜこのように導かれたのか、今ならわかります。だが、そのときの私は何もわかっていなかった、ただそこにひざまずいて見つめているうちに、凝視する行為に傾注するあまり、何を凝視しているのかに関心を失っていったのです。そのとき、私の心臓がびくりと動いた。いわば私の心臓から、一つの感覚が立ちのぼったのです。感覚は激しくなり、それがまさに極限の先端にまで至ると、爆発して、生命ある火と化し――』」

「まさに真実のことだ――誓って言おう！」

「『――やがて火は消えたが、その後の私はまだ呆然と身動きできないままでした。なぜなら、空《そら》を背景にして、そのあたりに、一番手前の小尖塔が見えたから、そして、それは紛れもなく、私の祈りを石で象《かたど》った像に他ならなかったのです。上昇する噴出、他のものにも目配りする余念を装飾物として従えつつ、そして心臓のほとばしり、沖天《ちゅうてん》の勢いで、先に行くほど細くなり、宙を貫いて――その頂点には、やはり石に刻まれた、あのものがあって、それこそ私が火炎だと感じていたものだったのです』」

「まさにそのように見えたのだ。その小尖塔なら、振り向けばそこから見えるよ」

「『わが子らよ、これだけでも愚昧な私には奇態な体験だと思えたのですが、後に続いて起こった出来事の不思議といったら、これ以上に筆舌に尽くしがたいものでありました。そう、見つめているうちに、私の理解は広がっていきました。まるでその小尖塔が、巨大な書物の錠を開く鍵であったかのよう。まるで私に、新しい聴覚を持つ耳が、新しい視力を持った目が、与えられたかのようでした。なぜなら、大聖堂全体が――なのに私は若気の至りで、愚かにも聖堂に向かって蔑みの渋面をしたりしていたとは！――大聖堂全体が、私に向かっておのれを啓《ひら》き示したのです。建物全体が言葉を発していました。「われらは勤労なり」と壁が言う。尖頭アーチ型の窓が両手を組み合わせ、「われらは祈りなり」と歌う。そして三角屋根が示す三位一体が――しかし、一体どう表現すればいいのでしょうか？　私はわが神の家を手放そうとしてきたのに、家は千倍にもなって戻ってきたのです』」

「まさに然り、そうだったのだが」

「『息せき切って西側正面の扉に向かい、転がるように飛び込みました。さて、ここからは正確に記さねばなりません。先ほど私は、大聖堂全体を、祈りを捧げる生きた男の似姿として見たのでした。ところが聖堂の内はというと、その男に教えを授ける豊かな書物だったのであります。ある冬の夕べのこととて、その頃にはもう身廊は薄暗くなっていました。壁の上部の窓を飾る総大司教の方々と、その下におわす聖人たちも光り輝いておいででした。側廊にあるどの祭壇にも、あなた方が捧げた蝋燭がびっしりと立てられていました。香《こう》の残り香が漂い、ミサ司式司祭たちの呟きが、寄進小礼拝堂から聞こえて――だが、そんなことはあなた方も見慣れた光景でしょう！　私は足を前へ進めました、いいえ、前へと運ばれていったのです、何か霊的な喜びに導かれ、しかも一歩ごとにその喜びはつのり、いや増しに確信と自己放棄は高まっていったのです。この場所、この交差部に辿り着いたときには、私はもう矢も楯もたまらず、石の舗床にめがけてわが身を頭から投げ出した――』」

「あの交差部のことだよ。さっきはそのとき以来、また同じことをやったわけだな」

「『なぜなら、いかにしてかはわかりませんが、どうやら私は一つになったのです、かの賢者の方々や聖人たちと――いや、かの聖人のごとき賢き建築者《いえづくり》たちと一つになったのです――』*8」

「柱は曲がり続けている」

「『私は彼らの秘法の言葉を伝授されたのです、誰でも目の開いている者ならはっきりと見える、明解なその言葉を。天国と地獄にまつわる神の式書が、私の眼前に開かれ、この計らいにおいては私の存在など無なのだということを感じとりました。私の心臓に新たな動きが生じ、それは私の体の中に教会を建て始めたようでした、壁や小尖塔、傾斜した屋根、すべてが全き自然さと、避けようのない合意を伴って行われているのでした。そしてそれゆえに、私が新たに得た謙遜と、新たに得た知識のなかで、一つの噴流が私の体から噴き上げて、上へ、外へ、貫くように、炎と光とともに上を目指し、この世ならぬ空間を貫いて、究極の切迫感に満ち、何人の否定も寄せつけない（そもそも誰に否定できようか――一体誰が否定しようなどと思うものか？）鎮めようのない、止めどもない、光栄溢れる霊のほとばしり、主よ、御身のために猛々しく燃えあがる私――』」

「おお、神よ！」

「『――そしてその頂上、頂上と呼ぶのがふさわしいのかわからないのですが、そこにはある現れ《モード》があり、ある賜物があったのですが、それはいただいても何ら傲慢を覚えようもない品でした。私の肉体は刹那のうちに、またたく間に変容し、現世から復活を遂げて、柔らかな石の上に横たわっていました。ついに幻視《ヴィジョン》は私から去っていきました。が、幻視《ヴィジョン》の記憶が残され、私はマンナのごとくそれを味わっておりましたが、*9やがて幻視《ヴィジョン》はひとりでに尖塔の形へと変わっていきました、一つの形にすっぽり収まっていったのです、あの書物の中心にして、王冠、究極の祈りとなったのです！』」

「今ではぶざまな、くずれかけた代物だ。全く似ても似つかぬ。全く違うものだ」

「『そこでようやく私は立ち上がりました。蝋燭はまだ燃えていて、少しも短くなってはおらず、司式司祭の呟きも相変わらず続いておりました。この世の尺度でいえば、あれはほんの一瞬に過ぎない出来事だったのです。私は、目の中に神殿の姿を抱いたまま、身廊を歩きました。わが子らよ、わかってもらえるだろうか？　霊なるものとは、物質的なものに比べ、その三倍も真正なのだと！　そして私があの幻視《ヴィジョン》の本質をようやく理解できたのは、役宅へ戻る道を半ばほどまで進んだところでし

＊8　新約聖書コリント人への前の書第三章一〇〜一一節で、使徒パウロは信仰を家造りにたとえ、「わたしは、神からいただいた恵みによって、熟練した建築家（wise masterbuilder）のように土台を据えました。そして、他の人がその上に家を建てています。ただ、各々、どのように立てるかに注意すべきです。イエス・キリストという既に据えられている土台を無視して、だれもほかの土台を据えることはできません」と説く。また、これに依拠しながら、十三世紀の神学者トマス・アクィナスは、『対異教徒大全』において、合目的的に秩序立てられた技芸は善であり、他の技芸よりも高次にある支配的な技芸のことを「建築家（棟梁）的技芸」と呼び、棟梁を賢者と同一視している。

＊9　預言者モーセに導かれて荒れ野を旅するイスラエルの民に、神が恵んだ不思議な食物をマンナという。コリアンダーの種のようで、白く、蜜を入れたウェハースのような味だった、と旧約聖書出エジプト記第一六章三一節に書かれている。

た。もう一度見ようと振り向いたとき、神の祝福あれ、私はそこに欠けているものを見てとったのです。なるほど教会はそこにありました。しかし、あの究極の祈りは、あの、中心から螺旋に聳え噴き上げる祈りは――物質的な意味でいうと――全く存在していなかったのです。その瞬間から、私はなぜ神が私をここへ導き給うたのかわかったのです、この無益なる僕《しもべ》を――』」

ひっかくような声はそこで途切れた。アダム神父が、まだ書き込みのないページをめくる音が聞こえた。その後に、沈黙が続いた。ジョスリンは目を閉じ、大儀そうに片手を額に当てた。

「かつてはそのような口のきき方をしていたものだ。わが身を投げ出して、仕事に献げたとき、私は、わが身を献げることとは、とりもなおさずすべてを献げることなのだと思い込んでいた。それが愚だったのだ」

アダム神父が口を開いた。声の調子が変わって、驚愕と動揺が現れていた。

「しかし、これだけなのですか?」

「私は選ばれし者だと思っていた。霊に感じたる人間、とりわけ他を愛おしむ気持ちに溢れた人間で、特別な仕事を与えられたのだと、信じていたのだ」

「それで、たったこれだけのことから、他のあらゆることが引き起こされたというのですか、借金も、人々が教会に寄りつかなくなったことも、不和も?」

「もっと、もっと多くのことが起こったのだ。あなたにはわかるはずもないほど、多くのことが。だって私自身わかっていないのだからね。隠しだてやら、見て見ぬ振りやら。仕事がすべてに優先したのだ。そして、その中を貫くように織り込まれていたのが、金の糸――いや、そうではないな。奇態な花と実をつける一つの植物が育っていったのだ、複雑に絡み合った、すべてを呑み尽くし、破壊して、締め殺すようなものが」

その刹那、その植物が彼の目の前に立ち現れ、氾濫するように群葉と花と、爛熟して破裂しそうな実とが脹れあがった。その錯雑ぶりを根元まで目で辿ることはできず、葉や花の間から叫び声をあげる苦悶の人面を、絡まりから一つ一つ目で解《ほど》くことも不可能だった。それでジョスリンもまた叫び声をあげ、そしてその後は押し黙った。背中に用心しながら横たわったまま、額でうずき始めた痛みに気を向けまいと努力しながら、アーチ型天井の石の肋材ばかりを見つめていた。頭にある唯一の考えは、珍妙なものだった。

私はここにいるが、ここことは別にどこか特定の場所ではないのだ。

再びアダム神父が口を開いたが、その声はもはや空気をひっかき刻むことはしなかった。むしろまるでちっぽけな小石のように、地にぽとりと落ちたのであった。

「では、これだけなのですね」

アダム神父が窓から離れると、光が増した。アダム神父は体を近づけていたが、次に彼がした質問は、全く意味をなさなかった。

「あなたがものを聞くとき、あなたはそのものが見えるのですか？」

ジョスリンはどこでもない場所に身を置いたまま、頭痛を振り払うように左右に振った。窓の向こうを足音が通り過ぎ、陽気な口笛がくるりと輪を描く。もの憂くジョスリンは頭の中で、口笛が角を曲がって姿を消すのを見守った。

「そんなことがどうだというのだ?」

「何も教わらなかったのですか?　ずっと昔に?」

何を学んだのだろう?　海辺で私の頭上に鷲が飛び降りてきた。[*10] それで十分だったのだ。そしてその後――

「あの女の言ったことを聞いただろう。事情はわかったはずではないか」

アダム神父は熱を込めてささやいた。

「寧《むし》ろ大いなる碾臼《ひきうす》を頸《くび》に懸けらるるべき者どもです――」[*11]

いや、それは違う、とジョスリンは思った。それでは話が単純に過ぎる、他の説明と何ら変わるところがない。それではいっこうにあの根元に近づけぬままじゃないか。

だがアダム神父は、今や驚愕を隠そうともせずにこう言っていた。

「あなたは祈ることを教わらなかったのですね!」

霊の風に吹かれて後ろになびく髪。口は開いているが、それは雨水を吐き出すためではなく、ホサナ(救いあれ)を叫ぶため。ジョスリンは礼拝堂付き司祭に、ゆがんだ笑みを向けた。

「今さら、もうとっくに手遅れだな」

しかし、アダム神父に笑顔はなかった。胸の前で両手をぎゅっと組んだまま、横を向いて立っていた。どうやら顔らしくみえる顔から、かぼそい前髪越しに、斜め下のジョスリンを見やっていた。また口を開いたが、あたかもアダム神父もあの植物を看取し、一筋の巻き蔓にさあっと頬を撫でられるのを感じでもしたかのように、声には恐怖がこもっていた。

「あなたの聴罪司祭は――」

「アンセルムか?」

いつだってアンセルムが顔を出すんだな。中に入り込んでいるのだが、でも入ってはいない。それに証印文書のこともあるし。ジョスリンはアーチ型天井の肋材に向かって話しかけた。

「言っておきたいことがある、アダム神父。私は疑り深い性分で、しかも皆を愛おしんでいた。おそらくはそれが理由で、あの娘が私に取り憑いているのだろう。あなたは他の者たちとは比べものにならぬほど善良なお方です――実際、あの者どもくらい心が黒く、罪深い者などおるまい――でも、あなたは私とは居場所が違っていて、あの枝からは離れていて、囚われたりはしていない。魔術だ。魔術に相違ない。魔術でなければ、なんであの娘《こ》とあの男が、こうまで断固として、私と天国の間に割って入ってこられよう?」

しかしそのときジョスリンは、息づかいがすぐそばに来ているのを聞いた。目の焦点を肋材と過去

＊10　第五章で大きな鳥を見たときも、ジョスリンは、それを聖ヨハネに関連する鷲だと思い込んだ(一三六頁参照)。また、この鷲によって、ジョスリンとしては旧約聖書の預言者エゼキエルを訪れた四面の天使ケルビムの一面に見られた鷲にも結びつけたがったことだろう。

＊11　新約聖書マタイ伝福音書第一八章六節、マルコ伝福音書第九章四二節、ルカ伝福音書第一七章二節にある聖句を意識したもの。イエスは使徒たちに説いて「天国に入るには、心を入れ替えて、一度子どものようにならなければならない」といい、続けて「しかし、わたしを信じるこれらの小さな者の一人をつまずかせる者は、大きな石臼を首に懸けられて、深い海に沈められるほうがましである。世は人をつまずかせるから不幸だ。つまずきは避けられない。だが、つまずきをもたらす者は不幸である」と説く。アダム神父はアリスンを「つまずきをもたらす者」と見ている。

とから外してみると、アダム神父が寝床のわきにひざまずいているのが見えた。顔は両手で覆われ、全身震えていた。唐突な呟きとなって両手の間から飛び出した言葉も、震えていた。

「神よ、願わくはわれらすべてを憐れみ給え！」

アダム神父はすばやく両手を下ろすと十字を切った。ベッドの上に組んだ両手を置き、頭を垂れ、また何か呟いた。呟きは速度を落とし、やがて止まった。

アダム神父は頭を上げた。にっこりした。ジョスリンは、この人には顔がないと考えていた者たちがいかに間違っていたかを、即座に見てとった。ただそれは、その顔に書き込まれていることというのが、細かく繊細な書法で書かれていたために、とっくりと傾注する気のない者や、病人がやむを得ず寝床からものを見つめるときの集中力で凝視する覚悟のない者なら見落としてしまうから、というだけの理由に過ぎなかったのだ。

次に何をするか考えるよりも早く、ジョスリンはその顔に向かって叫んだ。

「助けてください！」

まるでこの言葉が鍵だったかのようだ。ジョスリンは、祈りがアダム神父の全身を震わせたのと同じく、この言葉が自分の体を震わせるのを感じた。震動は彼の背中と頭を痛めつけた。しかし、この震動は無限なる悲嘆の海とつながっており、海は腕を差し伸ばして彼を満たし、彼の目からふんだんに溢れ出た。目は流れるままに放置することにしたが、それは彼の心は海でいっぱいだったからだ。するともう一本の腕が現れた。この腕はジョスリンの胸の前に差し渡され、その先の手がジョスリンの肩をつかんだ。別の手が、顔を優しく拭った。

しばらくして震動が止み、水が溢れるのも止まった。あの顔と同じくらい繊細な声が、ジョスリンの傍らで呟きを始めた。

「では、いちばん最初の初歩から始めましょう。あなたは、一度は祈りの全段階をわかっていたのでしょうが、それを忘れてしまったのですね。それはそれでよい。諸段階のほとんどは、普通の、罪を犯す人間のための祈りではないのですからね。それを忘れてしまったというのは、あなたに徳が宿っているしるしでもあります。さて一番下の段階は、声による祈りです。私たちもここから始めましょう、私たちは皆幼子《おさなご》なのですからね、幼子はこの口禱から始めて――」*12

「それで、私の祈りは、どの段階にあたるのです、アダム神父？　私の――幻視《ヴィジョン》は？」

そこで言葉が途切れた。私の暗黒の天使が戻ってくる、と彼は思った。わかるとも、体内に兆しが感じられるのだ！　まだ時間があるうちに、早く！

「私の祈りは？　私の祈りの尖塔は？　あなたも読んで知っているあれは、あれはどうなのです？」

*12　カトリック教会のカテキズム（公教要理）の第四編に解説されている祈りの分類によれば、一番下にあるのがこの「口禱 vocal prayer」。その上の段階が、唇は休み心の諸機能が作動する「黙想 meditation」、そして第三段階が「祈りの絶頂」とされる「念禱 contemplative prayer」で、この段階では唇も心も活動を停止し、信仰の眼差しで神をただ観照凝視するうちに神と親密に交わる、「言葉を超越した沈黙の愛」だという。
「カッパドキアの三星」の一人と謳われる神学者で、四世紀末のニッサ司教グレゴリウスは、心で理解せずただ言葉で神を崇める「口の祈り」「唇の祈り」を、祈りの中心から最も遠い種類の祈りと定めている。その根拠は、マタイ伝福音書第一五章八節においてイエスが、イザヤ書第二九章一三節の神の言葉「この民は、口はわたしに近づき唇でわたしを敬うが、心はわたしから遠く離れている」を引きながら、イエスがパリサイ派や律法学者の偽善を糾弾した挿話にある。

前とは異なる水分がにじみ出てきた、今度は肌から。人の手が額にかかる髪を撫でつけるのが感じられた。しかしジョスリンは、迫り来る天使の恐怖に駆られていた。

「急いで！」

「口禱のすぐ上には別の段階がありますが、それでもずいぶん低いもので、だから声の祈りの段階と非常に近いのです。この段階では、励ましと、ある感覚や、情感を与えられます。そうです、ちょうど、いい子にしていたご褒美とか、ただその子のことが好きだからといった理由で、子どもに蜂蜜を一匙やるみたいに。あなたの祈りは、確かに善き祈りでした。しかし、すぐれて善い祈りだったとは言えません」

ジョスリンは、粗末な藁《わら》の寝床の上で身をよじり、逃れようとした。しかし、あの植物の根元の近くにあるに違いない、何かずっと奥深くに潜むものにせき立てられ、ジョスリンは、石の肋材と繊細で気遣わしげな顔との両方に向かって、叫び声をあげた。

「わが尖塔は、一番下の底から頂点まで、あらゆる段階を突き通すのだ！」

次の瞬間、暗黒の天使がジョスリンを打ちすえた。

第十一章

たまに痛みが退《ひ》くと、彼は考え事をすることができた。決まって最初に出てくる言葉は、アダム神父への質問であった。

「倒れたのか、もう？」

答えは決まって同じだった。

「まだです、わが子よ」

頭の中で組み立てながら、自分が何を求めているのかわからないうちに、ジョスリンはどんな基礎土台が置かれるべきかと検分していた。

「大聖堂の石を、判じ物みたいに一つ一つはずしてみないうちは、本当のことはわからないね」

しかしアダム神父は一言も口をきいてくれず、きっとジョスリンがさ迷い、うわごとを言っていると思ったに違いない。そこでジョスリンは、自分の心の中の路へ出かけて、考え直した。

「そこまでしてもわからないだろうな」

ある日のこと、アンセルムを来させるように頼み、影の目立つアーチ型天井の下で、長い時間待ち続けているうちに、やっと彼は、自分の新しい地位はどうなっているのか思い起した。そこで使いを出し、お慈悲だから来ていただけないかとお願いした。それでアンセルムは来てくれたが、体をこわばらせている。昼も過ぎると、そこは窓から大聖堂が見える東向きの部屋なので、すでに影が濃くなっていた。アダム神父が階段を降りていく音が聞こえ、アンセルムと二人きりになると、彼が椅子に坐るときの軋《きし》む音が聞こえた。ジョスリンはアンセルムの方を見て、それから無表情な額の上を白髪が縁取っている気高い頭部を、しげしげ見つめた。だが、アンセルムは見返そうとはしなかった。窓をしっかり見つめたまま、一言も発しない。

「アンセルム。とうとう、荒れ廃《すた》れた處《ところ》へ来てしまったよ[*1]」

アンセルムは横にさっと目を走らせたが、すぐにふさわしくないものを見かけたように、目を逸らせた。彼が口にする言葉は予想できるものであった。しかし、言葉は、その態度と同じく、潤《うるお》いがなく、こわばっている。

「人間誰しも、いつかは必ず――」

だめだ、とジョスリンは思った。本当の生きた人間にはそんなふうに言ったりしない。この人は私を見ていない。私は生きていないのだ。だが、私は学びつつある。

「とても苦しかったけど、昔のことを思い出そうとしてたんだ、ほらずっと昔、海のそばで、君が、あなたが、私を監督していた頃のことだ」

アンセルムはジョスリンの方を見た。この人には気後れを感じさせる石のような無情さがある。口にする言葉と同様の無情さが。

「人生の只中にありても――[*2]」

「人生だって！」

ジョスリンは目を閉じて自分の人生を考えた。

「もちろんわかっています。私の人生は考えていたのと全く違ってしまって。でも確かに昔あそこの岬を歩いたんです。そして、私たち修練士の師であったあなたのところへ向かいました。聖霊が私たち二人をお選びになったと思ったからです」

再びアーチ型天井を見上げた。その向こうに砂浜が広がり、目も眩むような海があった。

「あなたのところへ、駆けていきましたよね」

アンセルムは少し体を動かした。顔にかすかな笑みが浮かんだ。だが、それは調子を合わせた笑みではなかった。

「君はまるっきり犬ころみたいに、この膝の上に乗っかってお仕置きを受けたんだ」

「で、アンセルム、あなたには何が見えるんですか？」

アンセルムは再び窓から外を見ている。頬に色が差した。押し殺したような声で言った。

「どうして君は、ものを知らない娘っ子みたいに、いつも誰かすてきな親友を欲しがるのだね？」

＊1　「荒れ廃れた處 desolate place」とは、ヨブ記第三章一四節など、旧約聖書の数箇所に見られる句。
＊2　カトリック関連ではないが、英国国教会の祈禱書に示されている死者埋葬の儀式で、最初に歌われる聖歌の冒頭句「生の只中にありても、我らは死の中にあり」を意識したものと思われる。また、ダンテの『神曲』地獄篇の冒頭句「我らが人生の半ば頃」をも想起させるところがある。ちなみに、この小説第八章（一九一頁）にも、「成人の生活の真っ只中」と、類似した句が見られた。

「なぜこの私が、こんな……青臭い敬意の対象だったのかね？」

　ジョスリンの頭が混乱した。

「私が？　そんな？」

　アンセルムの声はひどく低く、ひどくとげがあった。

「君はわかっとらん。自分がどんなに我慢ならん人間か、ずーっとわかっていなかった。全く我慢ならん奴だ」

　ジョスリンは乾いた唇を舐《な》めた。

「私は人一倍強い愛情を持っている――持っていた人間でした。不器用でしたが」

　ジョスリンはこの悲嘆が少し鎮まるのを待っていて、そしてアーチ型天井に向かって言った。

「ね、アンセルム。あなたはあなたの側で、そうだったでしょう」

　アンセルムは立ち上がると部屋を回り始めた。ついに、ジョスリンの顔と天井の間に立ちふさがった。ぎこちなく首を回し、ジョスリンの目を見つめると、再び怯《ひる》んだように目を離した。

「ずいぶんと昔のことだ。その愛情とやらにも、おそらく大した意味はなかったのだろう――それからいろんなことが次々とあったからな！　やめよう。これ以上言うことはない。面白がりもしたし、心がうたれたこともあった。それに苛々したこともね。君はその、すごく――望みが激しかった」

「激しかった。ただ激しかった、ですか。それだけというわけですね。あなたは何も見ていなかったし、何も理解していなかった」

アンセルムは大声で叫んだ。

「そして君の方はまだ理解できていないのか？　君はこの三十年もの間、私らの首に、私の首に乗っかって、面倒をかけただけだよ！」

「私どもにはやらねばならぬ工事の仕事がありました。私はそう思ったし……今は自分でもわかりません、何を考えているのか……」

「私にとっては、元のままで十分だったんだ。もっとも創設者が意図されたとおりではなかったかもしれんがね。そこへ君がお出ましになった、ばかでかい鳥のようにはばたいて――」

「――修練士の師のところへ」

「私は私だよ。でもね、君が全く名ばかりの修行で、侍祭、助祭、司祭と駆け上っていくのを見るとね、そのうえ、主の祈りさえまともに読めもしないのに、この教会の参事会長になるのを見るとね、誘われる、そう、誘惑されるんだ……ほら馬が進むと馬車もついて行かなきゃいけないだろう……そして私らは誰ひとり聖人なんかではないから、お偉方の力に頼ることが必要なんだと認めなくてはな……で、誘惑されて、身を滅ぼすわけだ。腹蔵なくそれは認めるよ。私だって、元のままの教会に居続けていれば、何か善行をなすことだってできたかもしれん。でも君が私を誘惑し、私は実を食した、ということだ」[*3]

＊3　旧約聖書創世記第三章一二節によれば、イヴの誘いに乗って「智恵の木」の林檎を食したアダムは、「あなたが与えて私と一緒にしてくださった女がその木の実を与えたので私は食した」と神に言い訳をする。

「それで?」

「それで、だと。ほら、あとは君だって知っているじゃないか。年老いた王が亡くなり、君の出世もそこで終わったということさ」

「わかりました」

「それから、鬱陶しいことに君の告解を聞かされたのさ、片寄った、自画自賛の告解をね……」

弱ってはいたが、ジョスリンは途方もない驚愕に襲われていた。

「あなたという人は、一体どんな司祭なんですか?」

「君なら当然わかっていると思うのだがね。君と同類の司祭と言っていいのじゃないか。最低の司祭さ。わかっとるよ。ジョスリン、アイヴォの件はどうかね。若造の参事会員さ。尖塔《スパイア》建設の材木を提供した親父のおかげだろ。ほらな。あの男だって、教会じゃ君と同等の権利を持っているんだ。まあ、私だって同じさ。ただ、あの男は君ほど害を及ぼさんがね。四六時ちゅう狩りばかりやってるからな。でも君は、まるで胴枯れ病みたいに、私らに取り憑いていたんだ。権威をかさにきた君の姿を見ると、私のこの心臓は締めつけられて小さくなり、息も切れそうになることが何度もあったよ。もう一つ言っておこうか。私らが議論しているとき、あんな奇妙な石のからくりが頭上にぶら下がっていても、ここのところ参事会は騒ぎもしないし、友好的だよ、まるで癒しの香油がこぼれたみたいにね。君がいなくなったおかげだよ」

「アンセルム、あなたという人は!」

「参事会で私が尖塔に反対意見を述べたとき、君は何と言ったか憶えているかね。私は、はっきり憶えている。忘れることは決してないね。ほら、みんなの前でだよ。『坐りたまえ、アンセルム君』。思い出したかね？　『坐りたまえ、アンセルム君……』」

「そこでやめてくれ。もう何を言っても詮無いことだ」

「それに蝋燭の件もある」

「わかっている」

「それじゃ、ジョスリン君、最後に言っておきたいのだが、あらゆることを洗いざらいはっきりさせたいなら、尖塔建設の件があるね」

「もう出ていってくれないか？」

「君にはきちんと認めてもらわなくてはな、私みたいに、年をとって地位もある人間を、建築職人のお仲間みたいに扱うなんて、いかにとんでもないことかをね」

「わかった。それじゃ、赦してくれ」

「当然赦してるさ、私は君を赦しているとも」

「お願いだ。これを赦す、あれを赦す、この蝋燭の件を、あの屈辱を、というのじゃないんだ。私がこういう人間であることを赦してほしいのだ」

「そう言ったじゃないか」

「アンセルム、君は本心そう感じて言ってるのか？　そうだとはっきり言ってくれ！」

階段を降りていく足音がした。そして、その後、長い沈黙が続いた。

一分一分がいくつも過ぎていくうちに、ジョスリンはようやく変化を感じとった。そしてそのとき、目の前に人が次々とやってきて踊っているのだが、妙に体をかがめたり、揺らしたりしている。その人たちの中ではっきり判別できるのはアダム神父だけだった。ジョスリンは再び大声で叫んだ。

「助けてください、神父！」

するとアダム神父がすぐそばに来て、いろいろなものを解《ほど》き始めた。引っぱり、解く、を繰り返すが、物はすべて混ざり合って、片付かないまま、その混雑のなかから、奇妙な花と実をつけた邪悪な植物が伸び、覆いかぶさっていく。そこでついにジョスリンが感じたのは、背中の痛みだけだった（それに、体の向きを変えてもらい、子羊の毛で背中を包んでもらったときの、むかつくような熱っぽさも）。そして今一つ、喉から臍《へそ》にかけて悲嘆が次第に薄れ消えていくのを感じた。アダム神父は、ジョスリンの両手をさわったが変化を認めなかった。ジョスリンに向かって、体が弱って妄想に苦しめられています、大切なのは意志をしっかり保つことですよ、と告げた。アダム神父は理解していないのだ、キリスト者にあらざる人たちからでも赦しをいただくことが本当に必要であることを、そしてそのためにはそういう人たちを理解することが本当に必要であることを、そしてそういう人たちを理解することが本当は不可能ではないかということを。

この時点でジョスリンはとても狡猾になったが、それはアダム神父から逃げ出さなければならない、とわかったからだった。好都合な日を待ちかまえた。太陽がまばゆく床を照らし、自分がどこにいるのかがはっきりわかる好都合な日がときおり訪れる。そんな日が来たとき、アダム神父がガサゴソと何か仕事をしている間、疲れ切って眠っているふりをした。こっそり片目を開け、この小柄な男が階段を降りていく背中を監視していた。全力を集中させて懸命に体を起こすと、両足を回してベッドから垂らし、めまいが去ってくれるのを待った。壁を伝って足元の感覚を確かめながら進むと、頭蓋帽を髪に載せ、外套を肩に被らせた。脚の弱った関節のせいで震えながらも、ジョスリンは這って階段を降りていくと、玄関広間には誰もいなかった。火の気もない、蝋燭も灯していないが、窓にはたくさんの光と物の影が交錯していた。それに空気には新鮮さを感じ、胸で悲嘆がうごめいた。暖炉のそばにある物の塊の中から杖を取り出すと、それに体を預けて立ち上がった。

しばらくそこに立ったまま、考えた。アダム神父に見られないように裏から出よう、それに、そこからなら石の槌も見なくてすむ。

扉の外側には、長く生い茂った草むらに材木の山があった。匂いを強烈に感じて、背中が痛むのもかまわず、その材木の山にもたれかかった。そして、悲嘆が溶けて目から流れ出ていくのを待っていた。すると頭上に動きがあるのを感じ、ジョスリンは一瞬突飛な希望を抱いた。首をねじって斜めに空を見上げた。雲のように群れた天使たちが陽光を受けて輝いている。天使たちはピンクで黄金色で白だ。それに天使たちは光と大気に歓喜して甘い香りを放っている。天使たちと一緒に清澄な葉っぱもきれいに舞っていて、その葉っぱの渦の中に長くて黒いものが、芽を出し上へ伸びている。ジョスリンの頭が天使たちと一緒に漂っていると、その林檎の木には一本の枝の他にもっと何かあるのが突然わかった。それは壁の向こう側にあって、雲や渦と一緒に噴き上がり、大地と大気をつかみ、噴水なのか、何かの奇跡か、林檎の木か。これを見てジョスリンは子どものように泣き出し、嬉しいのか悲しいのか自分でも判然としなかった。参事会長役宅の庭が川べりと接し、滑っていく水の流れに樹々が覆いかぶさっているところで、空の青が一つに凝縮して双翼のサファイアに変わっていくのが見え、サファイアは一度だけ閃光を放った。

ジョスリンは大声で叫んだ。

「戻ってこい！」

だがその鳥は、いったん弓から放たれた矢のように、去ってしまった。戻ってこないだろう、とジョスリンは思った、一日中ここに坐って待っていてもだめだろう。あの鳥が戻ってきて、光り輝きながら、ほんの数ヤード先にある杭にとまってくれたら、そんな思いつきを楽しみ始めたが、馬鹿なことを考えている、とジョスリンの心は知っていた。

「カワセミは私のところには戻ってこない」*4

それでもジョスリンは、カワセミを見られただけでも運がいい、他の誰も見た者はいないのだから、と自分に言いきかせた。やっと自分の足で立つと、わき道を抜けて境内へ出た。杖と足の埃まみれの先端が、ゆっくりと動いているのを見つめた。体をほとんど真っ二つに曲げ、一インチ一インチと進みながら、私は老いぼれ鴉みたいに見えているに違いない、と思った。あそこにないものをなぜ見つけに行こうとしているのか？　それだって全く単純としか言いようがない！　理由ならいくつもあって、それがみんな混じり合っている。アダム神父の言ったとおりだ。林檎の木だの、カワセミだのと、私はあまりに仰々しく騒ぎ立てすぎる。

ジョスリンは「王の門」に来ると、都合よく近くにあった乗馬台用の石に腰をおろし、じっと埃を見つめた。しかし、何人もの足が踏みしめたというのに、埃は普通の埃のままで、そのため、もう何もかもがいっそう物悲しく思えてきた。そこでジョスリンは、自分を奮い立たせ、埃の中を足を引きずって進んでいくと、目の前に水が流れている本町通りの溝《どぶ》があって、そこで裸の子どもが遊んでいた。

ジョスリンはその女の子に話しかけた。

「わが子よ、ロジャー・メイスンさんはどこかね？」

おやおや、私がまさかこんな年寄りじみた声になろうとは、いったい誰に想像できただろう、とジョスリンは思った。だが、そう思っている間に女の子は溝から水をはね上げて跳び出すと、走り去った。そこでジョスリンは、溝を横切る手だてもなく、そのまま溝の中を歩いて進んだ。大人の男の脚と腰に気づくと声をかけた。

「わが子よ、ロジャー・メイスンはどこかね？」

誰かが上から唾を吐くと、その唾はジョスリンの外套の端にかかった。つっけんどんに声がかけられた。

「新町通りだ」

脚はいなくなった。

杖と足を右側へ向けると、舗道の敷石の上へ体を運んだ。新町通りまではとても長いな、と思った。そして、そう考えると、これ以上前に進むことはできないと思えた。あたりを見回し、乗馬台の

＊4　頭部が暗緑青色、背と腰が鮮やかな空色のこの鳥は、おしどり夫婦として知られ、雄が死ぬと雌はその死骸を背負って、鳴きながら海を渡って飛んだ、といわれる。

石を捜したが、見つからない。そこでジョスリンは、荒壁のそばに坐り込み、外套で体をくるんだ。顔の上にも外套を引っ張りあげて覆ったので、テントの中にいるみたいだ。

それでも、そのテントを通して人の気配の圧迫感を感じた。それですぐに顔を出すと、子どもたちの裸の足が見えた。

「わが子らよ、ロジャー・メイスンはどこかね?」

溝の水をはねながら、足が逃げていった。ジョスリンの足元で一つの石が跳ねた。進んだ方がいい——とにかくどこかへ、と思った。そこで荒壁に沿って難儀しながら進んだ。そしてじきに、ロジャー・メイスンはレトワール亭で飲んでいるだろうと思いついた。杖を左側に突き出し、右側の荒壁に手をつきながら、ジョスリンは這うように進んだ。そしてやっと、ペンキで塗った一つ星の看板をかかげた、乗馬台のある飲み屋兼旅籠《はたご》が見えた。息も切れ切れに乗馬台の石に坐ると、心の中で、これ以上は歩けないからこれでいいのだ、と呟いた。

「ロジャー・メイスンは」

足が去っていくと、またその足はもっとたくさんの足と一緒に戻ってきたので、ジョスリンはさっきと同じように足に向かって言った。

「ロジャー・メイスン。ロジャー・メイスン」

ついに一人の女の足が男たちの足に交じった。赤いドレスの縁《へり》が見えた。その女は大声で叫ぶと、忙しくまくし立てた。だが、この女の言葉は以前と同じように簡単に無視できた。この女には気の毒なことをした、と思った、大して気の毒に思うわけではない——ほんの少しだけ、すまない。この女が私の悲しみに全く係わりがないのは、この私に欠けているものがあるからだ。

両腋《わき》の下に手が挿し込まれ、乗馬台石から持ち上げられると、足と杖と一緒に、ジョスリンは引きずられていった。一つの戸口が目の前に近づくと、次に階段が目に入り、自分の足が一つ一つと階段に触れ、杖もトン、跳ねる、トンと上っていく。それから、さっきよりかなり暗いところにまた扉があって、大きく開かれる。腋の下の手がゆっくり下がり、雲の中に入ったみたいにぼうっと気が遠くなった彼を長椅子の上に下ろしてしまうと、去っていき、扉が閉まった。ジョスリンは、両目を閉じたまま、ものを感じることが戻ってくるようになるのを待った。

最初に戻ってきたものは一つの物音だった。こすれる音、クシュッという音、息と痰を切る音、リズムがある。この音を耳にしてジョスリンは目を開けた。小さな暖炉の片側、窓の真向かいに、大きな寝台があり、皺《しわ》くちゃのリネンと長枕が見えた。ロジャー・メイスンが片肘をついてそこに横になっている。靴を脱いでいるが、ちゃんと衣服を身につけていた。顔はむくんでいるが笑いが止まらない。口がさらに大きく開き、笑いが叫びのように見えたが、ロジャーは寝台に突っ伏した。ジョスリンはその胸が上下に動いているのを見つめた。

ロジャー・メイスンは、体にシーツや毛布などを巻きつけながら、寝台の上で転がった。再び重そうに片肘で体を支えると、犬のように歯を剥いてジョスリンに向かって笑った。顔には汗がにじんでいる。まわりが赤くなったロジャーの目を覗き込むと、その顔が歪むのをジョスリンは見てとった。ロジャー・メイスンは顔を横に背《そむ》け、火に向かって唾を吐いたが狙いははずれた。

「あんた、死人《しびと》みたいに臭いよ」

ジョスリンはその言葉の意味を探り、ロジャーのベッドの上方に漂っているいろんな顔を思い出そうとした。そのとおりかもしれない、そうだ、本当に、そのとおりかもしれない、と思った。老いぼれの、間抜けな声が同じ言葉をそっくり繰り返しているのが聞こえた。

「そのとおりかもしれない、ロジャー、そのとおりかもしれない。そうだ、本当に、そのとおりかもしれない」

ロジャーは片肘に体を乗せ、前に傾いてきた。その声は深く満足しているようだ。

「あんたもつかまってしまったね」

げっぷが出ると、ロジャーの喉元に赤い液体が流れてきた。

「まだ倒れてはおらんよ、ロジャー。アダム神父がそう言った。金剛石で建て、大地の根っこに錨でくっつけたって、いつかは倒れるとアダムは言ったがね」

親方は寝台の上で体を持ち上げようとした。両足をねじりながら寝具類から体を引き離すと、よろめきながら部屋を横切っていく。ロジャーが窓辺で罵り、叩いているのが聞こえた。がちゃんと割れる音がして、ガラスが床に散らばった。親方は、共鳴しない大気に向かって怒鳴った。

「おーい、大将、いつでも勝手に倒れっちまえ![*5]」

「今日は風もほとんど吹いていないよ、ロジャー。せいぜい林檎の花を躍らせるくらいの風しかない」

親方はよろめきながら、窓から離れてきた。寝台のそばに苦しそうに両膝をつくと、寝台を両手でさわった。親方は寝台をあきらめ、ぐったりと体を横にすると、再び笑った。

「ジョスリンさんよ、あんたの臭いのは気に入ってるぜ。俺をいい気分にさせてくれるよ。いい気分にさせてくれるものがまだあるなんて、とても思ってなかったからな」

だがジョスリンは、その場から離れ、どこか夢の中にいて、そこからうわの空で返事をした。

「カワセミを見たんだ」

それから部屋にはたくさんの足が動いて、赤いドレスも入ってきて、おしゃべり、おしゃべり、おしゃべりが延々と続いた。ロジャー・メイスンは持ち上げられ寝台に戻った。その声はジョスリンに向かって発せられ、何か言っていたが、彼から離れると、寝台へと戻っていった。

「わかんないのかい、この大馬鹿者が？　こいつがここにいるって、連中はちゃんと知ってんのよ！」

それからあのドレスと声はドアから出ていった。ジョスリンが寝台の方へ目を移すと、上がったり下がったりしている胸がやっと見えるだけで、耳に聞こえる音といえば喘《あえ》ぎばかりだった。止まっては、また喘いでいる。

「ロジャー？　ロジャー？　聞こえるか？」

喘ぎだけが返ってくる。

「想像してくれないか。私は偉大な仕事をやっていると思っていたんだ。でも私がやってきたことは

＊5　原文では“me old cock”と呼びかけている。old cock とは男友達への呼称であるが、cock には俗語として陰茎の意味もある。

破壊をもたらし、憎悪を生み出しただけだった。ね、ロジャー？」

ジョスリンは注意深く見つめていたが、目で捉えることができた動きは、胸の上下動と、喘ぐたびにわずかに震える片手だけであった。ジョスリンは目を逸らして、暖炉の残り火を見つめた。影が部屋の四隅に伸びてきただけに、先ほどより残り火が明るくなったように見える。

「神聖な愛の心ですべての人を愛すること。そうすれば……ロジャー、聞こえるか？」

しかしロジャーは身動き一つしなかった。ジョスリンは話しかけるのをあきらめ、待つことにしたが、その間、喘ぎのあと次の喘ぎまでロジャーの手は動かず、残り火は影の濃くなるなかで明るく輝いている。そしてジョスリンは、自分の心の中に居坐っている、形状のない、表現できない塊のことを吟味していた。

やっと寝台の上の姿が動いた。ロジャー・メイスンは、長枕に頭をのせ、顔は無表情のままジョスリンに向け、だらっとしまりなく横になっている。

「やあ。俺たち二人して、ここまで来ちまったな」

「年寄りが苦しまないっていうのは嘘だね。若い人たちと同じくらい苦しむよ。でも苦しみを処理する能力は若い人ほど持っていないんだ」

「大ぼらだ」

「そして、身を清く保ってきたつもりだったのに、そいつがとんだインチキで、あげくには死んだ女に魔術をかけられてしまって」

「あんたは狂ってる。俺はいつもそう言ってただろう」

「おそらくそうだろうな。この間ずっと、あの巨大な尖ったもののことばかり考えていた。でも彼女のことは何もわかっていなかった。私の、この私の夢の中で私に話しかけてきて、いや話しかけたのではなく、私に向かって言葉の出ない口の中でもごもご唸っていたけど、あれはそのことを言いたかったのかね？　とにかく、ほら、それさえ全くはっきりしないんだ。アリスン叔母が言うには、あの娘《こ》が私を魔術にかけたのだそうだ。そうだったんだよ、なあロジャー？　魔術以外に、いったい何があるというんだ？　でも、ほらわかるだろう――あれは結局、本物の釘なのかもしれないじゃないか。はっきりさせる手だてはない」

親方が叫んだ。

「ジョスリンさんよ、あんたなんか神に呪われるがいい。問題は崩落さ、俺はそれを待つしかないんだ。あんたは俺の技術《わざ》を、俺の軍勢を、すべてを取り上げちまった。あんたなんか地獄巡りでずーっと呪われるがいい」

ロジャーはしゃっくりをしながら咽《むせ》び泣いた。

「あんたもあんたの網もくそくらえだ。あんたのせいで俺はあんなに高いとこにまで突き上げられた」

「私だって突き上げられたんだ。私だって何か網にかかっていたんだ」

ロジャーが長枕に顔を押しつけて、鼻をすすっているのが聞こえた。

「高すぎる。高すぎる」

突然ジョスリンの頭の中が晴れた。あの形状のない、表現して伝えることのできない塊をどう扱ったらいいのかが正確に見えた。

「ほら。私がここに来たのは、こうしたかったからだ」

ジョスリンは外套の留金をはずしにかかり、外套が体から下に落ちると、さらに頭蓋帽を押し下げるようにして脱ぎ、そして胸から十字架をはずして長椅子の上に置いた。

「剃髪のことは勘弁しておくれ。死んだ犬の口を水できれいにするようなものだな。*6 本当に、だめだ。異端だと？　私はいろんな信仰の寄せ集めだよ」

ジョスリンは立ち上がると足を引きずって部屋の反対側へと歩いた。ひざまずいたが、彼の背中には体を支えるだけの力がなく、両手をついて倒れ、四つん這いになった。しかたない、この姿勢でよしとせねばなるまい。

「前に君は、私が悪魔そのものだと、言ったね。それは違う。私は愚か者なんだ。また、こうも考えるんだ——私は建物で、その中に巨大な地下室があり、鼠がうようよ生きている。それに私の手は、少しばかり胴枯れ病に罹っている。触れる人に危害を与えてしまうんだよ、特に自分が愛している人たちにね。だから今、痛くて苦しいし、恥ずかしさでいっぱいだが、ここにやって来たのも、君に赦してくれとお願いしたいからだ」

沈黙が長く続いた。残り火がぱちっと鳴ったり、窓の蝶番《ちょうつがい》がキーキーと軋み、窓の外で葉っぱがそよいでいる。ジョスリンは四つん這いになった手と手の間の床板をじっと見つめた。ここまで来た、もうこれ以上は何もできない、と思った。

床からどしんと音が響いた。ひざまずいているジョスリンの右手のすぐそばの床を、膝が一つ叩いたのだ。肩をつかまれ、ジョスリンは体をまっすぐに持ち上げられた。ロジャーの両腕が彼の体をがっしり抱きとめていて、背中が燃えているように熱かった。ジョスリンは、親方が罵り咽び泣くのに合わせて、自分の体と頭が揺さぶられるのを感じた。親方の嗚咽の仕方が下手なので、咽び泣くごとに発作的に痙攣が起こり、二人の体を揺さぶった。そして咽び泣きの合間合間に、言葉が転がって出てきたので、ジョスリンは自分もまた、溺れかかった人が物をつかむように、相手にしがみついているのがわかった。肩にロジャーの頭がぎしぎしと食い込んできて、気がつくとジョスリンは、林檎の木について、馬鹿みたいなことをぺちゃくちゃしゃべったり、幼児を諭すような馬鹿げたことを口にしたりして、相手の幅広い震える背中を軽く叩いていた。この男はとても善き男なんだ、善とはどういうことかは別にして、とても善き男だ、とジョスリンは思った。あのペンキで塗った、揺れる一つ星の看板の下で、何かが生まれつつあった。

やがてロジャーは姿勢を起こし、しゃんとなった。片手はジョスリンの肩にかけたまま、もう一つの手で自分の顔をこすった。

「赤ん坊みたいにめそめそ泣いてしまった。酒のせいだ。酔うとわけなく泣いてしまうんだ」

ジョスリンは重苦しい手に肩をつかまれ、体が揺れるのを感じた。

＊6　訳者にはよく意味がとれなかった一文。旧約聖書サムエル記下第九章には、「足萎え」のメピボセテがダヴィデ王に向かって、自分を「死んだ犬」以下の人間と呼ぶ場面がある。メピボセテは、ダヴィデ暗殺を企てたサウル王の孫にあたり、そのため卑下したのだが、ダヴィデは彼の固辞にもかかわらず、厚遇する親切を示した。ジョスリンの頭には、この挿話があったのかもしれない。

「ロジャー、私が体を起こすのを手伝ってくれるかい？」

親方は大きく、叫び声のような笑いを発した。ジョスリンを半ば運ぶように長椅子を戻すと、寝台へ向かい、その縁《へり》にぐったりと腰をおろした。その間ずっとジョスリンは説明していた。

「近頃は背中にあまり力がないんだ。ぽきっと折れてしまいそうだよ。これもあの石の槌の重さのせいじゃないかと思う。でも、ちゃんともちこたえている」

「確かにもっているな、おっ立ってるよ。さあ一杯やれよ」

「私は結構だ、ありがとう」

柴の束の散らかった端っこに火が移り、黄色い炎をあげて燃えた。部屋中に影が飛び跳ね、一杯に広がった。親方は水差しに手を延ばし、酒をガブガブと飲んだ。

「やれることはみなやったさ」

「あのてっぺんじゃ、いろいろひどかったからね。正気じゃなかった」

「それは言わないでくれ」

「ぐっと重みがかかり、止まる。すっと軽くなって、止まる」

親方が怒鳴った。

「わかったよ。いい加減にしてくれ！」

ジョスリンは、頭の中に再び顔を出したあの形状のない塊を検証した。

「もちろん、これで終わりというのじゃない。いつか倒れるだろう。でも、四本柱が撓《たわ》み、尖塔が傾いても、瓦礫になっても……わからない。それでも、何か残るんだ、何と呼んだらいいか、おそらく、それでも信じようとしないこと、とでも言うか？　ね、ほら、それこそ私たち二人に与えられた役目かもしれない。あの男は、私が娘っ子みたいで、いつも親友を欲しがっていると言った。でも、それのどこがいけないんだ、それでいいじゃないか。それで、私はあれにこの体を差し出した。あれを支え、立たせているのは、ロジャー、私かね？　あの釘かな？　彼女が支えているのか、それとも君が？　あるいは、可哀想なパンガルかもしれない、肋骨の間に寄生樹《やどりぎ》の裂けた小枝を刺し込まれたまま、交差部の地下にうずくまってね」

ロジャー・メイスンはぴくりともしなくなり、ただじっとしていたので、まるで壁の一部になったみたいに、暖炉の炎が揺らめくと彼も揺らめいた。だが、他に何かが部屋の中で動いていて、ジョスリンの周りで黒い翼を続けざまに羽ばたいている。ジョスリンの声は嵐の中から響いてきて、自分がその声を使っているとははっきりわからないほどだった。

「だから、わが子ロジャーよ、何か君にできることがまだあるんだ。まだ何かが」

ロジャー・メイスンの顔は再び血がのぼり、どす黒くなり、声は嗄《しわが》れた。

「ここへ来たのは、そういうことだったのか、ジョスリンさん？　目には目を、歯には歯を、というわけか。[*7]もし俺がいやがったら――あのことをばらす気なんだ」

＊7　報復の原則を表すこの語句は、旧約聖書出エジプト記第二一章にあるモーゼの説教の中に見られるが、一方イエス・キリストは、新約聖書マタイ伝福音書第五章において、右の頬を打たれたら、もう一つの頬を向けてやりなさい、と説いた。

「ちがう！　ちがう！　私は決してそんなつもりで――」

「あんたって人間がわかりました、神父さん。ずっと自分が追い詰められている感じがしてたんだ」

今、黒い翼の羽ばたきに囲まれて、ジョスリンは恐怖に襲われた。

「そんなつもりで――」

「あんたって人間がわかった、と言ったろ」

「何か、何か、私にはどうにもできない何かがそう言わせたんだ」

ロジャー・メイスンは、寝台の上にぐったりと腰を沈めていた。

「今度疾風が吹き始めたら、思い出すことにしますよ。目には目を、って」

「君はここを去っていくがいい。まだ若いんだから」

「誰が雇ってくれるというんですか？　誰が俺と一緒に働いてくれますか？　あんたは何でもかんでもご自分がやりたいようにするんだ、ね、神父さん？」

「私たちには神がついていてくださる。そのことを私は知っているのだ――だが他のことだって同じくらい知っている。つまり、私は何も知っちゃいないって。ロジャー、人間の精神って一体何なんだ？　丸ごと一つの建物じゃないだろうか？　地下室なんかも一切含めてさ」

それから、あの黒い目をした女が部屋にいて、強い風のようにまくし立てた。彼女が姿を消すと、別の声や笑いが聞こえる。

「外の騒ぎは何だね？」

「みんな集まってるんだ」

「いいかい……もしあの娘があのことで何かわかっていたら、何も言うことはない。ね、ロジャー、厄介なのは、私の地下室があの男のことをわかっていたということなんだ……あの男は不能だとわかっていた、ということだ——それで二人の結婚を取り決めたんだよ。あの娘の髪のせいだった、と思う。私は始終目にしていたよ、赤い髪が揺れて、青白い細面《ほそおもて》の顔にかかるのをね。その後は、もちろん目にすることはなかった。でものちに、あの娘が柱のそばに佇《たたず》んで君の方を見つめているると、私の目の中にそれが焼き付いてしまった。そのとき私はあの娘の魔術に取り憑かれたんだ。あの娘がそうしたに違いない、そうだろ？　だから、あの娘がどんな生きものなのか私は知らなくては、と思ったんだ。だって、もしあの娘が知っていたら、自分の夫の身に何が起こったのかわかっていて、しかも、もしかしたら、それでもいいと同意していたのなら——こんなに底深い恐怖はないのではと——そして、そういう生きものなら私に取り憑いてしまうのも当然じゃないか！」

「あんたは一体何をしゃべってるんだ？」

「もちろん、あの娘のことさ。私はあの娘を捜さなくちゃならなかった。よく駆けてきては佇んでいたものさ。膝を怪我したときは布でくるんでやってさ、私の服からちぎった布だよ——で、それがどうだって言うんだ？　後で、あの娘が私の網にしっかりかかったとわかったとき、私はあの娘に会って説明しようとしたし——」

「あんたがか？」

「あの娘は私のことを口にしていたかい？　まあ、いい。私はあの娘までも犠牲にした。ちゃんとわかっていながら、そうしたんだ。ロジャー、君だってわかるだろう、祈りはかなえられたんだ。それは恐ろしいことだ。だから、死んだ後でも、あの娘は私にまつわりついて、私を魔術にかけた。髪で祈りが見えなくなってしまった。死んでいる女なのにね。全く結構なお笑い草だよ」

「笑い草だと！」

「愛ならばすべて善きものという生き方《モード》もあって当然だ、そこでは一つの愛が別の愛と競うのでなく、それを深めるのだから。ロジャー、人間の精神ってどんなものなんだろうね？」

「あんた、ここに来た用事は済んだんだろう。もう、行ってくれ」

「だが私は知らなくてはいけないんだ――」

「俺たちにとって、そんなこと、もう何の意味もないはずだ」

「私の精神はすごく混乱しているんだ。私はあの娘を愛した、ほら、取り憑かれる前にもね、娘《むすめ》みたいにだよ。ほら、あの娘《こ》が死んだときさ――」

「やめにしようや、行ってくれ」

「一度に三つのことを言うには舌が三つ要るね。私はあそこにいた。憶えてるだろう。ほんとに助けたかったんだ。たぶん、自分でもあのときは、いくらかわかってたと思う。あの娘は床の上に転がっていた。目を上げたとき、戸口にいる私を見たんだ、正装している聖堂参事会長、司祭の姿、つまりは私から罪を咎められると思ったんだな。私はただあの娘を助けたかったのに、でもあれで死んだ。私があの娘の喉を切り裂いたも同然だ、間違いなく私があの娘を殺したんだ」

ジョスリンは自分の足のそばに親方の足音を聞いた。熱い、酒臭い息を顔に感じた。

「出て行けよ」

「わからんのか？　私がこんな、いろんなことを知らなくちゃいけないわけを……私があの娘を殺したんだから！」

親方は出し抜けに怒鳴り始めた。

「出て行け！　出て行け！」

その二つの手がジョスリンの体を横ざまに投げつけた。扉がばたんと開いて、同じ二つの手がジョスリンを押し出した。あっという間に階段が目の前に現れた。ジョスリンは手摺にしがみつき、階段に膝をついていた。

「この臭い死人《しびと》が！」

水差しが頭の上を飛んで、壁に当たって砕けた。ジョスリンの両手と両足が、泥でぬるぬるした舗道の丸石の上までその体を運んで下りた。親方がうしろで叫んでいるのが聞こえる。

「あんたなんか、連中に皮を剥がれるといいんだ！」

だがその叫び声も、怒鳴ったり、笑ったり、猟犬の真似をしたりする、無数の声の嵐に吸い込まれた。ジョスリンは壁に手を預けて立ち上がったが、体の周りに声の嵐が渦を巻き、手や足が、かすんだ顔が、彼の顔めがけて襲ってくる。ジョスリンは薄暗い路地がちらりと目に入ると、そこに体を押し込んだが、着衣の背中が裂けた。僧衣が引き裂かれる音も耳に届く。いくつもの手で体が抱きかかえられ、ジョスリンは倒れ込むこともできなかった。声の嵐が、嘶《いなな》き、吠え立てる声になっていく。声は勝手にそれぞれの口を造り出し、牙を剥き出し、涎《よだれ》を垂らしている。ジョスリンは大声で叫んだ。

「わが子らよ！　わが子らよ！」

わめき声と追い立てる声は、呪咀と憎悪の海となって押し寄せる。手は拳と化し、踏みつける足にもなっている。どの声よりも一際高い声で、アイヴォとその仲間たちが、猟犬をけしかけているのがジョスリンに聞こえた。

「やれ！　やれ！　やれ！」

ジョスリンは倒れてうつぶせに伏し、人々の脚と、どこかの入口の光が溝の汚水に反射しているのに、視線を向けていた。

すると、沈黙がじわじわ広がった。脚が動いて彼から少しずつ離れていく。その沈黙のなかから一つの声が、女の声がジョスリンに聞こえた。

「聖なる聖母マリア様！　あの人の背中をご覧ください！」

みんなの足がそれまでよりも速く動いた。ジョスリンの視界から次々に去っていく。急ぎ、走り、駆け出し、丸石につまずくのが耳に入ってくる。光が洩れていた入口もバタンと閉まった。

ジョスリンは震えながら、しばらく横になったままでいた。やっと動き始めると、壁の方へにじり寄った。私は裸だな、と思った、予想できたことだ。体を引きずり立ち上がると、本町通りのかがり火の油壺から出ているかすかな光へ向かって、体を横向きにしながらじわじわと進み始めた。ときおり壁から体が離れ、よろめきながら溝にはまり、またそこを出て進んだ。一度など、溝の中に倒れ込んでしまった。こうして、私がこういう人間だということが露わになったのだな、とジョスリンは考え、またそこから這い出た。路地が本町通りと出会うところで倒れると、もう動かなかった。背中に衣をかけてもらったことも、レイチェルのスカートの裾にも、アダム神父の革サンダルを履いた足にも、ほとんど意識が働かなかった。優しく介抱してくれている手がある。冬場の溝のようにぺちゃくちゃさえずる声がする。それから、暗黒の雲がジョスリンに押し寄せ、彼を呑み込んだ。

第十二章

彼はアーチ型天井の上の肋材《リブ》に再び面と向かい合っていた。それはどこからみても変わっていなかったが、彼の方はこれまで知らなかった生存に初めて入っていた。それは自分が体から遊離して宙吊りになった感覚であり、その感覚はときどき、どうにも抵抗できない、気が遠くなっていく波に呑み込まれ、正体のない恐怖を味わわされた。気が遠くなった後に空白がある。そういうときジョスリンは、ふと自分が宙吊りなのを意識していて、一体どうなってしまったのかとぼんやり考えている。言葉にはならないが、体の上方に浮かぶ自分に話しかけてみる。

私はさっきどこにいたんだ？

すると決まって、言葉はないが、返事がある。

どこでもない。

飲むと苦い味のする液体があった、たぶん罌粟《けし》の搾《しぼ》り汁で、思うにそれを服用すると、うつ伏せになった体の上をこんなふうに浮遊できるのだ。いくつかの顔は割り込んでくるが、一つの顔はその汁を飲ませてくれ、もう一つはアダム神父で、この顔には今やしっかり焦点が合っている。ジョスリンには、空白がどれだけ広がっているのか、また宙吊りの時間と漂う時間がどのくらい続くものなのか、わからなかった。だが、一度ちらりと見上げ、それから次にまた一瞥する合間に、陽光が、あるいは影が、アーチ型天井の肋材《リブ》の上にどれだけ時間を刻んだか、さして驚きもしないで目に留めておけた。ときおりジョスリンは、うつ伏せになった自分の下にあるもの、体のからくりの方を、時間の経過よりも差し迫った問題として意識することがある。とりわけそれは、肋骨《リブ》を広げ畳《たた》むという体内の働きと係わっていて、この働きはたとえ弱々しくても休まず行われ、中心部の心臓は、窓から出られなくなった鳥のように、ぱたぱた震えた。それでも、聖職者たちが何かお勤めのために彼の体を手で触るときだけは、彼は自分の体の中に引き下ろされていた。一度だけ、言葉のやりとりがはっきり聞こえたが、理解できたのは終わりの方の数語だけだった。

「消耗していますね、背中と脊椎骨に結核があるし……」

そして、途切れがあった後に、「だめです。手だてはありません。それに、ほら、心臓がずいぶんと……」

しかし、波のように漂う不思議な時間の大半を、ジョスリンは体の上空で、また空白の中で宙ぶらりんになって過ごした。思い浮かぶ考えは、百年も続くのがあるし、一秒で消えるのもあった。いくつもの像《イメージ》が見えたが、全く関心が向かない。たった一つの口しか使用しないというのに、しゃべることがとても込み入っていて、口をきくことがほとんどなかった。その口を開こうとしても、下方に横たわる体のからくりを避けたいという気持に制約を受けていたし――しばしば彼を待ち伏せする空白も妨害をするのだった。それでも、霧が立ちこめた時間と、アーチ型天井を実際的に検証している時間とで、数百年、数百年と経過するが、その切れ目のたびにジョスリンは口をきこうと長い間努力する。石化した口の中へと自分を引っ張り込み、その石をぶち割って、形状を持つ呼気を一吹き、ぷっと吹き出すのだった。

「倒れたか？」

焦点が合ったアダム神父の顔が近くに寄り、ジョスリンの方に傾いてきて、微笑む。

「まだですよ」

その青い目を、そして微笑みがかすかに口元を広げて両頬に皺《しわ》を寄せるのを、ジョスリンは目で探る。すると、その顔が横へ滑って見えなくなり、その代わりに目に入ってきたものを手当たり次第にジョスリンは探っている――それは石の肋材だ、そしてたぶん蠅だろうが、逆さにとまって何やらちんけな仕事をしている。

ある時点でジョスリンは、自分の墓のことを考え始め、なんとかあの唖者《あしゃ》に来てもらうことができた。際限なく時間をかけ、空白が何度となく続いた末に、望んでいることを若者に理解させることができた。飾りは一切なく、衣も肉も剥ぎとられて死んで横たわる姿、頭は垂れ、口を少し開けた、皮だけが覆っているうつ伏せの骸骨。ジョスリンが寝具類をしきりにつまみ上げるので、手の持ち主たちもようやく理解した。若い唖者のために、ジョスリンは衣を脱がされ、彼が再び宙に漂っている間、若者は魅入られたように、目を逸らすこともできぬまま、嫌悪の表情を浮かべ、描き続けた。百年か二百年かが過ぎて若者が去ると、アーチ型天井では蠅がその足をこすってきれいにした。

あるとき一度蝋燭が灯され、祈りの声がぶつぶつ聞こえ、油が塗られた。鉛のような精気のない体に係わるこの臨終塗油式の間、[*1]ジョスリンは上方に漂っていた。そして空白が訪れた。だが、目を覚まして再び漂い始めたとき、新しいことが起きた。風の音が、雨の音が、窓が鳴る音が、聞こえてきたのだ。すると地下室とそこに巣くう鼠たちのことを思い出した。思い出すと恐慌に駆られ、再び喘《あえ》ぐばかりの体に引き戻された。

「メイスン。ロジャー・メイスンを」

いくつもの顔がジョスリンの近くに寄ってきて、いぶかしげに眉をつり上げ、わけのわからぬ長い文章を言っている。

「ロジャー・メイスン！」

突如として喘ぎが、頭の中の言葉と思いとに追いつき、捉えた。肺はその働きを止めようとし、彼は恐怖の只中でその働きを駆り立てた。いくつもの手が彼を持ち上げ、気づけばジョスリンは坐っていた。

それから再びジョスリンは背中を下にして横になり、石の肋材《リブ》を見上げていると、光沢のある陽光が石の線を一つずつ移動していく。

私はさっきどこにいたんだ？

＊1　カトリック信徒においては、十字架にかけられたキリストの贖罪行為にあずかるには、教会の定めた救済の秘蹟（サクラメント）と聖体（ホスチア、聖餅）を受けることが必要である。その秘蹟のなかでもこの終油の秘蹟は生涯一回きりのもので、臨終に際し最後の罪の許しを得ることで天国に行けるようになるため、非常に重要視された。

しかし彼と陽光の間に一つの顔が入ってきてかがみ込み、頭を揺らしている、目には赤い縁《ふち》があり、黒髪が蛇のように垂れ下がって彼を撫で、口がぱっと開いたり閉じたりしている。その女の攻撃は狂乱じみていて、ジョスリンはそれについていけず、関心を払おうとしなかった。

「納屋の中でさ、玉葱と小麦袋の間で……」

これだけ活力に溢れていては、この女は死ぬときも命を手放すのに苦労するだろうな。人を食い尽くすおしゃべり口で、善き女だ。

「……あの人、四つん這いになっていたのさ。首にはまだ綱が巻きついていて、片方の端っこは折れた垂木に巻きついてたのよ。あの人いつも、仕事で一等難しいのは、どれくらい力がかかったら折れてしまうか見極めることだ、なんて言ってたくせにさ。ほんとは神様にしかわから……」

神か、とジョスリンは、心の目でものごとを小さく縮めて眺めながら考えた、神だと？　もし戻ることができるなら、神は下々の人々の中におわして、そこでこそ見つかるものだと受け容れよう。でも今は魔術のために神が隠されている。

「暖炉のそばに坐ってさ、頭を片方に傾けたまま、何も見えず、口もきけなくて……あの人のために何でもしてやらなくちゃいけないんだよ、何でもかんでもだよ！　あんた、わかるかい？　赤ん坊みたいになっちまって！」

ジョスリンは、アダム神父の手が自分からその女を引き離すのを、何の興味もなく目に留め、女の甲高い嗚咽《おえつ》が部屋の中から、階段を下りて、小さくなっていくのを耳にした。もう何も伝えられないロジャー・メイスンの顔、草の上の少女たち、かがみ込んで聖堂の番をしているパンガルの体を、ある知覚の次元《モード》で眺めた。塔《タワー》の不恰好な歩板《あゆみいた》、ぶざまな裂けた八角形枠組を眺めた。重さも感じた。もういい、そう思った、もういい。あの者たちの気持ちを思いやることさえできない。そして自分のことも。

誰かが部屋で呟いており、金属のちりんと鳴る音がした。アダム神父の顔がまたすぐそばに来た。その唇を見つめていると、音は出ているのだが、ジョスリンはとても疲れていて注意を向けることもできなかった。

青い目が一度まばたきをした。そのまわりの頬の皮膚に皺が現れた。唇がまた開いて閉じた。今度は、言葉がアーチ型天井の中へ消えていく前に、罌粟の搾り汁で麻痺した耳がその言葉をつかんだ。

「ジョスリン」

そのときジョスリンは、自分の時計の大きな回転が完了したことを知った。死ぬことはたやすい、食べることや飲むこと、排便することと同じくらい簡単なのだ。一つが過ぎたらその次の回が巡ってくるだけのこと。

それでも、今知ったことは自由といえるものであり、だから彼の思いは、荷馬車から馬具をはずしてもらった馬のように、速足《はやあし》で進み始めた。ジョスリンは、試しに上を見あげて、こんなぎりぎりの刻限になったからには、魔術も自分から抜けていったのでは、と確かめようとした。しかし、縺《もつ》れ合った髪が星たちの間で赤々と燃え立っている。そして大きな棍棒のような自分の尖塔《スパイア》が、その方向へせり上がっている。あれがすべてだ、とジョスリンは思った、時間があればあれが説明になってくれる。彼はアダム神父に宛てて一つの言葉を発した。

「ベレニス」

神父の微笑みがとまどい、不安げになった。それから表情が晴れた。

「聖女、ですね[*2]？」

弱っているところ、守ろうとするところが錯雑に絡み合い、笑おうとすると、苦しんでいる肉体が胸を締めつけた。ジョスリンは急に怖くなって体を静め、大道芸人のように、生の方へ釣り合いを保った。すると急にアダム神父のことが好きになり、何かを与えたいとジョスリンは思った。そこで適切な釣り合いがとれたときに、彼に宛ててもうひとこと言った。

「聖女だよ」

それに死ぬことは生きることよりもずっと自然だ、だってあの恐慌に打ちのめされた代物が、肋骨《リブ》の下で、消える直前の炎のように、飛び跳ねたり、弱ったりするほど不自然なことはないからだ。

「ジョスリン」

あれは私の名だ、と思い、穏やかな関心を感じながらアダム神父を見た。この神父だってまた死に向かっているのだ。明日か、そんなあたりに、まるで子どもに言うみたいに、同じ調子で「アダム」と誰かが言うのだ。式服を次々と変えてどんなに高い地位に出世しても、明日かまた次の日かに、銀の槌であのなめらかな羊皮紙みたいな額を三度軽く叩かれ、死の確認を受けるのだ[*3]。それからジョスリンの頭の考えは速足でまた進み始め、アダム神父が全く途方もない生きものだと知った、ほら、頭から足まで羊皮紙で被《おお》われているし、その羊皮紙は場所によって引き延ばされていたり、たくし込まれていたりして、てっぺんには奇妙な髪が載っかり、骨の組み合わせは奇妙きてれつ、羊皮紙をバラバラにしている。すると間を置く暇もなく、自分とその顔との間に割り込んできた夢の中で眺めているみたいに、ジョスリンは、すべての人たちが裸で、明褐色の羊皮紙に被われた生きものであって、その羊皮紙の中に種々の管や支柱が納まっているだけなのだと見てとった。ジョスリンは、彼らが糸で織られた素材の布を着け、足の裏には死んだ動物の皮をつけて、ゆっくり歩いたり、跳びはねるように気取って進んだりしているのを眺めて感受すると、口から吐かれることのない言葉で、こんな幻視《ヴィジョン》にはさよならを言おうと、もがき喘いだ。

地獄の存在を望むとは、あの者たちは何という傲慢だ。汚れなき仕事などない。神がおられるかもしれぬ場所は神のみぞ知る。

いくつもの腕が彼を抑えようとし、空白が訪れた。だが恐慌をきたしながらも空白を見届けようと、自分に戻った。

「さあ、ジョスリン、あなたが天国に行くのを手助けしてあげましょう」

天国だって、と恐慌のなかでも忙しくジョスリンは考えている、私を縛っている君たち、明日までは死ぬことはないと思っている君たち、君たちは天国について何を知っているのか？　天国も地獄も

＊2　アダム神父は、三〇四年にメソポタミアで母や姉と一緒に殉死した聖ベレニスの名だと思ったのだが、それはジョスリンの意図ではなかった。獅子座近くにある星座の髪の毛座は「ベレニスの髪」とも呼ばれ、これは夫の無事を祈って髪をヴィーナス女神に捧げたエジプトの女王ベレニケにちなむものである。

＊3　カトリックの慣習によれば、教皇崩御の際には、侍従が教皇の額を銀の槌で三度叩いて死を公式に確認するとされる。このしきたりが教皇以外の聖職者全般に対して行われていたかどうかは、訳者には確認できていない。

煉獄も小さくてきらきらした、祭りの日にだけ身につけようとポケットから取り出す宝石程度のものさ。今日という日は灰色で、死ぬにはうってつけの、連綿と続く日の一日だ。それに片手であの男をつかみ、もう一つの手であの娘《こ》をつかんで、入っていくのでなければ、天国なんて私にとって意味なんかないじゃないか？

同意か、とは？

私は、石の槌と四人の人とを交換してしまった。

突然ジョスリンは空気に噛みつき、噛みついてじっと銜《くわ》えておかねばいけないとわかった。いくつもの手が彼の体をまっすぐに持ち上げてくれたので、一瞬何をしなくても空気が胸に入ってきた。恐慌が胸から出ていくと、それはまた彼の周りをうろついて獲物を求めた。

恐慌を貫いて、二つの目が彼を見つめていた。その目は揺らぐこともなく安定していて、その目の前に出ると、自分は倒れそうな建物みたいだった。その二つの目は、一つはこちらの一つの目を、もう一つはもう一つの目を、覗き込んでいる。ジョスリンはもっと空気に噛みつき、生存のなかで唯一の安定したものとして、その二つの目に自分の目を釘付けにしながらしがみついていた。

二つの目は滑っていき、一緒になった。

それはあの窓になり、明るく、開け放たれている。何かがそれを分けている。その仕切りの周りには空《そら》の青さが広がっている。二つに仕切っているものは静止し、沈黙しているが、空《そら》の果ての点に向かって上へ突進し、声なき叫びをあげている。それは女の子のようにほっそりしていて、半透明だった。薔薇色の物質でできた種から成長していて、滝のように、上に向かう滝のように、きらきら輝いている。その物質は一つの物で、無限へと向かっていくうちに、狂喜の小さな無数の瀧に分かれて、なにものも拘束することはできない。

恐慌は獲物を求め、忍び込み、窓を打ちつけて、ガラス片が飛び散り、二つの目の前で舞った。恐慌をきたし目が見えなくなったが、それでも恐怖と驚愕は小さくなることはなかった。

「今——私は何も知らない」

だが、渦巻く恐怖と驚愕を、いくつもの腕が下へ抑え込もうとしている、下へ、下へと。思いの狂乱した閃きが闇を引き裂いた。私たちの石たちが大声で叫んでいる。＊4

「われは信ず、ジョスリン、われは信ず、と！＊5」

恐怖と歓喜とは一体何だ、二つはどうして混じり合うのだろう、なぜ二つは同じなのだ？　光が閃くこと、恐慌が放った闇の中を、水の上を飛ぶあの青い鳥のように飛ぶことと、同じじゃないか？

「せめて同意の仕草を——」

潮の流れに乗って、青い鳥のように飛び、もがき、叫び、金切り声を発する、あとに魔術と無限のあの言葉を残すために——

＊4　エルサレムへ向かうイエスがオリーヴ山の下り道に来たとき、大勢の弟子たちは大声で神をたたえて、彼を迎える。それに対し、パリサイ人たちが「弟子たちをお叱りください」と言うと、イエスは「もしこの人たちが黙れば、石が叫ぶであろう」と答える（新約聖書ルカ伝福音書第一九章）。そこから、“The stones will cry out”「悪事は必ず露見するものだ」という諺ができた。

＊5　周囲の司祭たちは終油の秘蹟をジョスリンに与えながら、聖職者の臨終にふさわしくジョスリンにニケア信経を唱えさせようとしている。第一章註17（三三頁）参照。

あれは林檎の木にそっくりだ！

アダム神父は体をかがめていたが何も聞けなかった。だが唇の震えを見ると、神《ゴッド》よ！神《ゴッド》よ！神《ゴッド》よ！と叫んだと解釈できそうだった。そこで、慈悲を施用する権限において、死んだ男の舌に聖餅《せいへい》を載せた。

あとがき　ウィリアム・ゴールディング――人と作品

二〇〇三年四月九日、アメリカの海兵隊と戦車隊は、三週間に及んだ空爆を含む猛攻撃の後、バグダッドの中心部に侵攻、中が空洞になっているフセイン大統領の巨大な像を引き倒した。同じその四月、ジェローム・D・サリンジャーの傑作『キャッチャー・イン・ザ・ライ』（*The Catcher in the Rye*, 1951）の村上春樹による新訳が出版され大評判となり、現在でも新刊なみに書店の海外文学コーナーにしっかりと並んでいる。

学校から退学を申し渡され、ホテルで娼婦を相手に童貞喪失を試みるも失敗、泊まりに赴いた男性教師の家では言い寄られ、家に戻ると妹に一緒に家出しようと迫られ、揚げ句の果て、精神障害治療のため両親に病院へと送り込まれた十六歳の少年ホールデン・コールフィールドが自ら綴っていく一人称小説『ライ麦畑でつかまえて』（野崎孝訳の邦題）は、ほんものの真摯さを希求するが故に、親、学校、社会と向き合えない、ナルシシズム的不満と不安に苦しむ青春を描き出し、若い人たちの共感を呼んだ。この小説が出版されたのは一九五一年、朝鮮戦争が始まった翌年のことである。板門店での交渉ののち五三年七月に休戦が成立するが、無垢と狂気の間に揺れる青春を映すこの作品は読み続けられ、五〇年代後半から北ヴェトナム爆撃が開始された一九六五年にかけては、米国の高校生、大学生の間で圧倒的な人気を博した。

そして同じ時期、この作品に劣らないほどの人気と真剣さで同じ読者層に読まれたのが、本作『尖塔』(*The Spire*, 1964) の著者ウィリアム・ゴールディングの処女作『蝿の王』(*Lord of the Flies*, 1954) である。

核爆弾が使用された、多分第三次と名づけてよい、共産主義陣営との大戦のために、英国人少年の一団が飛行機で疎開を図るが、その飛行機は攻撃を受け無人島に胴体着陸、生き残った少年たちは、リーダーを選び、救助が来るまで、沈着・秩序を重んじる英国人らしい集団生活を送ろうと決める。しかし、だらしない所行や弱い者いじめを叱る大人は不在、身勝手な欲望を抑え罰する規則もない暮らしのなかで、島に未知の獣がいるのでは、という不安と恐怖が夜の暗闇と共に彼らを脅かす。皮肉にも少年たちの多くは聖歌隊員だというのに、野生の豚を狩り食欲と暴力への欲求を満足させようとする少年たちのグループと、秩序ある生活を守ろうとするグループとに分かれ、前者は後者のメンバーを殺戮し始める。この衝撃的な内容を持つ小説を著したゴールディングは、サリンジャーと同じく、現在でも戦闘の跡が残されている、一九四四年六月のノルマンディ上陸作戦に参加していた。

一九一九年生まれのサリンジャーは、四二年兵役に入り、ユタ・ビーチでの激戦を体験するが、その後も内陸でドイツ軍との戦闘に参加、これで「神経をやられ」、この「トラウマは……彼の書く作品の方向性」を変えた、と村上春樹は解説している。[*1] サリンジャーは戦中から戦後にかけて執筆した短篇群で、兵士や復員軍人たちの生態を採り上げ、戦争の「狂気」を扱っている。一九一一年九月一九日生まれで、四〇年海軍に従軍したゴールディングの場合も、戦争の影響は大きかった。『蝿の王』の大成功で六一年教職を辞し、米国ヴァージニア州のホリンズ女子大学に招待され一年間講義をすることになった彼は、一九六二年カリフォルニア大学で行った講演の中で、この戦争のために社会的存在としての人間が完全になり得るとは信じられなくなったと語っている。更には、人間は生来的に悪を生み出す存在だということを理解しない人は目が見えないも同然であり、道徳的に病んだ被造物というのが人間の置かれた状態である、とまで述べているのである。

ゴールディングは長編三作目の『ピンチャー・マーティン』（*Pincher Martin*, 1956）と四作目『自由な顚落』（*Free Fall*, 1959）とにおいて、それぞれの主人公を大戦に参加させ、自分の欲望を満たすために他人を犠牲にし続けた強烈なエゴイズムを直視させる。前者の主人公クリストファーは、魚雷攻撃を受けた駆逐艦から海に投げ出され、波間に突き出た大きな岩にしがみついて、貝類などを食しながら六日間を過ごした末に死ぬのだが、この、天地創造がなされたのと同じ日数の間に、自分が犯した姦通、強姦、殺人未遂などの悪行を思い起こす。四作目は著名な画家サミュエルの回想録風の自伝形式をとっている。無垢を失ういたずらを重ねた少年時代、性的征服を試みた青年時代と共に、ナチスの捕虜となって、収容所に入れられた体験が語られる。光の射さない独房の暗闇を、主人公の辿ってきた内的な闇と重ね合わせながら、作者はサミュエルに自らの汚れを認識させるのである。

カリフォルニア大学での講演をまとめた「寓話」というエッセイの中で、ゴールディングはこう述

＊1　ローラ・ミラー、アダム・ベグリー編、『サロン・ドット・コム現代英語作家ガイド』柴田元幸監訳（研究社、二〇〇三年）一八五頁。

べている。

人間は堕落した存在である。原罪から到底逃れられない。人間の本性は罪深く、人間の状態は危険なものである。……この命題がうまくあてはまるような行動様式を探して周囲を見まわしてみると、それは子供達の遊びの中にあった。*2

彼の作品の主題は、人間の残酷さ、貪欲さ、自己中心性といった、心の闇、彼のいう「原罪」である。だが、同時に忘れてならないことは、ゴールディングがその闇を自分の裡に持っていることを自覚していたことである。戦後、ナチスの残酷な所行が次々に暴かれ、周りの英国人たち、兵士たちがこぞって非難するとき、彼は「内なるナチス」に目をつぶってはならないと書き続けたのである。そしてこのような真摯な自己認識は、彼のすべての作品の基調となっている。

確かに彼の作品世界の主題、そして終結部における主人公たちの自己認識は、読む者に理解、反省を求め、重苦しいものである。しかし、作品の仕上げ方は、頭でっかちで観念的とは決して言えない。次はどうなるのかと、読者を前へ進ませる、小説の根元的要素であるストーリーの面白さをゴールディングは疎《おろそ》かにしないのだ。

内部分裂して暴力的になっていく少年たちは果たして救われるのか？　岩場にしがみついているクリストファーは何日間生き延びられるのか？　ここには、デフォーの『ロビンソン・クルーソー』（*Robinson Crusoe*, 1719）、三人の少年たちが海賊をやっつけるバランタインの『珊瑚島』（*The Coral*

Island, 1857)、スティーヴンソンの『宝島』(*Treasure Island*, 1883) といった、英国の海洋冒険小説の伝統が脈打っている。

ここに訳出したゴールディング長編五作目の『尖塔』は、おそらく十四世紀の英国南部にある大聖堂《カテドラル》に、それ自体百五十フィートの高さを有する尖塔を建造する話である。*3 大聖堂本体の高さと、その上に二つの楼室からなる塔《タワー》を加えて、約四百フィートの空中に聳《そび》えることになる尖塔《スパイア》が、脆弱な地盤の上に立ち得るのか？　上に伸びていくにつれ、聖堂全体を支える中心部、交差部の石造りの四本の柱が曲がり、石が軋《きし》みの音楽を奏でているというのに、尖塔は果たして完成するのか？　吹き荒れる風雨のために倒れるのではないか？　作者は、主席司祭にして大聖堂を執念で運営する参事会の会長ジョスリンのエゴイスティックな傲慢を印象づけながら、読者を前へ駆り立てている。そして同

*2　訳文は、中野行人「Goldingの『思想』について」(吉田徹夫・宮原一成編著『ウィリアム・ゴールディングの視線―その作品世界―』開文社出版(一九九八年)所収)によった。

*3　イングランド南部ウィルトシア州のソールズベリには、一二〇〇年頃当時のセイラム司教の夢枕に聖母マリアが立って、この地への建設を指示したという伝説の大聖堂がある。ソールズベリ大聖堂の礎石が置かれたのが一二二〇年、聖歌隊席や袖廊、身廊が完成したのが一二五八年、同じ時に参事会長役宅も落成。修道院が附属していない教会としては珍しく、回廊も造られることになり、一二七〇年に建造が終了。その数十年後、交差部上方に尖塔建築が突如として追加計画され、高さ一二三メートル(四〇〇フィート、重量六四〇〇トン)もの尖塔が三十年ほどの期間で竣工された。聖堂や尖塔の建築には百年単位の時間を要するのがざらだったことに比すれば、驚異的なスピードだが、ゴールディングは、現実のソールズベリ大聖堂建築の突貫工事ぶりを『尖塔』においてさらに加速し、工期を約二年間とした。その他、実際のソールズベリ大聖堂が二対の袖廊をもっているのに対し、ゴールディングは一対減らして聖堂全体を十字架の形にするなど、いくぶんか変更を加えている。

時に、ジョスリンが背中に感じる暖かい天使とは何なのか？　境内の小家《コッテージ》に曾祖父の前の代から住んでいる番人で、堂内の清掃を担うパンガルが、突然に姿を消したのは何故か？　彼の妻グッディと建築の責任者であるロジャー親方との不倫関係はどうなるのか？　そこには、『荒涼館』（*Bleak House*, 1853）や『大いなる遺産』（*Great Expectations*, 1861）を著したディケンズ、『白衣の女』（*The Woman in White*, 1860）を書いたコリンズ、『カスターブリッジの市長』（*The Mayor of Casterbridge*, 1886）のハーディなどが培ってきた、人物《キャラクター》と筋《プロット》を堅固に構築し、読者の心を捉える推理探偵小説的流れが浸み込んでいる。更には、自分が観察、体験したことから思索と想像力を通して物語を紡ぎ出す、英国経験主義の伝統が根を張っているのだ。

ゴールディングはストーリーが展開される場を物理的にしっかり組み立てる。少年たちが生活する無人島の形状とそれを取り巻く砂浜と岩礁を描写するとき、単にディテールを描くだけでなく、少年たちにそこを歩かせ、走らせる。次第に上へ伸びていく塔と尖塔の建築現場の階段を主人公によじ登らせる。ゴールディングは人や物の具体的な姿・形をしっかり書き込むことで、小説の命綱である読者の想像力をかき立て、状況をその眼前に浮かび上がらせ、読者を本の世界へ引き込むのである。

ゴールディングは、一九三五年にオックスフォード大学を卒業すると、教師になるため更に勉強を重ね、三九年、ソールズベリ大聖堂の東端からわずか百メートルしか離れていない、ビショップ・ワーズワース・スクールという、だいたい十一歳から十八歳くらいまでの学生が学ぶ中等教育のグラマー・スクールで教え始め、海軍入隊で中断したものの、四五年、戦後すぐに復職し、六一年まで、

ソールズベリ大聖堂

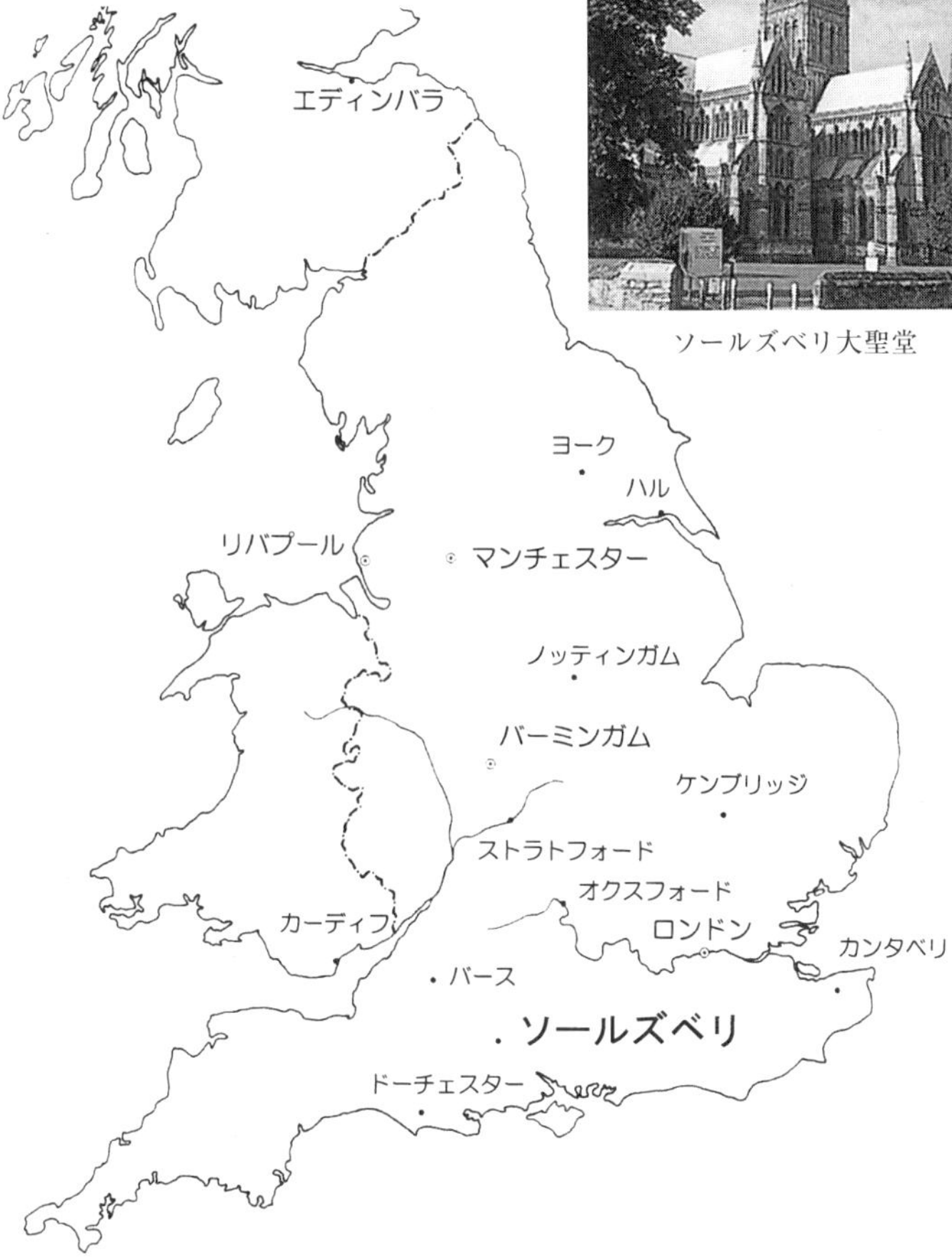
エディンバラ
ヨーク
ハル
リバプール
マンチェスター
ノッティンガム
バーミンガム
ケンブリッジ
ストラトフォード
オクスフォード
カーディフ
ロンドン
カンタベリ
バース
ソールズベリ
ドーチェスター

国語（つまりイングリッシュ）、古典語、哲学を教えた。処女作で描かれる、男の子たちの危なっかしい砂遊びと石や岩の転がし、海辺での杜撰な小屋作り、探検をするときの体感的喜び、花より団子の彼らの即物性、リーダーを選ぶ際の不安と期待に揺れる視線と仕草。これらの見事な具象的描写は、少年たちと直《じか》に接し、彼らを冷静に観察していたことをうかがわせる。また彼は、パートタイムの俳優として演劇の舞台に上がったし、地方劇団のプロデューサーの役目もこなした経験があり、その体験は、『ピンチャー・マーティン』と長編六作目の『ピラミッド』（*The Pyramid*, 1967; 井出弘之訳の邦題は『我が町、ぼくを呼ぶ声』）において、各々の主人公のエゴイズムを、上演される劇の配役に重ねながら表現していく手法に生かされている。

ゴールディングが幼い少年時代を過ごしたのは、ウィルトシアのモールバラという町である。ウィルトシアは環状巨石柱群のストーンヘンジ、百個もの大きな石が円をなすエイヴベリ・ストーン・サークルなどの古代遺跡、そしてソールズベリ大聖堂に代表される中・近世の宗教関連の建造物で有名である。モールバラという町も、十八世紀ジョージア王朝の建物が並ぶ、幅広いハイ・ストリートが観光客を呼び寄せる町で、ストーンヘンジ、大聖堂とは三、四十キロくらいしか離れていない。またこの町自体、ローマ時代の遺跡やノルマン時代の扉を有する聖マリア教会で知られているが、この教会の墓地と裏庭が壁一枚で接する家にゴールディング一家は住んでいた。父アレック・ゴールディングはこの町のグラマー・スクールの教師だったのである。

ゴールディングは父親のことを「全知万能の化身」と評したが、地理の教科書を自ら著したほか、物理、動植物学にも通じており、絵画や音楽にも素人離れの技倆を持っていた。父の知的な影響はこの作家の幅広い趣味・学識に見てとれる。ホメロスやギリシア古典劇は原文で読むし、考古学への強い関心は、その育った環境と母ミルドレッドが博物館へ連れていってくれたお蔭で先史時代や古代エジプト、ギリシア・ローマの世界へ彼を誘った。[*4] ピアノ、チェロ、バイオリンなどの腕前も相当なものだったらしい。『ピラミッド』では音楽のレッスンが主人公の自意識の成長に大きく絡む。そして、何度か英仏海峡で危険な目に遭いながらも夢中になったのがクルージングであった。ゴールディングは一九八〇年に長編八作目の『通過儀礼』（*Rites of Passage*）によってブッカー賞を獲得するが、その舞台は海である。[*5] 英国がナポレオンと戦争していた十九世紀初頭、移民船を兼ねた英国海軍の軍船が、オーストラリアへ向け航行する。物語は、階級意識と性的関心の強い俗物的貴族の子弟トールボットと、少々ホモ気はあるものの初心《うぶ》な若い牧師コリーとの精神的すれ違いを辿りながら、牧師の断食による自殺の謎を明らかにしていく。この作品でも作者は、小説の舞台である帆船の内部構造を、主人公に船内を探検させながら描き込んでいく。ゴールディングが海軍で働いていたことだけでなく、父親から航海術を学び、彼自身クルージング体験が豊富だったことが生かされたことは確かであろう。同じようなことが他の作品にも言えるのは、前述の通りである。

*4　ゴールディングの戯曲『真鍮の蝶』（*The Brass Butterfly*, 1958）はローマ皇帝時代が舞台になっている。中篇小説集『蠍の神』（*The Scorpion God*, 1971）には、エジプトのファラオの代替わりを描いた「蠍の神」（"The Scorpion God"）や、「十万年前」のアフリカの部族を追う「クロンク・クロンク」（"Clonk Clonk"）が収められている。

*5　『通過儀礼』は、*Close Quarters* (1987) と *Fire Down Below* (1989) と合わせ三部作として、一九九一年に *To the Ends of the Earth: A Sea Trilogy* のタイトルで刊行された。

母ミルドレッドのお蔭で博物館へたびたび足を運ぶことになった少年ウィリアムは、古代エジプトのミイラに異常な関心を抱くようになり、神秘や俗信をそのまま受け入れるコーンウォール気質の母親がよく怪談めいた話を語り聞かせてくれた影響もあって、死(者)・神秘・非合理の世界へ魅了されていった。エドガー・アラン・ポーは彼をとりこにした作家であった。隣の墓場に眠る死者たちが夜半に身を起こして自分の家を覗き込んでいるのでは、と恐怖におびえる少年の想像力は、[*6]古代エジプトの物語を彼らの言葉で書きたいという欲求に動かされて、象形文字を勉強し始める知的好奇心と切り離せないものであった。

一九九三年六月一九日、八十一歳で没したゴールディングが最後に執筆していたのは、古代ギリシアのデルポイの神託巫女を主人公としたものである(『二叉の舌』*The Double Tongue*, 1995)。また彼は、音節が明確な言葉を持たないネアンデルタール人が理性を有するホモサピエンスと接触したため、殺され滅びていく『継承者たち』(*The Inheritors*, 小川和夫訳の邦題は『後継者たち』)を、『蠅の王』に次いで一九五五年に発表したが、これらは言葉への烈しい興味、考古学への沈潜なしには書き得ない傑作である。そして、そこでもまた知性と暴力、無垢と悪といった重いテーマが扱われている。それは、『ピラミッド』発表後十二年間の沈黙ののち、「ゴールディングはもう終わった」と評され始めた中で発表された長編七作目『可視の闇』(*Darkness Visible*, 1979)が共有するテーマである。[*7]第二次大戦中ドイツ軍によるロンドン大空襲で体半分に大火傷を負った少年マティは、成人してオーストラリアの砂漠で聖書の預言者の如くに啓示を受け、英国に戻ってくる。その英国では、父親への報われぬ愛のために悪の権化に変貌していく知力に秀でた美女ソーフィが、アラブ王子の誘拐を試みる。マティはその彼女と対決する。まさに、現代の黙示録とも言える力作である。

ゴールディングにとって、古代ギリシアでも現代の英国でも中世イングランドでも、船の中でも無人島でも、そこに人間が居るかぎり、顕《あらわ》れる問題は同じであった。時間・空間の隔たりも、彼のヴィジョンにとって障害にはならない。今日は昨日、明日へとつながっている。ゴールディングの敬愛する詩人T・S・エリオットは、「バーント・ノートン」（Burnt Norton）の冒頭でこう歌っている。＊8

現在の時過去の時は
おそらく共に未来の時の中に存在し
未来の時はまた過去の中に在るのだ。
時がことごとく不断に存在するものならば
時はことごとく贖い得ないものとなる。
（二宮尊道訳）

Time present and time past
Are both perhaps present in time future,
And time future contained in time past.
If all time is eternally present
All time is unredeemable.

＊6　『尖塔』でも、第三章で聖歌学校の少年たちが、聖堂の床下に眠る鼻のもげた死体たちがせり上がってくるという悪夢にうなされていたことが思い出される。

＊7　作家と批評家のぎすぎすした関係は、ノーベル文学賞受賞の翌年（一九八四年）発表された『紙人間』（*The Paper Men*）に扱われている。

＊8　「バーント・ノートン」は、一九四三年に出版された『四つの四重奏』（*Four Quartets*）の最初の四重奏である。なお、エリオットはノーベル文学賞を一九四八年に受賞したが、その三十五年後、ゴールディングも一九八三年の同賞を受けている。また、「バーント・ノートン」第四楽章に描かれるカワセミのイメージを、小説第十一章でジョスリンがカワセミを目撃する場面に重ねて読むのも興味深いだろう。

ゴールディングは詩人になりたかった。エリオットのような詩人になることを夢見ていた。実際、彼の最初の出版物は詩集で、マクミラン社から一九三四年に刊行された。しかし彼は、「苦難」(“Crosses”)というエッセイの中で、自分の詩が「薄っぺらで貧相なもの」と認識した「その出版のときに自分は成長した」と告白している。ある会見記では、「小説家とは、詩と散文という二つの表現手段の間に引き裂かれた、居場所を失くした人間である。……私は詩が書けないから散文を書いていると言っていい」と語っている。しかし、ゴールディングは小説の散文においても、詩で使われる言葉の重層的多義性を捨てることはしなかった。

彼の小説を読み終えようとするとき、私たち読者は、「原罪」に陥った主人公が自己を認識する姿に接する。『尖塔』の場合、いつも高い上空へ、天空へ向いていたジョスリン神父の傲慢な視線は、だんだん下方にさがり、自分の心の中にある「地下室」を覗くようになり、そして他人に赦しを乞う彼を私たちは見る。作者は自分の主人公たちが、自らの罪を贖《あがな》うことを希求するのをあきらめさせてはいない。そして読者が彼らの希求を理解することを求めている。それでもやはり、彼の言葉、言葉。ここで読者はつまずかされる。

ゴールディングの奥行きのある名作『尖塔』の訳書を上梓しておきながら、とんでもない結び詞《ことば》で「人と作品」の解説を一応終えることにしたい。彼の小説群の中でも「リーダブル」(readable)だと評する英米の批評家は多いものの、翻訳となると話は別である。

大聖堂に尖塔を建てる話だから、当然のことながら宗教関係の用語だけでなく、建築の用語が頻出する。それも教会建築のものが多い。訳者二人はこの方面については全く無知と言っていいほどだったので、私たちなりに、何冊かの参考書を勉強した。（それでも、第六章以降に出てくる八角形枠組の工法については、十分な理解に至れたか心許ないのだが。）この「あとがき」の次に、目を通した宗教関係の書物と共に建築関係の本を列挙している。少々仰々しく見苦しく思われるかもしれないが、ゴールディングの物・具体性へのこだわりをいくらかでも正確に読者へ伝えたいと願う訳者の気持を汲み取っていただければ幸いである。

また、頻出するキリスト教関連の事項や表現の訳出も容易ではなかった。英国王ヘンリー八世がローマ・カトリックから離脱を宣言して英国国教会を立ち上げたのは一五三四年のことである。『尖塔』の時代は恐らく十四世紀前半のことなので、イングランドの国教はローマ・カトリックであった。教会の聖務は当然ローマ式の典礼で行われていたはずだが、中世後期ソールズベリの地域一帯ではローマ式典礼の異型として、「ソールズベリ式典礼方式（Salisbury use）」（またの名をセイラム式）が存在した。このため、ローマ式典礼の用語をそのまま翻訳に使用するのは本来危険なことかもしれないが、ソールズベリ典礼をそっくり日本語に直した文献を見つけられず、やむを得ずローマ式の用語を充てて済ませている箇所もある。本書の第一章には、聖庁尚書院長が立ち去り際に「早禱の時間でしたな」と言い残す場面がある。ここで使われていた英単語は、ローマ・カトリック典礼の matins「朝課」ではなく、英国国教会での mattins「早禱」であった。日光が既に射し込んでいる状況を勘案すれば、真夜中過ぎに行われる「朝課」ではなく、「朝課」「賛課」そして夜明け直後の「一時課」までを融合して設定された英国国教会の「早禱」の方が、しっくりくるように思われた。もしかすると、ソールズベリ典礼独特の用語かもと、いろいろ思案した揚げ句、結局「早禱」の訳語を採ったが、『オックスフォード英語辞典』には時に「朝課」も夜明けに執り行われることがあったと記載されているから、「朝課」のままでもよかったのかもしれない。このような悩ましいことが幾度もあった。

翻訳に註を付すのは邪道だという意見もあるが、英語を母語としている読者には常識或いは推測できるようなキリスト教関連の事項・表現も、私たち日本人にとってはわかりにくいものが多いのではないかと思う。作者が述べていることを理解したい気持は、私たち日本語を母語とする読み手とて、英語母語の読者に劣るものではあるまい。註は、作品を理解するのに是非必要だと、訳者二人が思い込んだものを載せている。勿論、作品解釈で語義を註にしたいものが多くあったが、物語を読み進める興を殺《そ》ぐようなことがあってはならないわけで、次々にカットした。ただ、言い訳めくが、二、三の言葉について以下に説明を付しておきたい。

小説の結末で主人公ジョスリンの末期を看取るアダム神父は、三回繰り返される最後の言葉を、ジョスリンの唇の震えから「ゴッド」(God)と判断するが、実はジョスリンは、愛し、掻き抱くことを夢想していた女性の名「グッディ」(Goody)を口にしていたのではないか、と読める。この聖と俗の絡みは、第九章末尾で譫妄《せんもう》状態のジョスリンが描かれる場面に使われる「贖罪」(atonement)という言葉の語義に忍ばせてある。神との和解で贖《あがな》うという意味で、表面上明らかにキリスト教に関与しており、そのように訳さざるを得なかった言葉だが、元来の語源は“at-one-ment”で「一つになること」を意味していた。これを「他人と一体になる」と解釈すれば、ここは相当にエロティックな場面になるのだが、恐らく多くの読者はそれを読み取られたかもしれない。

性的連想は第一章冒頭、ジョスリンが大聖堂と尖塔の木製模型に感動する場面にかなりはっきりと刻まれているが、また上へ伸びていく尖塔と、絡み合う植物の若枝のイメージ、果実をつける花のイメージとが重ねられることにも暗示される。ゴールディングは、詩人を目指していた作家らしく、イメージを大切にする人で、この植物のイメージや鳥のイメージを象徴的に用いながら、主人公の性的欲求と聖人志向とを繰り返し示そうとしている。またゴールディングは、キーワードとおぼしき重要な単語を何度も反復使用する手法を採ることがあり、この作品では“cost”や“pattern”や“vision”が、かなりの回数出てくる。その都度同じ邦訳語を充てることができたらそれに越したことはないのだが、「犠牲」という作品主題の一つを示す“cost”には一貫して「代価」という訳語を充てることができたものの、他の二つについては文脈上無理があって、違う日本語表現にならざるを得なかった。ルビをふることでしのいだが、なかなか心残りの思いはふっ切れない。

『尖塔』は、原文二二〇頁ほどの長さで、全十二章からなる作品だが、このうち八つの章を宮原が、四つの章を吉田が訳した。当然のことながら、それぞれが作成した訳や注釈を、互いに赤ペン先生をして推敲を重ねながら、全体をまとめていった。この作品の翻訳版権を開文社出版の安居洋一氏に取得して頂いたのは二〇〇四年の一月か二月だったと記憶しているが、随分と時間がかかり、安居氏に多大な迷惑をかけてしまった。同年の一一月には最初の訳稿ができていたのだが、先述した如く、建築や宗教のことで学ばねばならぬことが多く――ジョスリンを真似たわけではないが常に「学びつつある」という状態が延々続き——今年も九月に入ってしまった。

本書の翻訳にあたっては、いくつもの質問に教示を頂いた山口大学人文学部外国人教師（当時）のヘンリー・アトモア氏と、福岡女子大学文学部のスコット・ピュー氏に御礼を申し上げたい。また、ゴールディングが献辞でこの小説を捧げた実娘のジュディ・カーヴァーさんからは、登場人物名の読み方などメールでの問い合わせに親切なご返事を頂戴した。最後に改めて、遅れがちな翻訳作業を温かく見守って貰った安居氏に感謝したい。

二〇〇五年九月一九日

吉田　徹夫
宮原　一成

翻訳・註作成に際し参照した主な文献（出版年代順）

聖堂建築関係

① ジャン・ジャンペル、『カテドラルを建てた人びと』飯田喜四郎訳（鹿島研究所出版会、一九六九年）

② 柳宗玄編、『世界の文化史蹟第12巻　ロマネスク・ゴシックの聖堂』（講談社、一九七〇年）

③ David Macaulay, *Cathedral: The Story of Its Construction* (Boston: Houghton Mifflin, 1973)

④ デビッド・マコーレイ、『カテドラル――最も美しい大聖堂のできあがるまで』飯田喜四郎訳（岩波書店、一九七九年）〈③の邦訳版〉

⑤ William G.C. Backinsell, *Medieval Windlasses at Salisbury, Peterborough, & Tewkesbury* (Salisbury: South Wiltshire Industrial Archaeology Society, 1980)

⑥ ロバート・マーク、『ゴシック建築の構造』飯田喜四郎訳（鹿島出版会、一九八三年）

⑦ William G.C. Backinsell, *Medieval Engineering in Salisbury Cathedral* (Salisbury: South Wiltshire Industrial Archaeology Society, 1986)

⑧ Roy Spring, *Up the Spire.* 2nd ed. (Published by Salisbury Cathedral Dean & Chapter, 1986)

⑨ ロン・R・シェルビー、『ゴシック建築の設計術――ロリツァーとシュムッテルマイアの技法書』前川道郎・谷川康信訳（中央公論美術出版、一九九〇年）

⑩ *Salisbury Cathedral.* A Pitkin Cathedral Guide. (Andover: Pitkin Pictorials, 1990)

⑪『ソールズベリ大聖堂　ピトキン大聖堂ガイド・シリーズ』（一九九三年）〈⑩の邦訳版〉

⑫ 志子田光雄・志子田富壽子、『イギリスの大聖堂』（晶文社、一九九九年）

⑬ ハンス・ヤンツェン、『ゴシックの芸術――大聖堂の形と空間』前川道郎訳（中央公論美術出版、一九九九年）

⑭ 佐藤達生・木俣元一、『図説　大聖堂物語　ゴシックの建築と美術』（河出書房新社、二〇〇〇年）
⑮ 酒井健、『ゴシックとは何か――大聖堂の精神史』（講談社、二〇〇〇年）
⑯ アーウィン・パノフスキー、『ゴシック建築とスコラ学』前川道郎訳（ちくま学芸文庫、二〇〇一年）
⑰ 石原孝哉・市川仁・内田武彦、『イギリス大聖堂・歴史の旅』（丸善、二〇〇五年）

宗教関係

① 常葉隆興他、『聖書辞典』（いのちのことば社、一九六一年）
② Ad de Vries, *Dictionary of Symbols and Imagery* (Amsterdam-London: North-Holland Publishing, 1974)
③ 『キリスト教大事典　第四版』日本基督教協議会文書事業部・キリスト教大事典編集委員会編（教文館、一九七七年）
④ D・B・バレット、『世界キリスト教百科事典』（教文館、一九八六年）
⑤ 日本聖公会、『祈祷書』（日本聖公会管区事務所、一九九一年）
⑥ G・ハインツ＝モーア、『西洋シンボル事典――キリスト教美術の記号とイメージ』野村太郎・小林頼子監訳（八坂書房、一九九四年）
⑦ 『舊新約聖書 文語訳』（日本聖書協会、一九九七年）
⑧ 日本カトリック典礼委員会編、『ミサの式次第』（カトリック中央協議会、一九九九年）
⑨ J・ハーパー、『中世キリスト教の典礼と音楽』佐々木勉・那須輝彦訳（教文館、二〇〇〇年）
⑩ ノーマン・サイクス、『イングランド文化と宗教伝統――近代文化形成の原動力となったキリスト教』野谷啓二訳（開文社出版、二〇〇〇年）
⑪ 八木谷涼子、『知って役立つキリスト教大研究』（新潮社、二〇〇一年）
⑫ 『カトリック教会のカテキズム』日本カトリック司教協議会教理委員会訳・監修（カトリック中央協議会、二〇〇二年）

⑬ 八木谷涼子、『キリスト教歳時記——知っておきたい教会の文化』（平凡社新書、二〇〇三年）

⑭ “BibleGateway.Com”, Online, Gospelcom.net. <http://bible.gospelcom.net/>

<訳者紹介>

宮原一成（みやはら・かずなり）
1962 年　福岡県生まれ
1997 年　九州大学大学院比較社会文化研究科修士課程修了
山口大学教授
共編著：『ウィリアム・ゴールディングの視線―その作品世界』
共訳書：『可視の闇』（ともに開文社出版）

吉田徹夫（よしだ・てつお）
1940 年　福岡県生まれ
1964 年　九州大学文学研究科修士課程修了
福岡女子大学名誉教授、横浜薬科大学教授
著書：『ジョウゼフ・コンラッドの世界―翼の折れた鳥』
監修：『ブッカー・リーダー―現代英国・英連邦小説を読む』
（ともに開文社出版）

尖塔　―ザ・スパイア―　（検印廃止）

2006 年 5 月 15 日　初版発行

訳者	宮原一成
	吉田徹夫
発行者	安居洋一
組版所	アトリエ大角
印刷・製本	モリモト印刷株式会社

〒 160-0002　東京都新宿区坂町 26
発行所　開文社出版株式会社
TEL 03-3358-6288・FAX 03-3358-6287
http://www.kaibunsha.co.jp

ISBN 4-87571-986-8　C0097

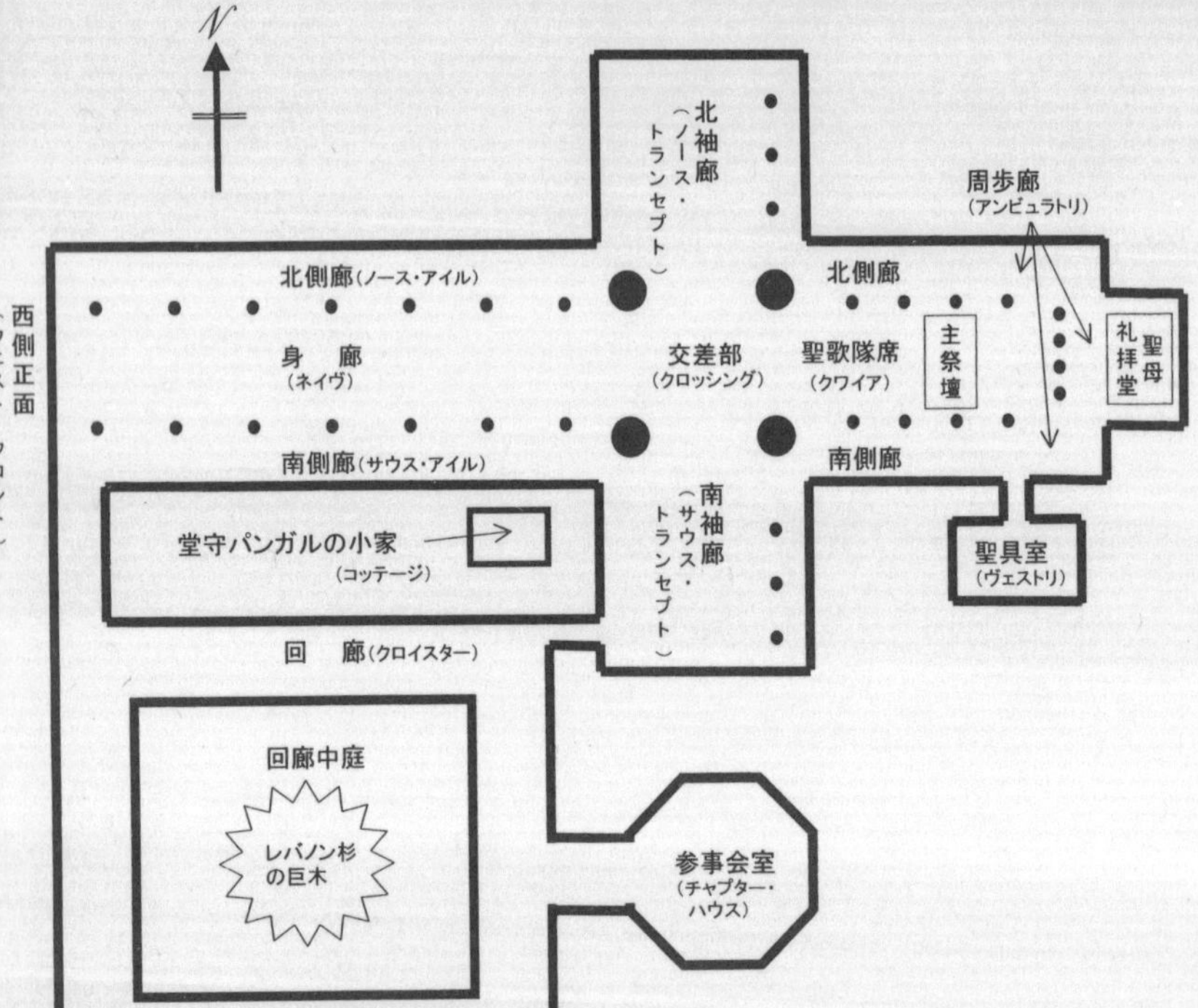
N
北袖廊
（ノース・トランセプト）
周歩廊
（アンビュラトリ）
北側廊（ノース・アイル）
北側廊
西側正面
（ウェスト・フロント）
身　廊
（ネイヴ）
交差部
（クロッシング）
聖歌隊席
（クワイア）
主祭壇
聖母礼拝堂
南側廊（サウス・アイル）
南側廊
南袖廊
（サウス・トランセプト）
堂守パンガルの小家
（コッテージ）
聖具室
（ヴェストリ）
回　廊（クロイスター）
回廊中庭
レバノン杉の巨木
参事会室
（チャプター・ハウス）
回　廊（クロイスター）